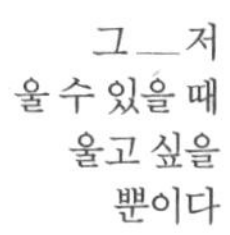

그__저
울 수 있을 때
울고 싶을
뿐이다

그__저 울 수 있을 때 울고 싶을 뿐이다

강정 산문

다산책방

새소리가 귀먹게 할 지경이지만,
너무나 가까이 있는 기억의 숨소리가 들린다.

- 토마스 트란스트뢰메르
「기억이 나를 본다」에서

프롤로그

◦ 내가 쓴 다른이의 글들

•

불과 얼마 전 일이다. 부러 애꾸가 되려 한 적 있다. 커다란 송곳을 왼쪽 눈에 바짝 들이댔었다. 반 고흐를 흉내 내려 했던 것일까. 그보다는 자신의 그림을 비아냥댄 양반 앞에서 "남이 나를 손대기 전에 내가 나를 손대야겠다"며 스스로 눈을 찌른 조선시대 화가 최북崔北을 더 많이 떠올렸던 것 같다. 하지만 그 무렵 누가 나를 '손대려 하는' 위협을 느꼈던 건 딱히 아니다. 무슨 되지도 않는 천재 시늉이냐며 스스로를 비웃기도 했는데, 사실은 날이 갈수록 심해지는 노안 탓이었다. 책을 읽는 것도, 컴퓨터 모니터를 들여다보는 것도 중노동으로 여겨지면서 차라리 눈이 없으면 어떨까 하는 생각을 하게 됐다. 만사가 힘든 게 다

눈 탓이라는, 말도 안 되는 책임전가 심리와 적어도 한쪽 눈이라도 사라지면 세상이, 그리고 거기에 투영된 나 자신이 이전과는 많이 다른 사람이 될 수 있지 않을까라는 망상. 그게 망상인 줄 알면서도 그 짧은 순간만큼은 세상 그 무엇보다 분명한 진리일 거라는 확증편향 등등. 송곳을 든 채 거울 앞에서 한참 망설이며 별의별 생각을 다 했던 것 같다. 그때의 주저흔이 왼쪽 눈 안쪽에 아직도 희미하게 남아 있다. 그걸 깊이 들여다보고 이해해줄 만한 사람이 만약 곁에 있다면, 아마도 나는 그(녀)를 무서워하면서 사랑하게 될 것 같다.

•

책을 내자는 제안을 받은 건 5년여 전이다. 처음 기획은 '자전적 글쓰기'였다. 시를 쓰면서 살게 된 계기, 그러면서 깨닫게 된 것들, 그리하여 시를 쓰고자 하는 독자들에게 전해줄 만한 이야기들을 책으로 엮어보자는 제안이었다. 별 고민 없이 덜컥 수락했었다. 마흔을 넘길 무렵이었고, 본의든 아니든 어쩔 수 없이 깨닫게 될 수밖에 없었던 나 자신의 (흠결과 과오 등을 포함한) 실체적 진실들, 그리고 누구에게도 직접적으로 얘기하지 못했던 삶의 자잘한 비화들을 고백해봐야겠다는 생각이 퍼뜩 들었던 까닭이다. 금방이라도 첫 문장을 시작하면 일사천리로 속내가 발가벗겨질 것만 같았으나, 그게 그리 녹록치 않았다. 무엇보다 내가 왜 시를 쓰는지, 시를 써서 스스로에게 부여되는 가치나 사회적인 효용 및 효과에 대해 도저히 스스로 설명하기 힘들다는 자각이 생겼다. 아울러, 내가 어떤 것이 사실이고 진실이라고 얘기했을 때, 그것과 직간접적으로 연관되었을 수도 있을 여러 타인들의 입장을 총체적으로 고려해서 얘기하기는 힘들 것만 같았다. 그러곤 천차만별한 타인들에게 천차만별로 규정되어지는 나 자신을 나조차도 누구인지 모르겠다며 혼란에 빠졌다. 그렇게 시간이 흘렀고, 그러는 동안 밥벌이를 위해 이런저런 글들을 맥락 없이 써댔다. 어차피 최소 생계를 위한 기본 노동이라는 개념만 컸을 뿐, 그것들을 통으로 묶어볼 생각은 엄두도 내지 못하는 상태였었다.

그러다가 어느 날, 거의 버려두다시피 한 원고 파일을 열었다. 그러자 조금 예상 못한 일이 발생했다. 일정한 주기나 테마 없이 그때그때 내질렀던 글들이, 심지어 발표하고 나서는 내가 썼는지조차 까맣게 잊고 있던 글 쪼가리들이 흐릿하나마 어떤 형태를 이루고 있는 것 같았다. 그리고 그 중심에 내가 잊고 있거나, 스스로 배반했거나, 다시 돌이키고 싶지 않으려 하는 내 모습이 보였다. 퍼뜩, 이게 나였구나, 라는 자각이 들었다. 동시에, 그럼에도 이 사람을 도대체 나 자신은 이해하고 있을까, 라는 의문이 생겼다. 그래서 글들을 이리저리 재배치해보았다. 배치를 바꿀 때마다 '나인 것 같은 나'가 '나 아닌 것 같은 나'가 되거나 '도저히 나일 수 없는 나'가 되는 식으로, 수시로 변했다. 만약 다른 사람이 본다면 어떨까 궁금해졌다. 첫 번째 송고가 그렇게 이루어졌다. 너무 문학 비평적이고 전문적으로 여겨지는 글들은 빼자는 피드백이 왔다. 동의가 어렵지 않았다. 그 이후로 계속 내가 잊고 있던 원고들을 재수색했다. 글을 발표한 매체(잡지 등)나 심지어 내가 낸 책들에 대해서도 발간 이후엔 '쌩까는' 성격인지라 머릿속으론 되새겨지나 '실물'을 발굴하기 어려운 글들도 많았다. 헌책방 등을 몇 차례 탐방하고 나서는 그것들은 그대로 숨어 있는 게 인지상정이라 여기고 관심을 덮었다. 그렇게 2차 송고했다. 꼴이 좀 될 것 같다는 피드백이 왔다. 어둡고 뿌옇기만 하던 물가에 빛이 들면서 흐리마리하면서도 스스로 부정할 수 없는 형상이 어른거리는 느낌이었다. 얼추 10여 년 동안 개폼도 잡았다가 개쪽도 당했다가 하면서 세상 한구석을 밍기적대며 굴러온 나 자신의 그림자 또는 뒷모습 같았다. 자기방기와 소모, 또는 자기도취와 방만 따위가 뒤섞인, 스스로가 아니면 귀여워해주는 사람이 많지 않을 것 같은, 어느 작은 괴물의 형상 같기도 했다. 그럼에도, 숨기고 싶은 만큼 더 드러내고 싶은 충동을 삼키기 어려웠다. 그렇게 이 책이 나오게 되었다.

글의 배치와 구성은 글들 자체가 가지고 있는 내용과 무게, 톤과 어감 등을 고려해 일관된 흐름을 유지하려고 했다. 때문에 글이 쓰인 시점은 중구난방이다. 10여 년을 통시적으로 묶어 부분 테마 별로 펼쳤기에 본문에서 "10여 년 전 나는……" 식으로 전개되는 경우, 현 시점으로 환산했을 땐 "20여 년 전 나는……"으로 이해하는 게 실제적으론 맞을 수 있다. 하지만 굳이 그때가 언제였는지, 몇 살 때 무슨 생각으로 썼던 건지 사후 점검할 필요는 없을 것 같다. 딱히 현대물리학 이론을 들이대지 않더라도, 나는 여전히 시간체계가 곡선으로 운용되며 현재라는 시간이 오로지 '지금 이 순간'만을 지칭하는 건 아니라고 믿는 편이다. '오늘 안의 과거'와 '과거 속의 미래', 그리고 오늘도 내일도 아닌 그저 미시적이고도 통시적인 불확실성으로 만개했다가 사라지는 '순간의 확실성' 안에 모든 시간이 임재한다고도 믿는다. 그 짧고도 긴 시간 안에 많은 말들이 쏟아졌고, 어떤 것들은 되삼키면 독이 되고, 또 어떤 것은 다시 꼬리를 물고 재고해야 하는 숙제가 되는 말들이 뒤죽박죽인 상태로 또 다른 미래의 거름으로 작용할 것이라 여긴다. 다시, 눈 안쪽의 상처를 더

듬어본다. 그때 왜 애꾸가 되려 했는지, 그렇게라도 하면 삶이 조금은 더 나아질 것이라 믿었던 건지, 그도 아니면 누군가를 탓하고 벌하고 싶은 마음을 스스로에게 되돌려 엄벌하고 싶었던 건지 아직 잘 모르겠다. 그럼에도 단지, 그 '아직 잘 모름'만이 유일하고 잠정적인 답이라는 것만은 분연히 깨닫게 된다. 글을 쓰는 건 스스로를 먹는 동시에 뱉어내는 일인지도 모른다. 나는 늘 다른 사람이다.

5년 넘게 게으름만 피우는 내게 계약 취소 내용증명 보내는 일 없이 채근해준 다산북스 김현정 부장, 스스로도 놓아버리고 싶은 글에 무한한 애정과 흥미를 갖고 책을 다듬어준 편집부 정민교 님께 깊이 감사드린다.

2017년 7월
강 정

차
례

프롤로그

006 : 내가 쓴 다른 이의 글들

1부

017 . 여름보다 뜨거운 겨울 남자

025 . 물 위에 뜬 촛불 하나

038 . 서울이라는 욕망의 잠수함, 또는 변두리 잠망경

055 . 취미가 뭐냐고?

061 . 아담이 되고 싶었던 때

068 . 그건 대체 누가 썼던 걸까

075 . 동물원, 지도에도 없는 지구의 표본

083 . 나는 왜 모조 라이진 씨(Mr. Mojo Risin')에게 다시 열광하는가

098 . 돌의 웃음을 보여줄 수 있을까, 과연?

108 . 내 어둠이 당신에게 빛의 소리로 울릴 수 있다면

119 . 가능한 미혹들

134 . 울고 싶은 여자의 못 우는 울음

141 . 침묵의 춤

148 . 그것은 과연 노래가 되고 시가 될 수 있을까

155 . 아픈 말, 취한 말, 죽음이 외면할 말

168 . 죽음의 원펀치 — 소설가 박상륭 송사

2부

179 . 소녀시대를 보며 잠들다

189 . 엘리베이터가 만약 옆으로 움직인다면?

196 . 코끼리를 이해하려면 코끼리 그림을 멋대로 그리지 말라

203 . 라스베이거스를 떠나 당신만의 사막으로 가라

209 . 우리의 '똥배'는 얼마나 불가해한 진실인가
— 영화 〈비포 미드나잇〉에 부쳐

217 . 꿈을 꿈꾸다

226 . 이것은 용龍이 꾸는 꿈

235 . 내가 '그것'을 '노인'이라 부를 수밖에 없는 이유

254 . 사랑에 관한 짧은 이야기에 관한 단 한 편의 소설

264 . 검은 영혼의 강에서 건져 올린 '자수정'의 언어들
— 영화 〈슬램〉에 부쳐

271 . 목 마르요, 차라리 죽음을 주소!

293 . 시의 허방, 혹은 세계라는 영사관 — 시에 관한 몇 개의 변설

303 : 수록 작품

1부

◦ 여름보다 뜨거운 겨울 남자

겨울아이

나는 겨울에 태어났다. 당연히 내가 태어나는 걸 직접 목격했을 리 만무하다. 사실이 그렇다고들 한다. 집에서 챙겨주는 생일이 그렇고 대한민국 호적등본 및 기타 서류들이 증빙하는 바가 그러하니 그렇다고 믿으면서 여태껏 살았다. 거기에 별 불만은 없다. 하지만 어릴 때, 대략 중학교 2학년 정도쯤 누나와 형이 즐겨 듣던 FM 가요 프로그램에서 "겨울에 태어난 사랑스런 당신은……." 어쩌고 하는, 말랑말랑 떡 반죽 잘못된 물엿 같은 노래를 듣다가 '사랑스럽긴 개뿔, 뻥 까고 있네'라고 속으로 구시렁댔던 일이 겨울만 되면 떠오르곤 한다. 돌이켜보니 불만이 참 많은 아이였던 것 같다. 그럼에도 기분이 울적할 때면 요즘도 가끔 “겨울에 태어난 사랑스런 당신”을 흥얼거리곤 한다. 왜 그랬는지 모르겠다. 중학교 2학년 당시 내 키는 164센티미터였던 것으로 기억한다. 30여 년이 지난 현재, 딱 13센티미터 더 크다. 세월의 풍파에 근골이 상해서 더 줄었을지도 모르고, 영혼의 키는 그보다 더 줄었을 수도 있다.

여름나기

나는 여름이 괴롭다. 체질 탓이다. 태생적으로 열이 많고 태양 아래 서면 시야의 초점이 흐려질 때가 많다. 그 반작용인지 여름에 술을 더 많이 마시고, 한없는 나태와 망상에 잘 빠진다. 10여 년 전쯤 괜한 춘풍이 불어 닥쳐 여름을 대비한 몸만들기에 착수한 적이 있다. 일주일에 서너 번씩 헬스클럽에 들러 이두박 삼두박이 무엇인지 탐구에 골몰했으나 운동에 매진한 날 저녁엔 여지없이 술을 마셨고 만취 다음 날 명치 아래엔 남세스런 둔덕이 봉긋 솟았다. 이리저리 팔자에도 없는 돈을 꽤 벌 때(물론, S그룹 L씨 일가가 들으면 여치 발톱만큼도 설득력 없는 얘기다)였다. 서른 중반을 급습한 노년에 화들짝 놀라서 ‘웃짱’까기는커녕 거울보기가 민망해진 정도였다. 돈이 없었으면 술도 많이 안

마시고(고가 위스키에 입맛 들인 게 그 무렵부터다) 공연히 러닝머신 위에서 인류평화와 남북관계 진전을 고민하며 헛걸음질 하는 짓 따위 하지 않았을 텐데, 라며 심하게 자책했었다. 그래서 운동도 끊고 돈도 끊겼지만 술은 여태 못 끊었다. 돈이 참 나쁜 거라는 걸 그때 깨달았다. 해 놓고 보니 말도 안 되는 얘기다. 난 요즘 말 되는(척 하는) 얘기들이 진심으로 역겹다.

한여름의 크리스마스 캐럴

직장생활 하던 여름 어느 날이었다. 오와 열을 장례식 제대처럼 갖춘 책상 앞에서 각자 숨죽인 채 낮은 포복으로 모니터만 들여다보고 있는 사무실 분위기에 질식할 것만 같았다. 내 자리 바로 위 천장에 중앙 냉방 에어컨이 돌고 있었는데, 고질적인 냉방 알레르기(열도 많은 인간이!) 탓에 혈관 속에 벼룩이 뛰어다니는 것만 같아서 도무지 아무 일도 할 수 없었다. 담당자한테 얘기했더니 다른 사람은 더울 텐데 어떡하냐며 완전 '쌩까는' 표정이었다. 이상한 모멸감이 몰려왔다. 물론, 그의 얘기가 옳았다. 개인의 특수한 희망과 집단의 평균적인 이해 사이의 균열 따위를 그때 숙고했던 건 아니지만, 그 비슷한 갈등을 살짝 겪으면서 충동적으로 '왜 나같이 불성실한 직원을 안 자를까'라며 업무 중에 사우나에 들르신 사장님을 잠깐 원망했다. 그러다가 문득 인터넷 음악 사이트를 뒤져 크리스마스캐럴을 릴레이로 틀었다. 괜히 뭔가 저지르고 싶은 심정이었던 것 같다. 〈실버벨〉로 분위기를 띄운 다음, 슬쩍 주변을 둘러보다가 〈조이 투 더 월드〉에서 볼륨을 높이 올렸다. 별다른 불평도 호응도 없었다. 그래도 내 기분은 좋았다. 핏줄 속에서 널뛰기하던 춘향이 벼룩과 이몽룡 벼룩이 방자와 향단이까지 데리고 남원 이남 어느 바닷가로 피난 간 기분이었다. 그러다가 얼마 후 에어컨이 뚝 꺼졌다. 내 의견이 반영된 게 아니라 절전 차원이었다. 그렇게 여름이 지나고 가을이 지나고 겨울을 넘긴 이듬해 2월, 나는 권고사직 당했다. 캐럴 사건과는 무관하다는 게 여전한 내 심증이다.

한의원 방문

마흔 직전 무렵, 어느 마음씨 좋은 한의사 선생을 알게 되었다. 운동은 끊고 술은 못 끊은 갓 사십에 천운인 셈이었다(참고로 20세기 말 한때, 한의학 공부를 해볼까 하는 생각을 진지하게 했던 적이 있다. 스스로 부여한 '임파서블 미션'이었다. 결국 '임파서블'로 귀결

됐지만 그땐 그럴 만했다). 대충 침이나 몇 대 맞고 한약이나 한 재 복용해볼까 하고 들렀던 건데, '뜻하지 않게'(살다보니 이 말, 종종 쓰게 된다. 사실 그건 '뜻한 바 있어'와 같은 뜻이다) 석고대죄나 고백성사 하는 기분으로 내 병증에 대해 싸그리 늘어놓고는 몸이 어떤 식으로 망가지고 마음이란 게 어떻게 작용하는지에 대해 뜬금없는 밀담(?)이 오가게 됐다. 몸의 운행, 기의 순환, 우주의 체계 따위를 공맹 노장 들먹이며 폼 잡은 건 아니지만, 그런 얘기를 하는 것 자체만으로 이상하게 몸과 마음이 편안해졌다. 물리적인 것이든 심리적인 것이든 아픔이란 자각의 문제다. 아픈 줄 모르는 것도 아픔의 원인이지만, 아픔을 아는 것 역시 아픔의 시발始發이다. 한의사 선생 말(약간 두루뭉수리한 비유)로는 내가 여름의 기운과 겨울의 기운이 한몸에서 동시에 충돌하는 특이체질이란다. 그분 진맥을 문제 삼는 건 아니지만, 해놓고 보니, 그리고 들어놓고 보니(지구 입장에서는) 뻔한 얘기다. 그런데 뻔한 것들을 뻔하지 않게 생각하도록 유혹하고 채근하는 게 문학의 근본적 병증이다. 또는, 심각한 아픈 척이다. 그렇게 여러 달 좋은 약에 길들여졌을 때 불현듯 글쓰기라는 행위가 너무 싫어졌었다. "~가 싫다"는 류의 원색적인 기분 노출 말고는 별 할 얘기도 없으니 글쓰기를 그만둘 때도 된 것 같다(이 역시 아픈 척의 일종임을 당시에도 알고 있었다)는 생각이 뇌리에 계속 떠돌았다. 그럼에도 여태껏, 이게 마지막 글쓰기라는 기분으로 무언가를 쓰고 있다. 행복 따위와는 무관하다. 불행을 선전하고 싶은 생각 또한 없다. 뭔가 신성한 노동을 즐기고 싶다는 오래된 충동이 사그라지지 않았을 뿐이라고 여길 따름이다. 30년을 훌쩍 육박해 가는 착각의 생명력은 이토록 질기다.

굿모닝 아메리칸 드림?

미국에 가본 적 없다. 하지만, 만약 기회가 된다면 미 대륙을 횡단해 보고 싶다는 꿈이 있다. 미국은 자연적인 것이든, 인공적인 것이든 없는 게 없는 나라(라고들 한)다. 총으로 사람을 쏴 죽일 수도 있고 근엄한 마초맨이 되어 큰 엉덩이 실룩거리면서 대평원의 노을에 낭창낭창한 그림자를 새겨놓을 수도 있을지 모른다. 사막과 해변이 있고 상상조차 불허하는 엄청난 계곡과 비참한 할렘도 있다. 개인적으론, 추울 땐 서부를 떠올리고 더울 땐 동부를 떠올리게 된다. 이 모든 건 숱한 영화나 음악들이 새겨놓은 클리셰이자 엉터리 데자뷔지만, 보폭 좁은 내 연상능력이 떠올릴 수 있는 유일한 물리적 체험의 근사치다. 껄렁껄렁한 LA 메탈이나 뉴욕 언더그라운드의 지리멸렬한 노이즈 사운드는 여전히 내 문화체험의 기저에서 요란하게 징징대고 있다. 그런데 최근엔 미국에 대한 상상을 부풀릴 때마다 내 키보다 훨씬 큰 선인장이 먼저 떠오른다. 왜 그럴까? 가시는 짱짱하게 바깥으로 뻗었지만, 선인장은 속이 더 아플 거다, 뭐 이런 턱도 없는 측은지심이 생기기도 한다. 왜 그럴까? 이유는 나도 모른다. 이 글을 쓰고 있는 지금은 7월초. 덥고 갈증 난다. 그러면서 자꾸 선인장이 떠오른다. 선인장의 몸속엔 어쩌면 기나긴 겨울만이 지속되는 건지 모른다. 그렇다면 삐져나온 가시는 영혼 속에서 냉각된 침묵의 고드름? 아무도 찌르고 싶진 않다.

◦ 물 위에 뜬 촛불 하나

기이한 숲

1년 전, 한 어른이 새 이름을 지어주셨다. 기림奇林. '기이한 숲'이라는 뜻이다. 사주 명리를 오래 공부하신 어른인데 직접 뵌 적은 없다. 잠깐 같은 집에서 살게 된 후배의 아버님이시다. 당신의 아들이 웬 룸펜 같은 놈과 어울려 산다 하니 호기심이 동하신 모양이었다. 생년시와 이름자를 듣고는 대뜸 "그놈 이름 그래선 안 된다"라며 놀라셨다고 한다. 상극의 기운이 몸 안에 같은 세기로 흐르는 탓에 정확한 체질과 성질을 가늠하기 어렵다는 얘기는 한동안 한의원 같은 델 들락거리면서 많이 들었던 말이지만, 요절했을 이름이라거나 고립될 팔자라는 구체적 진단은 처음 들어보는 것이었다. 중 팔자라거나 고독수가 많다는 얘기 정도는 어릴 때부터 들어봤으나, 종교나 정치 쪽으로 몸이 기운다는 어른의 말은 약간 당혹스럽기도 했다. 비슷한 즈음, 지금은 동명東明 스님이 되신 시인 차창룡 형을 만나러 절에 들렀다가 출가 권유를 듣곤 이건 뭐지? 하며 진지하게 나의 성정에 대해 고민해보기도 했다. 며칠 후, 동명 스님은 직접 전화를 걸어 아주 친절하고 소상한 입산 매뉴얼까지 전해주셨다. '스님, 저는 아직 때가 아닌 듯싶습니다'라는 고색창연한 대사를 속으로 뇌까리며 허둥지둥 얼버무리면서 전화를 끊었다. 이십 대 때 알게 된 소설가 김연수는 내 눈빛이 파계승의 눈빛이라고 몇 번 얘기한 적 있다. 계를 받은 적도 없는데, 대체 뭘 파했을까.

누가 처음 그렇게 불렀을까

내 이름을 지어준 사람을 잘 모른다. 아버지 말에 의하면 먼 친척의 아는 분이 지었다고 하는데, 당신도 잘 모르는 분이란다. 돌림자도 아니고, 형제 중에 유일한 외자다. 굳이 왜 그랬어야 했는지에 대해선 여태 세세히 물어보지 못했다. 태어나면서 어떤 곡절이 있었을 거라 막연히 짐작만 해볼 따름이다. 형제들은 내 이름을 부러워했던 것 같다. 결혼하고 아이들을 낳더니 죄다

외자로 이름 지었다. 어릴 때부터 이름 때문에 놀림도 많이 받고 주먹다짐할 일도 많았다. 그래도 내 이름이 싫진 않았다. 특이한 것 좋아하고 별 악의 없는 자기놀림을 즐기게 된 이유도 이름과 상관있지 않나 싶기도 하다. 얼마 전, 롯데리아에선 강정버거라는 신상품이 나왔다. 맛있으려나.

너는 참 이상한 생물이로구나

12월 중순에 태어났지만, 출생신고가 늦어 이듬해 1월로 입적되어 있다. 태어날 즈음, 서울 시내 한복판에 큰불이 났었다고 한다. 대연각 호텔 화재사건. 검색해보니 그해 크리스마스 날이다. 내가 태어나고 딱 일주일 뒤. 어린 시절, 할머니에게서 그 얘기를 들은 기억이 어렴풋이 남아 있다. 부산에서 태어났으니 그 화재사건과 나의 출생을 연관시켜 생각하는 건 좀 억지스럽다고 생각한다. 위로는 세 살 터울인 누나와 연년생 형이 있다. 예정일을 20여 일 넘겨 태어나느라 대체로 난산이었던 것 같다. 어머니는 출산 직후, 심장 발작을 일으켜 꼬박 1년을 누워 계셨다고 한다. 초유를 먹지 못했고 이가 자랄 때까지 젖동냥을 다녔다. 내 기억 속엔 저장되어 있지 않는 사실들이나, 그런 일들이

대체로 예민하고 자기중심적이고 자폐성 다분하며 이따금 격렬하게 폭발하는, 종잡을 수 없는 성격 형성에 영향을 미쳤을 거라고 어른들이 수군거리는 걸 어릴 적 엿들은 적 있다. 그렇지만 나 스스로는 내가 아주 담대하고 사려 깊으며 생각이 깊은 사람이라 믿고 싶어 한다. 물론, 나를 아는 사람들이 그렇게 믿을지는 장담할 수 없다. 나는 스스로를 정물로 놓고 따져보길 좋아하는 편이다. 어느 봄날 천변에서 잡아온 개구리나 도롱뇽 따위를 골똘히 바라보듯 참 이상한 생물이로구나 너는, 하면서.

아무것도 말하지 않는다

이름에서 뜻은 중요하지 않다고들 한다. 우선 고려해야 할 건 발음과 획수, 그리고 자모음의 배치 양상 등이다. 기이할 '기奇' 자와 수풀 '림林'자는 그렇게 만나게 되었다. 후배 아버님에 의하면 내 사주가 물 한가운데 촛불 하나가 놓여 있는 형국이란다. 어떤 불안이나 떨림, 소멸에의 두려움이나 발산에의 충동 따위가 그려지는데, 늘 뭔가를 터뜨리고 싶어하면서도 연약하게 무너져 내리기 잘하는 성격과 어울림 직하다는 생각이다. 나무가 모자라 봄에 태어난, 나무가 많은 사람과 잘 맞는다는 설명도 이어졌다. 이를테면 촛불을 크게 번지게 할 장작이 필요한 거라고 해석해볼 만하다. 그래야 돈도 뭣도 다 들어온다나. 일종의 연금술인 셈이다. 돌이켜보니 그동안 만났던 사람들 중 내 성정을 잘 다스릴 줄 아는 사람이 대부분 봄에 태어난 사람이었다. 어릴 때부터 심하게 봄을 타는 것과 무슨 상관이 있는지는 모르겠다. 백호살이 모질게 꼈다는 말은 거울을 보면서 가끔 수긍하기도 한다. 사주니 역학이니 크게 관심 기울여본 적 없으나, 넓게 보아 인간도 자연적 환경이나 조건에 의해 형성되어 부림 받고 부림당하는 하나의 자연물이라는 사실을 인정하고 봤을 때, 귓등으로 튕길 얘기만은 아니라고 본다. 아무튼 나는 이런저런 나의 설계구도(?)를 듣고 건네받은 이름이 마음에 든다. 하지만 아직 개명 신청을 하지 못했다. 게으름 탓이다. 무엇보다 법원에 들러야 한다는 부담감이 더 크다. 어릴 적 읽은 보들레르의 글 중 "천성적으로 내성적인 사람은 때로 극장의 매표소도 지옥의 입구로 보이기 마련이다"라는 구절이 있다. 그걸 읽고 바로 나군, 생각했었다. 관공서에선 늘 이상한 냄새가 난다. 빳빳하게 코팅된 종이들이 팔다리를 달고 걸어 다니는 듯한 차가운 격절감도 있다. 그곳에선 내가 무슨 털 난 짐승 같다는 느낌에 사로잡히곤 한다. 저들에게 내 말은 구체적인 목적과 방향을 지닌 현대어가 아닌, 어떤 얼버무림이나 으르렁거리는 소리로 들릴 거라는 망상도 있다. 사실, 내겐 나의 시도 그렇게 여겨진다. 나는 그 무엇에 대해서도 정연한 말을 들려줄 의도가 별로 없다. 시는 그저 내 몸에 각인되어 육화된 어떤 반응의 언어적 형해形骸에 불과하다는 생각이다. 나는 뭔가 말하기 위해 쓰는 게 아니다. 나만이 체득한 어떤 소리나 그림 같은 걸 건네고 싶은데, 그게 말의 허울을 뒤집어쓰고 있어 말처럼 여겨질 뿐인 것이다. 어쩌다 이렇게 되었는지는 아직 구체적으로 점검해보지 못했다. 구체적 점검이라는 게 스스로 가능한 일인지 의문이기도 하다. 어쨌거나, 나는 이제 우연히 만들어진, 이 세계에 단 하나밖에 없는 기이한 숲으로 살고 싶어 한다. 코끼리나 말, 사슴과 호랑이들이 내 말을 잘 알아듣고 사이좋게 지냈으면 좋겠다.

모난 정이 돌 맞는다?

옛 이름을 버릴 생각은 없다. 연유야 어떻든 40년 넘게 붙이고 다닌 명패이니 쉽게 떼어내긴 어려울 거라 여긴다. 어이없게도 바를 '정正'자 하나다. '정'이라는 이름과 관련하여 곧잘 발생하는 몇 가지 착오가 내겐 있다. 대표적인 게 "모난 돌이 정 맞는다"는 속담이다. 나는 그 속담을 "모난 정이 돌 맞는다"로 자주 혼동한다. 그런데, 모든 혼동이 그렇듯, 그런 식으로 단어를 자리바꿈한 게 묘하게 나를 드러낸다고 생각하기도 한다. 내성적이고 새침하면서도 튀기 좋아하고 입바른 소리(시인 이영주는 내 말버릇에 대해 돌직구 투척 정도가 아니라 숫제 돌로 찍어 누른다고 표현한 적 있다. 뜨끔했다) 잘하고 한 번 아니면 죽어도 아닌 외곬 기질 탓에 여태까지의 삶이 그다지 안온한 편은 아니다. 구설도 많고 사고도 적잖았으며 관계에서 주고받은 상처도 얼추 초소 이탈한 탈영해병 수준이다. 그러니 여기저기서 돌이 날아오기도 하고 오해로 점철된 소문 속의 악한으로 변질돼 나 스스로도 그게 누구지? 이럴 때가 있다. 꼬리를 물고 비틀리면서 종국엔 원전과는 판이한 텍스트가 되어버리는 소문의 속성을 이해 못하는 바 아니지만, 그리고 사실 여부와는 무관하게 그런 난분분의 원인 제공자로 이미지 메이킹된 과오가 나로 인해 말미암는 것이라는 걸 부정하는 바도 아니지만, 사방으로 난반사하다가 결국 내 이마로 날아와 충격파를 던지는 돌의 무게와 밀도에 대해선 몸이 익히 알고 전신으로 방패막이 되어버린 수준이다. 자신과의 거리두기나 습관적인 자기냉소도 거기 연유한다. 그리고 그것들이 고스란히 나의 맹점이자 오류가 되고, 또 그것들이 고스란히 내 정신에 투과되어 세계를 바라보는 고유한 색과 틀의 거름종이로 작용한다. '정'은 그렇게 돌 맞으며 단단해지고 허물어지길 반복하며 그 자체로 영색하고 교언하는 것으로 한 생을 버틴다. 나는 '그'를 더 이상 사랑하거나 저주하지도 않고 무시하거나 존경하지도 않는다. 다만, 늘 그러했듯이 바라보기만 할 뿐이다. 너는 보면 볼수록 참 이상한 생물이구나, 기이한 숲으로 와서 호랑이와 사슴의 노래를 익혀보지 않으련.

조르주 깡길렘이라고?

다시, 물 한가운데 놓인 촛불의 영상. 뭔가 불안하고, 어딘가 뜨거우며, 적잖게 축축하면서 전체적으로 서글프다. 대뜸, 바슐라르가 떠오르기도 한다. 촛불의 미학이니 불의 정신분석이니 하는 말들을 오랜만에 곱씹어본다. 이름 지어준 어른은 바슐라르가 누구인지도 모르는 분이다. 기림이라는 이름에서 많은 사람들이 시인 김기림을 떠올리곤 하지만, 그분은 김기림이 누구인지도 모르는 어른이다. 한자도 다르다. 김기림의 이름 풀이는 '일어서는 숲'이다. 이름을 받고 나서 호기심이 동해 김기림의 시들을 살펴 읽고 전에 없던 호감이 느껴졌던 건 내 순진성의 발로였다고 여긴다. 시인 함성호는 강기림이란 이름을 처음 듣고선 장난스럽게 깡길렘 깡길렘 반복하곤 했다. 프랑스의 의사이자 기호학자인 조르주 깡길렘을 일컫는 터. 함성호는 내가 전화를 걸면 "어, 기림아"라고 대답해주는, 아직까지는 거의 유일한 사람이다. 앞으로 많은 지인들이 그렇게 해주길 바란다. 기림이. 예전에 같이 살던 고양이가 사료보다 더 좋아했던 크래미 게맛살이 갑자기 먹고 싶다.

내가 보는 것, 나를 보는 것

물에서 불을 보거나 커다란 나무의 밑동에서 자궁을 떠올리거나 모래사장 같은 데에서 그 밑에 흐를 물을 상상하는 건 내겐 오래된 편벽偏僻이다. 원인은 잘 알 수 없다. 시를 쓸 때, 시에 직접 드러나거나 구술된 것과는 무관하게, 그런 것들이 뇌리에 원형질처럼 떠 있는 경우가 많다. 앞서 바슐라르를 언급했지만, "나무에서 불을 본 자는 수천 편의 시를 쓸 수 있다"는 등의 구절을 오래전 그의 책에서 읽은 적 있다. 나는 그게 인간의 의식적 판단 기제 이전에 작동하는 자연의 한 구조적 양상이라 여기는 편이다. 이를테면 물질들이 교호작용하는 이면에는 각기 다른 분자들이 상호 변전하고 이동하는 보이지 않는 체계가 존재한다는 말이다. 그래서 외연적으로는 서로 무관하고 멀리 떨어져 있는 듯 보이는 물질들이 그 자체의 상이함과 이질 요소들 자체로 마찰하면서 어느 순간, 같은 연결고리 안에 나란히 놓여 어떤 암시를 건네게 되는 것이다. 그런 점에서 20세기 초반의 초현실주의는 표면적 현실에선 잘 드러나지 않는 자연의 인과율을 심연에서부터 파악하고 해석하려 한, 지극히 현실적인 노력이었다고 여긴다. 다만, 그것이 오래된 이성적 체계에 대한 반대급부적 망상으로만 치우쳐 보다 첨예한 정신의 구조를 파헤치는 노력으로 이어지지 못했을 뿐이다. 사람이 어떤 현상들의 이면을 추적해 그와 뿌리가 엮여 있는 다른 현상을 떠올리고, 한 사물에서 전혀 다른 사물로 점프하거나 잠수하게 되는 건 어쩌면 당장 피부로 겪고 있는 현실보다 더 큰 현실이 이미 존재하고 있다는 암시인지 모른다. 인간의 기억체계가 대개 그러하지 않던가. 그리고 꿈은 더더욱 그러하다. 거기에선 정말 사람이 짐승과 대화도 하고 몸을 섞고 그 자신을 다른 사물로 파악하면서 끊임없이 변신하고 탈각하는 원시적인 기초체계가 작동하고 있을 거라고 믿어본다. 그 안에서 나는 다른 어떤 것과도 다르지 않고, 다른 어떤 것과도 똑같지 않은, 그저 그 자체의 성질로 유지되면서 그 자체로 또 다른 무언가로 변해가는 하나의 자연물, 예컨대 부러진 나무등걸 같은 것일 수도 있다. 그것은 행도 불행도 모른다. 그저 그 자신으로 살다가 그 자신이 아닌 것으로 변해갈 뿐. 우주는 알고 보면 좁고 모르고 보면 광활하다. 아니, 알아도 모르고 몰라도 알게 된다. 살아 있는 나는, 그리고 살아 있는 풀과 나무와 짐승과 공기는, 그 자체로 하나의 우주이자 그것의 표본이다. 나라는 틀은 얼마나 비좁은가. 숲에선 많은 짐승과 많은 식물이 한데 어우러져 죽고 살리고 먹고 먹힌다. 그것은 부러 기이하다 말하지 않아도 이미 기이하고 신비롭다.

지나간 삶인가, 지나갈 삶인가

자주 꾸는 꿈 중에 이런 게 있다. 팔만 가볍게 휘저어도 몸이 부드럽게 떠올라 나는 발아래 세상을 두고 하늘을 비행한다. 그렇게 날다보면 눈으로 뒤덮인 어느 공간과 만난다. 깨고 나서 유추해보면 북극에서 대기권으로 이어지는 경계 지점쯤 되지 않나 싶다. 물론 정확한 건 아니다. 꿈속의 일을 현실 기준으로 적용해서 분석하려 하면 그것이야말로 꿈같은 일이 돼버린다. 그래도 어쨌든 지구에 그런 곳이 존재한다고 믿어본다. 일상의 기압과도 다르고 추위는 외려 포근해 비행 중인 몸이 속에서부터 뜨겁게 달아오르기도 한다. 굉장한 속도감과 동시에 고요하고 차분한 정적이 사위를 감싸고, 세상은 손으로 만지면 지워질

듯 투명하면서도 아슬아슬하게 명료하다. 사물은 사람을 닮았고, 사물은 그 자체로 이미 사람이다. 마치 유리로 된 몸들과 소리 없이 대화하면서 그들의 몸속으로 고요히 스며들 듯한 일체감이 충일해진다. 그렇게 한참을 날다가 이내 추락. 꿈에서 깨면 흡사 어느 작은 구멍 속으로 순식간에 빨려드는 신기루의 끝 같은 걸 목격하게 된다. 몸의 부유감은 여전하고 방금 전까지 목격했던 새하얗고 투명한 세계의 공기는 콧속에서 미진한 냉기와 함께 아스라한 적막이 된다. 몸 안에 만져지지 않는 서랍 같은 게 있어 그 안으로 모든 게 숨어버린 느낌. 뇌의 깊은 부분과 연결된 콘센트에 코드를 꽂으면 근사한 동영상이 재생될 것만 같은 기대감과 허탈감. 부질없는 꿈이라 치부하기엔 몸에 묻어 있는 이물감과 생동감이 너무 선하다. 기림은 어쩌면 그 사이에 존재하는, 간격을 좁히려 할수록 더 넓고 울창해져 이내 또 다른 공간으로 변해버리는, 끊임없이 변화하는 숲인지도 모른다. 그곳에서 모난 정이 쉬거나 울거나 지분거린다. 나여서 낯설고 내가 아니어서 반갑다. 정이든 기림이든, 이 기나긴 꿈의 숲길과 마주쳐 부디 흥미로운 자연의 판타지가 쉼 없이 재생되길 기대하며 촛불을 켠다. 사위는 다시 꿈속 같은 물의 공간. 불빛이 흔들린다. 벽면에 비친 그림자가 짐승 울음소릴 낸다. 이것은 지나간 삶인가, 지나갈 삶인가.

서울이라는 욕망의 잠수함, 또는 변두리 잠망경

서울에 대한 최초의 기억을 말하자면, 좀 엉뚱하게도 잠수함이 떠오른다.

나는 삶의 절반 이상을 서울에서 보냈지만 완전 서울 사람은 아니다. 1960년대 중반, 지리산 자락에서 태어나 가난한 가족을 위해 전국을 떠돌며 돈을 벌어야 했던 젊은 아버지는 마침 혼기를 맞아 서울에 기거하고 있었다. 그때 만났던 젊은 어머니는 충남 공주 태생. 지인의 소개로 첫 대면한 이후 아버지는 스물두 살짜리 여염집 처자를 당신의 아내로 맞이하는 데 성공했다. 두 분은 얼마 후 서울에서 결혼식을 올리고 해운대로 신혼여행을 다녀온 다음 서울의 한 외곽에서 신혼살림을 차렸다고 전해진다. 그러고는 당시 아버지의 친가가 있던 부산과 서울을 오가며 1960년대 말과 1970년대 초에 걸쳐 2남 1녀를 낳았다. 그런데 그 형제들의 출생지는 부산, 서울, 부산 하는 식으로 각기 달랐다. 시간 순서상 세 번째에 해당되는 '부산'이 나의 출생지다. 그러다가 태어난 직후 다시 서울로 올라와 말문이 트였다고 한다. 출생 무렵의 일들이라 명확히 전해지는 바는 없지만, 여하간 그 이후에도 우리 가족의 이주 행각은 멈추지 않는다. 어른들의 증언에 따르면 다섯 살 무렵 다시 부산으로 내려가 살았다고 하는데, 웬일인지 내겐 그 당시의 기억이 전혀 남아 있지 않다. 내가 확신할 수 있는 내 기억의 시발점은 1976년경, 즉 한국 나이로 여섯 살 무렵부터다.

서울은 그러니 내 초년 시절엔 등장하지 않는 도시이다. 단지 부산에서도 가족끼리 서울 말씨를 쓰는 몇 안 되는 가정 중에 우리 집이 속했다는 점만이 나의 짧은 '서울살이'를 증명해줄 수 있을 뿐이다. 언어습득능력이 빨랐던 어린 시절인지라, 밖에서는 경상도 사투리를, 집에서는 매끈한 서울 말씨를 완벽하게 구사하는, '말발'은 좋으나 발표력은 모자란 초등학생 시절을 보냈던 것으로 기억한다. 그런 내게 서울이란 곳은 방학 때나 가끔

씩 가보는, 예쁜 사촌누나들과 커다란 건물, 그리고 멋진 장난감이 즐비한 신천지로 여겨졌다. 더욱이 풍문에 의하면 서울은 지방보다 티브이 방송이 일찍 시작해 더 재미있는 만화영화들을 많이 볼 수 있는 '첨단문화도시'라 알려졌다. 때문에 방학을 맞아 어머니를 따라 한 열흘쯤 서울나들이를 다녀오는 일이 늘 자랑거리였다. 하늘을 휘저으며 용트림하는 청룡열차와 막 윤곽을 드러내기 시작한 88올림픽 주경기장의 웅장한 골격에 대해 늘어놓으며 젊은 담임선생에게 '세련된 아이' 취급받았던 기억도 새삼 떠오른다.

하지만, 그때의 기억들은 그야말로 조각난 만화 페이지처럼 듬성듬성 꿰맞춰지기만 할 뿐, 정작 나의 유년 시절에 서울이란 도시는 실제로 존재하지 않는 것이나 마찬가지다. 1970년대 말과 1980년대 초반을 아울러 어린이의 판타지로 재구성된 서울은 이후의 역사적 정황과 문화적 격변의 시대와 통시적으로 맞물려 엮이면서 내게 과거인 동시에 가상의 도시로 흐릿하게 남아 있다. 그러면서 이후에 체험하게 되는 몇 가지 문화적 사료들이 그 위에 덧붙여지면서 또 다른 공간으로 변화하게 된다. 그건 나 자신의 기억이 서울이 본디 가지고 있던 역사적 사안들과 부딪치며 왜곡·변화한 나만의 서울이다. 서울이라는 공시적으로 비대하고 통시적으로 좌충우돌인 한 메갈로폴리스가 내 안에서 어떤 식으로 자리 잡고 커나갔는지는 오로지 나만의 사소한 기억에서 출발하는 셈이다. 이건 어쩌면 지금 서울에서 살고 있는 대부분의 지방 출신들이 공유하는 내용일 터, 서울은 모든 사람을 받아들이는 듯하지만, 많은 사람에게 서울은 타향이다. 그 미묘한 공존과 갈등이 낳은 문화가 서울의 문화이자 대한민국 반세기의 얼굴이 아닐까. 이 당연하고도 케케묵은 질문 한가운데 잠수함이 떠오른다.

•

때는 1984년. 중학생이 된 나를 가장 힘들게 했던 건 잘 오르지 않는 수학 성적도, 막 시작된 제2차 성징의 성장통도 아니었다. 그해 아버지는 처참한 실패를 맛보았고 한때 부산의 한 지역구에서만큼은 떵떵거리며 살던 우리 집이 쫄딱 망했다. 채권자들의 등쌀과 이러저러한 환멸이 겹치면서 아버지는 다시 상경을 시도했다. 하지만 여러 여건 상 부득이 이산가족이 될 수밖에 없었던지라 형과 누나를 떼어놓고 부모님과 나만 부산을 떠나게 되었다. 그렇지만 부산 '촌놈'이 서울에 있는 중학교로 전학하는 일이 녹록지만은 않았다. 행정절차상 서너 달의 유예기간이 있었는데, 그동안 나는 작은아버지 댁의 보살핌을 받게 되었다. 부모님은 어리둥절해하는 중학생 막내를 놔두고 꼭 필요한 짐만 챙겨 서울의 단칸 월세방으로 향했다. 그런데, 마침 그 무렵 서울에 엄청나게 큰 홍수가 났다. 요즘도 종종 폭우가 쏟아지면 인용되는 '1984년 대홍수'였다. 기차로 짐만 먼저 보낸 다음 뒤늦게 부모님이 도착했을 때엔 세 식구 등 붙이기도 모자란 작은 방에 물이 꽉 차 이삿짐들이 둥둥 떠다니는 상태였다고 한다.

골목 어귀까지 어른 어깨높이만큼 물이 넘쳤다고 하니, 그 와중에 이삿짐 싸들고 분투했을 부모님의 모습은 상상만 해도 눈물 날 일이었건만 그 얘길 들었을 때 맨 처음 떠오른 건, 철딱서니 없게도 잠수함이었다. 중학생이 된 나의 로망은 추리소설과 SF소설 따위에 꽂혀 있었다. 형제들과 헤어지고 삶의 규모를 급작스레 축소시켜야만 하는 가족의 비애나 슬픔 따위는 이상하게도 현실감이 느껴지지 않았다. 아니, 그 모든 현실적 상처들을 보상받기 위해서라도 당연히 잠수함이 있어야만 할 것 같았다. 행인지 불행인지 당시의 나는 현실의 많은 문제들을 소년다운 만화적 판타지로 보상받으면서 내면에 그어진 상처를 위무할 줄 아는 '너무 철없어서 원만할 수 있었던 아이'였던 듯하다. 이후, 폭우로 범람한 이 거대한 도시의 밑바닥을 유유히 흘러 다니는 잠수함은 오랫동안 내 의식을 지배했다. 그 어떤 괴로운 일이 있어도 잠수함만 생각하면 마음 편하게 잠들 수 있는 시절이었다. 이후 나는 이사 첫날 부모님이 간신히 몸을 뉘었던 그 작은 집의 다락방에서 사춘기를 맞고 고등학생이 되었다. 이를테면 잠수함의 관제탑에 올라 나만의 작은 잠망경으로 세상 풍경들을 응시하기 시작했던 셈이다. 그 무렵 나의 우상은 캡틴 네모(쥘 베른의 소설 『해저 2만리』의 주인공)였다. 당시 행정구역상으로 서울특별시 성동구(지금의 광진구) 군자동, 5공 정권의 전성기 시절이었다.

서울은 만원이다, 라고 쓰였던 표어 내지는 책 제목이 불현듯 떠오른다. 서울이 이미 과포화 상태라는 사실을 경고하는 의미로 쓰였을 테지만, 내가 보기엔 20여 년이 지난 지금도 서울은 여전히 '만원'에서 절상되거나 절하되지 않았다. 모든 거대도시가 그렇듯 서울은 내부의 폭발적 요소들을 시 외곽으로 확장하거나 내부 깊숙이 숨김으로써 자멸적 붕괴 요소들을 간수하고 관리한다. '만원' 이상이나 이하가 될 때 서울은 균열을 일으킨다. 말인즉슨, 어떤 거대한 일반화와 평균화의 법칙이 자기모순을 드러낼 때 서울이라는 합목적적 공간이 중심추를 잃게 된다는 소리다. 이건 근대화 이후 서울이 필연적으로 가지고 있는 다계층, 다지역성 등등이 특정한 통합체제 바깥에서 그 자체의 에너지만으로 두드러질 때 발생할 수 있는 문화적 격변의 사례로 연결될 수 있다. 아울러 이러한 사실은 서울이 가지고 있는 잠재적 힘인 동시에 내흉의 기원이라는 중층적 의미를 갖는다. 하나의 거대한 조직체로서의 서울은, 더욱이 자본주의의 메카를 벤치마킹하는 소비도시로서의 서울은 개인의 자율적 삶을 적극 권장하는 방식으로 개개인의 삶을 끊임없이 통제하고 간섭한다. 그 안에서 개인이 향유할 수 있는 문화는 엄청나게 다양한 외피를 두른 채 수시로 변화하는 듯하지만, 실상은 특정한 패턴과 규칙 안에서 엄밀하게 제한된다. 그래서 하나같이 다른 지역색과 입맛과 기질들로 복잡다단하게 구성된 서울의 실제적인 색깔은 어설픈 절충이나 합의로 중성화되곤 한다. 그럼에도 그 자체의 독자적인 성품들은 그 자체로 삶의 밑바닥에서 끈끈하게 살아 있다. 그런 의미에서 서울 사람들은 자신을 가장 잘 감추는 방식으로 자신의 욕망을 드러내는 데 익숙해진 사람들이다. 지방 사람들이 서울 사람을 일러 '깍쟁이'라 일컫는 까닭은 여기에 있지 않을까?

물론, 나만의 과잉 추측일 수 있다. 하지만 분명한 건 서울은 그 어느 때도 사람들의 사고방식을 (경제적 조건이나 사회적 인지도 따위와는 무관하게) '만원' 이상이나 이하로 설정하지 않는다는 사실이다. '만원'에서 모자라거나 넘칠 때 서울은 앓는다. 비단 서울뿐 아니라 서울을 중심으로 하고 있는 대한민국의 어느 부분이 심하게 동요하고 이글거린다. 그리고 나는 그 '만원'의 가치와 색깔을 변하게 했던 몇몇 인물을 사춘기 시절, 나만의 잠수함 속에서 만났다.

"1985년은 내 인생의 격변의 시작이었다."

이 말은 나중에 자서전이라도 쓰게 된다면 맨 앞줄에 놓일 문장으로 미리 염두에 두고 있던 구절이다. 별 대단한 일이 있었던 것은 아니다. 중학교 2학년이었고, 밋밋하던 얼굴 표면에 수상쩍은 돌기들이 돋아나기 시작했으며 동년배 여자아이들의 가슴을 힐긋거리면서 수음이란 걸 알게 되었던 시기에 불과했을 수도 있다. 하지만 내가 굳이 비장하게(?) 입술을 적시며 위와 같은 문장으로 스스로를 돌이킬 생각을 하게 된 이유는 그해부터 내가 록음악에 빠져 들었기 때문이다. 그것은 단지 누구나 한 번 겪을 법한 사춘기의 탐닉을 넘어 나 자신의 현재를 규정하는 내용으로 뿌리 깊게 자리 잡고 있다.

지금도 별반 다르지 않지만, 서울은 대한민국에서 경험할 수 있는 모든 문화적 아이템들이 총집결된 곳이다. 하위·고급 가릴 것 없이 모든 문화의 본거지가 서울에 집중되어 있다. 지방 사람들의 문화적 허기는 따라서 예나 지금이나 상대적으로 극심할 수밖에 없다. 하지만 갓 중학교 2학년이 된 내가 그런 복잡한 문제에 대한 자각을 가지고 있었을 리는 만무하다. 그럼에도 우연히 놀러 간 친구의 집에서 록음악을 처음 접한 이후, 그 새로운 '놀이'(문화라고 거창하게 부르기엔 그 당시의 나는 몸도 생각도 너무나 어렸다)에 푹 빠져버린 내게 서울은 각별한 의미로 다가왔다. 혼자서 버스를 타고 시내 곳곳을 돌아다닐 정도로 성장한 상태였고, 마음속에 짓눌린 일탈 욕구는 강렬한 전자기타 선율에 실려 자꾸만 나를 서울의 이곳저곳으로 내몰았다. 이태원에 새롭게 개장한 록 클럽 'ROCK WORLD'에 들락거리기 시작한 건 중학교 3학년이던 1986년 여름이었다. 그곳은 한국 록음악의 대부라 불리는 기타리스트 신중현이 운영하던 곳이었다.

대부분의 인명정보를 살펴보면 신중현의 출생연도는 1940년이라고 알려져 있다. 그러나 그보다 서너 해 이전이라는 '썰'도 만만치 않다. 어쨌거나 분명한 건 그가 내 아버지 또래이고 서울에서 태어났으며 한국전쟁 이후 범람하기 시작한 서구 이식문화의 소용돌이 속에서 그만의 독창적인 음악스타일을 창조해낸

인물이라는 점이다. 그가 자신의 키만 한 기타를 어깨에 둘러메고 미8군 쇼 무대에 처음 등장한 때는 1957년이었다. 이후 그의 음악활동은 격동기의 남한사회와 때로 길항하고 때로 흡수되고 때로 부딪치면서 아슬아슬한 평행선을 걷게 된다. 그런데 신중현은 그 또래 대중음악인들과 비교해 사뭇 특별한 점이 많다. 소위 '현장'에서의 대중가수의 생명력은 길어야 10년 주기에서 크게 벗어나지 않는다. 오래 사랑받는다 해도 그 가수의 노래를 처음 향유하던 세대들 위주로 팬층이 한정되기 마련이다. 하지만 신중현의 음악은 당대의 젊은이들뿐 아니라 후대의 뮤지션이나 젊은이들의 정서에 직접적인 영향력을 갖고 있다는 점에서 특출한 면이 있다. 물론 록음악이라는 양식 자체가 시대를 초월해 약동하는 젊음의 정서를 대변하고 표현한다는 점에서 원인을 찾을 수 있겠지만, 젊음이란 단어 자체의 속성이 한정된 의미 안에 갇히기 어려운 것처럼 신중현의 음악 또한 그 요체를 단박에 끄집어내기엔 어려운 요소가 많다. 차라리 전자기타라는 악기에서 이유를 찾아야 할지도 모른다.

신중현이 미8군 무대에 오를 당시 한국대중음악의 주류는 재즈와 영미 스탠더드팝, 그리고 그 외 잡다한 요소들이 절충된 왜색 가요의 전성기였다. 그 와중에 신중현은 서구에서 직수입

된 록기타의 강렬한 디스토션을 최초로 선보였다. 물론 그 당시 전자기타의 매력과 새로운 가능성에 탐닉했던 한국 뮤지션이 신중현만은 아니었다. 그러나 그중에서도 신중현만이 그 거칠고 낯선 음색을 가지고 한국사회의 여러 현상들과 세태를 독특한 발성법으로 읊어댈 줄 알았다고 해도 과언이 아니다. 그의 음악은 그가 바라본 세상을 기타에 실어 안으로 조이고 밖으로 터뜨리는 기묘한 효과를 창출하며 한 시대를 풍미하는 것을 넘어 한국대중음악사에 또 하나의 맥을 형성했다. 하지만 1986년 무렵 내가 이태원의 'ROCK WORLD'를 들락거리며 향유했던 음악은 신중현의 것이 아니라 그 아들 세대의 것이었다. 그 대표적인 인물들이 지금은 한국 록음악계의 빼어난 실력자들로 자리잡은 신중현의 친손親孫 신대철·윤철·석철 형제다.

장남인 신대철은 1966년생으로 그 당시 한국 최초의 헤비메탈 밴드라 알려진 시나위의 리드 기타리스트였다. 서울고등학교를 갓 졸업한 긴 생머리의 그는 'ROCK WORLD'에서 자신의 밴드를 이끌고 딥 퍼플, 블랙 사바스 등 영국 고전록 밴드들의 명곡뿐 아니라 자신의 자작곡까지 선보였다. 그때 그와 함께했던 가수들이 임재범, 김종서 등이다. '서울말을 90퍼센트 완벽하게 구사하는 부산 출신 중학생'은 이전에는 결코 들을 수 없었던 한국 사람들의 록사운드에 정신없이 빠져들었다. 그때부터 이태원을 출발해 대마초 파동과 금지곡으로 대표되는 유신시대의 문화적 지체가 한국만의 독특한 카운터 컬처를 형성하던 시절을 거쳐 한국 현대시의 한 거성이 사라지는 1960년대 말의 서대문 네거리까지 이르는 시간 여행이 시작되었다. 거점은 다름 아닌 앞서 말한 나만의 다락방, 그 좁고 예민하고 황량하면서 순수했던 잠수함이었다.

신중현이 왕성하게 활동하던 시기는 1960년 후반에서 1970년대까지로 볼 수 있다. 하지만 그 무렵의 기억을 갖고 있지 못한 내게 신중현은 시대를 초월해 존재하는 '영원한 현재의 예술가' 중 한 명이다. 외국의 록음악과 당대의 한국 음악만을 주로 듣던 내가 신중현의 음악을 제대로 접할 수 있었던 시기는 1990년대가 시작되면서부터였다. 때문에 그의 노래들이 처음 만들어지고 불리던 시절의 감회와는 사뭇 다른 감수성과 문화적 토대 위에서 그를 받아들이게 마련이다. 물론 모종의 통시적 흐름과 연결된 당대의 풍경들이 은연중 오버랩되기는 하나, 1990년대에 듣는 〈미인〉이 1970년대의 그것과 똑같은 울림을 지니기는 어려울 것이다. 흔히 〈미인〉을 두고 서구의 록기타 주법에 한국 고유의 굿거리장단을 접목시킨 노래라 평하지만, 사실 어떤 개성적인 음악을 두고 그 출생연원을 기존의 해석틀에 맞춰 이리저리 재단하는 건 소양 좁은 비평가들의 편협한 분류법에 불과하다. 관건은 피차 이질적인 문화적 요소들이 결합되어 창출된, 기존에 존재하지 않던 어떤 '효과'들에 관한 것들이다. 이건 비단 신중현의 음악뿐 아니라 서울이라는 거대도시의 전반적인 문화토양과도 관련된 사항이다. 해방 이후 전쟁과 급속한 근대화를 거치면서 서울은 서양과 동양, 근대와 전근대, 농촌 정서와 도시민 정서가 뒤죽박죽된, 그야말로 거대한 혼종의 도가니로 변화·발전했다. 때문에 그 안에서 영위되는 삶들은 전통에 대한 막연한 기억과 신문물에 대한 경외, 그리고 빠르게 변화하는 생활양식으로 인한 착종된 문화의식을 갖게 마련이다. 1921년 서울 종로에서 태어나 1968년 서대문 네거리 적십자병원에서 사망한 시인 김수영이 6·25 전쟁과 4·19 혁명을 겪으면서 적시한 서울의 풍경은 바로 그것이었다.

나날이 새로워지는 괴기한 청년
때로는 일본에서
때로는 이북에서
때로는 삼랑진에서
말하자면 세계의 도처에서 나타날 수 있는 천수천족수(千手

千足獸)

미인, 시인, 사무가, 농사꾼, 야소(耶蘇)이기도 한

나날이 새로워지는 괴기한 인물

흰 쌀밥을 먹고 갔는데 보리알을 먹고 간 것 같고

그렇게 피투성이가 되어 찾던 만년필은

처의 백 속에 숨은 듯이 걸려 있고

말하자면 내가 찾고 있는 것은 언제나 나의 가장 가까운

내 곁에 있고

우물도 사닥다리도 애아(愛兒)도 거만한 문패도

내가 범인이 되기 전에

(벌써 오래전에!)

범인의 것이 되어 있었고

그동안에도

그뒤에도 나의 시는 영원히 미완성이고

– 김수영, 「절망」 〈1962.7.23〉

내가 김수영의 시를 처음 만났던 때는 1987년, 고등학교에

갓 입학한 무렵이었다. 무슨 말인지, 뭘 뜻하는지는 중요하지 않았던 것으로 기억된다. 더 중요한 건 신중현의 기타 음색이나 김수영의 시나 그 당시의 나로서는 공히 설명 불가능하고 작은 머리로 설정할 수 있는 거리 바깥에서 저들 나름의 궤도를 따라 공전하는 외계의 소리로 들렸다는 점에서 대동소이했다는 사실뿐이다. 그러나, 그럼에도 불구하고, 또는 그렇기에 나는 그 가청 영역 바깥인 듯하면서도 내 삶의 중심에서 끝없는 이명처럼 떠도는 그들의 발성에서 아직껏 벗어나지 못한다.

그 이후 계측 가능한 시간으론 20여 년이 훌쩍 지났지만, 수차례의 번민과 그에 맞먹는 물리적 이동의 거리 속에 서울이 존재했었다. 다시 말해 내가 서울에 살았지만, 서울은 늘 나의 삶의 바깥이었다. 언제나 바깥이면서 늘 그 안에 놓여 있는 듯한, 엄밀하고도 분방한 자장 속에서 서울은 나를 키웠다. 늘 정체되어 있는 듯, 매 순간 다른 쪽으로 문을 열고 제멋대로 뛰쳐나가 새로운 세상의 기미를 열어젖힐 것만 같은 공간. 그럼에도 제 스스로 속박된 절차와 한계와 고집 속에서 해묵은 거울에 스스로의 얼굴을 새삼 확인하며 '절망'하는 공간. 40여 년 전 김수영이 읊었듯 서울은 아직도 '나날이 새로워지는 괴기한 청년'이다. 그 청년의 얼굴은 그래서 언제나 종잡을 수 없고, 그래서 매 순간

애증이 교차한다. 그것은 수차례 정권이 바뀌고 정책이 바뀌고 특정한 경제원칙에 따라 사람들의 생활지수가 변해도 혈색이 변하지 않는다. 그러니 그 안에 사는 사람들은 언제 어른이 되고 그들만의 질서를 잡겠는가. 스스로 탈각하려 애쓰는 것조차 환멸이 되고 절망이 되고 또 다른 희망이 되는, 늙을 대로 늙었으되 여전히 푸르딩딩 제 꿈을 철부지처럼 떠드는 서울이라는 도시. 그리고 그 안에서 명멸하며 에너지를 소진하는 잠수함 속의 늙은 청년들. 내 기억 속에 살아 있는 서울은 언제나 그 모습 그대로이다. 내 인생의 변화를 자신의 변화인 양 착취하며 매일매일 가면을 바꿔 쓸 뿐 티브이에서나 떠들어대는 서울의 변화는 그저 공허할 따름이다. 그런 점에서 1984년 내 꿈속의 잠수함엔 아무런 진보도 발전도 없다. 시간이 흘러 김수영을 지나고 신중현을 지나고 또 다른 누군가를 지나면서 그 모든 일률적 횡포를 견뎌낸 어떤 흔적들 속에서 나는 여전히 '미완성'이다. 서울은 한반도의 중심에서 여전히 떠도는 불완전명사다. 나의 잠수함은 아직도 그 밑을 떠돌기만 할 뿐, 서울은 늘 한강의 한가운데서 남북으로 표류한다. 그게 내가 아는 서울의 전부다. 그리고 서울이 기억하는 나의 모습은 변두리 어느 외곽에 아스라이 떠 있는 잠망경의 눈과 같은 것. 여전히 서울이라는 물속이 깊고 깊어 숨 막히고, 아늑하다.

◦ 취미가 뭐냐고?

•

내 취미 있다면
땅이나 돌에 대한 것뿐
나는 언제나 공기나
바위나 석탄과 철을 먹는다

– A. 랭보 「지옥에서 보낸 한철」에서

열일곱 살 무렵, 위 시구를 처음 읽은 나는 열광했고, 곤혹스러웠다. 무슨 의미인지 도통 알 수 없었기에 읽던 책을 집어던졌고, 그럼에도 자꾸 뇌리에 떠올라 팽개친 시집을 도로 집어 들었다. 처음엔 곤혹스러움이 컸지만, 곱씹으면 곱씹을수록 가중되는 건 열광의 강도였다. "땅이나 돌에 대한" 취미 따위 그 당시 내게는 없었지만 "땅"이나 "돌" 같은 것으로밖에는 표현할 수 없는 모종의 열망 같은 것이 존재했기 때문이었을 테다. 그러니 자연 "공기"나 "바위"나 "석탄" 등은 단어로 지시된 것 이상을 가리키는 열망의 구체적 현물現物로 이해됐었다. 그러면서 공연한 고양감을 느꼈다. 당시의 고양감을 요약하자면 '나는 공기나 바위나 석탄을 먹는 별개의 인종이다' 정도? 그 무렵 나는 내가 고작 지구인밖에 안 된다는 사실에 심한 수치심을 느끼던 참이었다.

어찌된 영문인지 내게는 취미나 특기 따위가 지금도 없다. 취미는 대개 일상의 잉여를 메우는 데 투여되는 여분의 노동이나 장기를 뜻한다. 한편, 취미는 일상에서 충족하지 못하는 특정한 심정적 요구를 위무하는 역할을 하기도 한다. 요컨대 취미는 노동에서 결락된 것을 메우기 위한 감정적 사치이자 욕구 충족을 위해 자발적으로 수행되는 욕망의 대리물인 셈이다. 평생 취미 생활만 누리며 사는 인간은 내가 아는 한, 없다. 거꾸로 타인이나 사회의 요구에 의해 노동해야 하는 많은 인간들에게 취미 생활은 정기적으로 섭취해야 하는 포도당이나 마찬가지다. 사람들은 취미를 통해 자신의 또 다른 자아를 스스로에게 증명한다. 그런 맥락에서 취미도 특기도 없는 나는 대단히 행복하거나 대단히 불행한 사람, 둘 중 하나다.

지인들은 혹여 음악을 얘기할지도 모르겠다. 어릴 적부터 좋아했고 나이 먹으면서도 그 언저리에서 늘 배회하면서 어찌어찌 흉내라도 내는 모습이 공개된 판이니 딴에는 그런 것 같기도 하다. 하지만 나 스스로 자문해볼 때, 음악을 취미라고 하기엔 심정적 친연성이 너무 강하다. 주변 사람들을 살펴봤을 때 취미에 대한 애정은 굉장히 특수한 면이 있다. 공들여 화초를 키우거나 액션 피규어를 모으거나 주말마다 낚시를 떠나는 사람들에게 취미는 '마음의 안식처' 역할을 하는 것 같다. 주 5일 고된 노동에 시달리면서도 힘을 잃지 않게 하는 데 취미는 많은 도움을 준다, 고들 여긴다. 그러면서도 일상은 언제나 거기서 거기, 다람쥐 쳇바퀴 속이다. 취미는 어느 정도의 신비감과 '정복불가능성(?)'이 전제되어야만 가능한 놀이여야 하지 않을까. 따라서 생활과 한몸이 되어버린 여흥은 더 이상 여흥이 아니다. 내가 음악이 취미일 수 없다고 생각하는 건 그런 이유다.

나는 음악을 듣거나, 그와 연관된 '짓거리'들을 하면서 마음의 위안 따위를 느낀 적이 거의 없다. 음악은 그저 배고플 때 밥 찾아 먹듯이 일상적으로 해치워야 하는 삶의 본론 중 하나일 뿐이다. 대단한 프로 뮤지션이라서가 아니라 얼추 30년 가까이 그런 생활이 관성화 되어버렸기 때문이다. 음악에 관해서라면 나는 때로 삐치고 때로 반갑고 때로 결별했다 재회하는 지긋지긋한 인생 그 자체라고 말할 수밖에 없다. 나는 그 안에서 가끔 즐겁고 가끔 괴롭고 가끔 울적할 뿐이다. 마치 오래전 어느 날 길 가다가 우연히 만나 커피 한잔 같이 마셨다가 얼결에 부부가 되어버린 심정이랄까. 내가 아는 상식으론 아내를 취미 대상으로 삼을 수 있는 사람은 있을 수 없다. 게다가 이 몹쓸 아내는 한 시절 내 열망의 한가운데 있었다는 이유로 한번 잡은 기득권을 놓지 않는다. 나는 맨날 음악 앞에서 기죽는다. 그래서 음악이란 게 요즘 너무 무섭다. 취미거리 앞에서 벌벌 떠는 인간이 세상에 어디 있겠는가.

나는 일상에 대해 불만이 그리 많지 않은 인간이다, 라고 생각하곤 한다. 그러니 그 어떤 일에도 맹렬한 욕구가 생기지 않는 것도 당연하다. 밥 벌어 먹기 위해 이리저리 휘둘리는 일상이 늘 못마땅한 건 사실이지만 시쳇말로 "이래 살다 죽어도 별 여한 없다"는 생각도 종종 하게 된다. 성취감을 느끼기 위해 뭔가에 도전해본 기억도 별로 없다. 늙은 고양이처럼 드러누워 케이블 TV의 유럽 축구리그 중계를 넋 놓고 보면서 내가 응원하는 팀이 패하면 잠깐 기분이 상했다가 다른 채널로 돌려 예전에 좋게 봤던 영화가 방영되면 다시 입 닦고 신나게 들여다보는 게 나름 여흥이라면 여흥이다. 그럴 때 감정은 마치 화면 속의 그것마냥 아무런 실재감도 없이 허공에서 분주하게 그래프를 그리다가 TV를 끄는 순간, 순식간에 소멸한다. 세상 자체가 거대한 가상의 스크린이 되어버렸다는 생각을 그때 한다. 그런데 그게 내게 꽤 유혹적이다.

이른바 '본론이 사라진 세상'에 대한 생경한 호기심이랄까. 몇몇 서양의 사회학자들이 통찰한 '원본이 사라진 세상'에 대한 의고적인 비판 심리마저 이제는 잘 작동하지 않는다. 세상은 가상의 주재자를 설정해놓고 그 안에서 각자의 허구를 기록하며 피아를 나눈 채 달리는 종마를 감상하는 거대한 스크린이나 다름없다. 그 안에서 나의 취미란 아직도 "땅"이나 "돌"에 대한 관심으로 "공기"나 "석탄"과 "철"을 먹는 일뿐이다. 이런 취미를 '증명과 성찰이 불가능한 것들에 대한 불가지론적 탐닉'이라 명명하면 어떨까. 물론 말장난에 불과하지만, 이보다 더 심한 말장난들이 세상을 움직이게 하고 어느 날 갑자기 허공 중에 그야말로 "공기"가 되어 아무렇지도 않게 떠도는 일들을 이미 익히 보고 듣고 행하지 않았던가. 장난 같은 세상엔 장난으로 응수하는 게 내 처세의 기본 전략이다.

아무튼 나는 내가 할 수 없는 것들에 대한 무조건적인 선망 외에는 그 어떤 취미도 즐겁지 않다. 내가 실천 가능한 것들에 대해서라면 나는 아무런 매혹도 느끼지 못한다. 그런 이유로 랭보의 시를 처음 읽은 지 30년이 다 된 지금에도 이 멍청하고도 무모한 말장난이 내 삶의 중심에 하다 만 숙제노트처럼 버려져 있는 걸 축복이라 생각한다. 나는 이 노트를 죽을 때까지 다 채우지 못할 거라는 걸 안다. 그게 나의 유일한 취미이고, 이 지긋지긋한 세상을 견디는 나만의 '모순의 비책'이다. 그러니 누구든 내게 취미 따위 묻지 말라. 롯데 자이언츠가 6연패 하던 날 밤 그런 질문을 들었다면 성질 나쁜 내가 버럭 고함이라도 질렀을지도 모르니.

◦ 아담이 되고 싶었던 때

•

장정일의 소설 『아담이 눈뜰 때』의 초판이 발행된 1990년, 나는 작품의 주인공과 비슷한 처지였다. 만 열아홉 재수생. 이전 세 해 동안 학교 공부와는 담을 쌓고 지냈었다. 소설책이나 시집 따위를 교과서에 숨겨 읽었었고 집에선 줄창 음악만 들었다. 변두리 동시상영관이나 조그만 연극 공연장 같은 데에도 뻰질나게 들락거렸다. 니체나 보들레르의 구절들을 공책에 베껴 적고는 토씨 하나 틀리지 않고 읊조려대는 게 세상에서 가장 멋진 일이라고 생각했다. 당장 하고 싶은 것이나 보고 싶은 것, 듣고 싶은 것만 파고드는 데에도 시간이 모자랐기에 미래 따윈 오든 말든 나완 무관하다고 여겼다. 시험 기간 때면 억지로 들여다보게 됐던 교과서의 문장들은 랭보나 로트레아몽의 시보다도 난해했고, 수학이나 물리 교과서에 등장하는 이상한 기호들은 다른 별의 상형문자나 마찬가지였다. 친구들이 붙여준 몇 가지 기이한 별명들(이상하게도 정확하게 기억나는 건 전무한데, 주로 '또라이'를 비유적으로 또는 완곡하게 표현한 것들이었다. 요즘 말로는 '히키코모리'나 '오타쿠'와 비슷한 의미였을 수도 있다)은 기분이 나쁘다기보다 나만의 차별성을 나타내는 별스러운 계관으로 받아들여 우쭐해하기도 했다. 그런 상태로 어떻게 고등학교를 무사히 졸업할 수 있었는지 지금 생각하니 조금 놀랍기도 하다. 학교는 그저 나른한 지옥에 불과했으니까.

•

장정일을 처음 읽은 건 1986년 또는 1987년이었던 것으로 기억한다. 그 무렵 그는 시집 『햄버거에 대한 명상』과 『길안에서의 택시잡기』로 한국문학계의 사생아 내지는 기린아로 막 부상하던 참이었다. 내 돈 주고 처음 사본 한국 시인의 시집이 바로 그 두 권이었다. 1986년이면 중3, 1987년이면 고1 때였는데 여러 팩트들을 종합해서 따져보면 1987년이 분명해 보이나 심정적인 개연성은 1986년 쪽으로 더 많이 기운다. 한 해를 앞당

겨 내 유난스런 조숙함(?)을 과장하려는 뜻은 아니다. 음악에 빠져들고 아버지와 대화는커녕 눈 마주치기도 싫어하고 수음에 맛들이고 걸음걸이가 당장이라도 발차기를 준비하듯 껄렁껄렁하게 뒤틀렸던 게 딱 그 시점이었기에 남한 최초로 아시안게임이 개최됐던 그해를 내 문학적 원년으로 추후에 기록하고 싶어서일 뿐이다. 착하고(정말?) 소심하고 말 잘 듣던(글쎄?) 소년이 후미진 골목에서 담배나 피워 무는 불한당으로 표변하는 데 일조했다면 문학은 참 나쁜 매체였는지도 모른다. 그래도 그 '나쁜 매체'에의 중독이 아니었다면 잘났든 못났든 지금의 나는 형성되지 않았을 거라고 생각한다. 뭔가 내 안에 잠재된 에너지의 굴착기가 되거나 내 바깥을 바라보는 유리창이 되거나 그 안팎의 경계를 아울러 세계의 숨겨진 기미와 스스로도 깨닫지 못한 내면의 요지경들을 바라보고 드러내는 일이 아니라면 내가 이 세계에서 할 수 있는 일은 아무것도 없었을 거라 생각하기 때문이다.

시의 총아로 주목받던 장정일이 소설을 발표한 건 『아담이 눈뜰 때』가 처음은 아니다. 1989년경 장정일은 이미 소설을 발간한 적 있었다. 요즘 유행하는 단어로는 '경장편'이라 애매하게 분류될 법한 분량의 『그것은 아무도 모른다』였다. 습작처럼 보이는 단편소설(제목은 「펠리칸」이었다), 그리고 자신의 시를 각색한 희곡도 한 편 수록되어 있었던 것으로 기억한다. 시인 김수경이 운영했던 열음사에서 간행됐었는데 지금은 구하기 어려운 것으로 안다. 아무튼 폭력과 동성애에 대한 묘사가 당시로선 충격적이었던 그 소설을 한동안 열심히 읽었던 기억이 있다. 섹스와 폭력, 그리고 록음악은 당시 청년 장정일에게 가장 강렬한 문학적 동기이자 원액이었다. 재기발랄하고 뒤틀린 통찰들이 가감 없이 버무려진 그의 문장들은 일견 평이하면서도 감칠맛이 있었다. 이성복이나 황지우 등도 그 무렵 읽기 시작했었는데, 지적 자의식과 자기연민이 강해 보이는 그들에 비해 장정일의 담백하면서도 도발적인 문장은 순연한 데가 있었다. 훨씬 쉽게 읽혔고, 그만큼 자발적인 쓰기를 유발하는 선동력도 있었다. 그렇게 나의 '쓰기'가 시작되었고, 쓰는 만큼 더 절박해지는 어떤 욕구들이 있었다. 그 난분분한 사춘기의 욕구들 중 가장 강렬하게 온몸을 사로잡은 게 성욕이었다는 사실은 굳이 말할 필요도 없을 것이다.

다시 1990년 재수생 시절, 『아담이 눈뜰 때』의 첫 구절은 분명 나와 닮아 있었다.

내 나이 열아홉 살, 그때 내가 가장 가지고 싶었던 것은 타자기와 뭉크화집과 카세트 라디오에 연결하여 레코드를 들을 수 있게 하는 턴테이블이었다. 단지, 그것들만이 열아홉 살 때 내가 이 세상으로부터 얻고자 원하는 전부의 것이었다. 그러나 내 소망은 너무나 소박하여 내가 국립서울대학교에 입학하기를 원하는 어머니의 소망이나, 커서 삼성 라이온즈에 입단하기를 꿈꾸는 어린 사촌동생의 소망보다 차라리 더, 어렵게만 느껴졌다.

이 도입부를 읽던 당시 내 기분은 어땠던가. 내가 열망하던 것들을 세세한 사물 하나하나까지 대신하여 열거해주는 아홉 살 연상의 청년 작가에게 전적으로 열광했던가. 그렇지는 않았던 것 같다. 타자기도 뭉크화집도 턴테이블도 내겐 없었지만 그 소망이 얼마나 소박한지에 대한 자각조차 없는 데다, 국립서울대학교는커녕 부산 근교 어느 후진 대학교에라도 합격할 수 있기만을 바랐던 어머니의 소망도 분명히 알고 있었지만 거기에 부응하려는 그 어떤 노력도 하지 않던 내게 '아담'의 소망은 너무 당연해서 심상하게만 여겨졌을 뿐이다. 요는, 너무 닮아 있어서 외려 무심해졌다고 할까. 내 경우야 어쨌든 이후, 위의 문장은 당시 '신세대 작가'들의 욕망과 세계인식의 주술처럼 인용됐었다. 그를 통해 처음 알게 됐던 하루키나 들뢰즈, 쿤데라 등의 이름들이 향후 한국문학 안에서 스타 대접을 받게 된 건 1990년대 중반을 지나면서부터였는데 여기선 논외로 하자. 시인 장정일에 한때 경도되었다가 장정일이 소설가로 변신한 이후 그에 대한 관심이 현격하게 줄어든 연유는 아직도 명확하지 않다. 소설의 완성도나 취향과는 크게 상관없다고 여기는 편이다. 단지, 스무 살이 다가오며 내가 변했던 게 아닌가 싶다.

『아담이 눈뜰 때』의 정확한 줄거리는 희미하다. 주인공보다 나이가 많은 여성 화가가 등장하고 그녀를 통해 '아담'이 성에 눈뜨고 성인이 되어간다는 게 주요 골자였던 것 같다. 후반부엔 구약의 천지 창조를 빗댄 제7일 이야기가 변주되었던 것 같은데, 착각일 수도 있다. 원체 장정일의 시를 열렬하게 읽었던 터라, 그 팽팽하고 발랄한 시적 발성에 비해 조금은 맥이 빠지고 조금은 순진해 보였던 그 소설에 큰 감흥을 느끼진 못했던 것 같다. 나중에 김호선 감독이 영화화한다고 했을 때엔, 주인공 역할로 최재성이 캐스팅됐다는 소식을 듣곤 실소했던 기억마저 있다. 아무튼 여러모로 나와 비슷하고, 여러모로 나의 열망과 욕구를 자극했던 장정일의 『아담이 눈뜰 때』는 소설 자체의 문학적 밀도보다 그것을 읽던 당시의 개인적 정황들을 물큰한 기분으로 돌이키게 한다. 타자기도 뭉크화집도 턴테이블도 갖고 싶었던 게 사실이지만, 그보다 더 절박하고 견디기 어려웠던 건 머리가 굵어지기 시작하면서 스스로를 이물화 · 대상화하게 만들며 하룻밤에도 수차례씩 몸 안의 화덕을 들끓게 하던 성욕이었다. 뜨거운 여름이었고, 그만큼 맹목적이면서도 공허했던 열아홉의 욕망으로 곤죽이 되어가던 어느 하루, 때마침 강림한 한 '이브'에게 기어이 동정을 털었다. 방학을 맞아 부산에 내려와 있던 어느 미대생이었다. 동갑이었으나 왠지 더 어른스러웠고, 순해 보였으나 내심 더 악랄하고 첨예한 욕망으로 똘똘 뭉친, 짐짓 존경심마저 들 정도로 자신의 발심에 솔직한 여자였다고 기억한다. 닳고 닳은 지금에 와 돌이켜보면 황홀도 자괴도 처참도 신비도 공허도 모두 한몸이었던 것 같다. 『아담이 눈뜰 때』의 초판 발간일을 살펴보니 8월 1일. 서점에서 발견하자마자 사서 읽었고 그 직후 그녀를 만났을 때 그 책 얘기를 했던 것도 같다. 그때까지도 대학엘 갈 수 있을 거라곤 상상도 못 하고 있었다.

◦ 그건 대체
누가 썼던 걸까

스물한 살 겨울이었을 거다. 방학을 맞아 부산 본가에 내려와 있었다. 대학 생활 1년이 끝나갈 무렵. 시건방지게도 사는 게 재미도 의미도 없다는 생각을 줄곧 되뇌던 참이었다. 일차적으로 돌봐야 할 생활의 디테일들에 무감했고, 그것들이 왜 나를 옥죄고 닦달하는지 납득할 수 없다는 불만과 회의에 가득 차 있었다. 수당 없이 부림당하는 하청업자가 된 기분. 무슨 근원 없는 상처 속에 갇혀 있다는 느낌에서 벗어나기 힘들었다. 늘 어딘가 아팠고, 쓸쓸했다. 그럼에도 항상 속은 무언가로 부글부글 끓고 있었다. 번화한 대로에서 옷을 홀딱 벗고 뛰어다니고 싶다는 충동에 무시로 사로잡혔다. 입에서 불을 뿜는 서커스맨이 되고 싶었고 가짜 날개를 달고 마천루 꼭대기에서 뛰어내려도 외상 하나 없이 살아남을 수 있는 천진무구한 악당 같은 걸 꿈꿨다. 하지만 입에서 뿜어낼 수 있는 건 독설 아니면 한숨. 그도 아니면 담배 연기뿐이었고, 박쥐 날개 같은 검은색 야전잠바를 망토인 양 휘날리며 떠돌아다니는 게 허세의 전부였다. 그렇게 줄곧 배회하기만 했다.

당시, 남포동에 '무아無我'라는 음악 감상실이 있었다. 카운터에 천 원짜리 지폐 한 장을 건네면 거스름돈 백 원과 함께 신청곡을 적어 넣을 수 있는 기다란 쿠폰을 주던 곳이었다. 극장식으로 줄지어 늘어선 좌석 맨 앞에는 족히 수만 장은 될 듯한 LP판이 정연하게 꽂혀 있는 디제이 부스가 있었다. 시간대별로 테마를 나눠 서너 명의 디제이가 교대로 음악을 틀었다. 클래식도 가요도 팝도 록음악도 가리지 않았다. 좌석엔 팔걸이 사이에 걸쳐 책을 읽을 수 있도록 구비해놓은 판자가 있었다. 고등학교 때부터 거기 죽치고 앉아 장롱만 한 스피커에서 쏟아져 나오는 음률에 파묻혀 이런저런 책을 읽거나 말도 안 되는 글귀를 적곤 했었다. 대로 건너편 바닷바람이 매섭던 그날도 그랬다. 군대부터 빨리 갔다 오라는 아침 밥상머리 아버지의 지청구를 귓등으로 튕긴 채 오전 무렵 집을 나왔다. 가방엔 키에르케고르의 『이것이냐 저것이냐』가 들어 있었다는 기억이 별나게도 또렷하다.

책을 이리저리 뒤적이는 둥 마는 둥, 머리 없이 꼬리만 난분분한 구절들을 노트에 갈겨대면서 서너 시간쯤 의자에 몸을 파묻고 있었던 것 같다. 점심때가 한참 지나 배가 고파왔고, 비적대고 앉아 있자니 엉치뼈와 허리에 통증이 느껴졌다. 느릿느릿 몸을 일으켜 밖으로 나왔다. 출입문을 열고 나오는 등 뒤로 스틱스Styx의 〈Come Sail Away〉가 큰 물결을 일으키듯 출렁거렸다는 기억도 또렷하다. 그 때문이었을까. 요기는 뒷전으로 하고 대로를 건너 자갈치 쪽으로 이동했다. 바다를 보고 싶었던 거다. 하지만, 자갈치 시장에서 볼 수 있는 바다라는 게 그리 통 크거나 후련해 보이진 않는다. 꼼장어 따위를 파는 포장마차와 잔파도에 발 묶인 채 정박한 배들. 그리고 왁자지껄한 '아지매'들의 억센 사투리. 이마를 할퀴는 따가운 바람. 시선 가까이엔 영도影島가 수평선을 호위하듯 버티고 있었다. 어디 먼 데로 뻗어나가기보다 그 조그마하고 강팍한 공간 안에서 한 발짝도 나갈 수 없다는 경상도 특유의 으름장 같은 게 느껴지는, 안팎으로 꽉 막힌 바다. 그러다가 한 구절이 저절로 혀끝에 맴돌았다. "바다에선 죽은 자들만 용감하다……."

좁은 음악실 안에선 감지되지 않는 짠맛 같은 게 그 구절에 있다고 느꼈다. 갓 담은 김치 맛을 음미하듯 그 느닷없는 구절을 오래 혀에 올려놓고 이리 굴리고 저리 적셔보았다. 그다음 구절부터는 실제와는 큰 상관없는 무슨 영상 같은 게 떠올랐다. 부둣가 풍경과 관련한 상투적인 정조와 관념에 의한 것이었지만, 그저 느껴지는 대로 그림 그리듯 옮기면 그럴싸한 정경이 만들어질 수 있을 것 같았다. 끼니는 무시하고 바로 집으로 왔다. 노트북도 휴대전화도 없던 시절. 책상에 앉아 구닥다리 워드프로세스를 두드려댔다. 제목은 「항구」. 그리 짧지 않은 길이였는데, 시간이 오래 걸리진 않았다. 당시에 주로 쓰던 자폐적인 언어의 굴레에서 많이 벗어난 시라는 생각이 들었다. 내가 쓴 것 같기도, 누가 알려준 얘기를 건조하게 늘어놓은 것 같기도, 무슨 영화 같은 데서 본 얘기를 추상화시켜 펼쳐놓은 것 같기도 했다. 묘했다. 시 한 편 써냈다는 성취감이나 자기만족 따위도 별로 없었다. 그저 한 번쯤 시도해봤어야 할, 내 것과는 조금 다른 '기술' 하나를 터득한 기분이었다. 그런 식으로, 마음에 들고 안 들고가 없었다. 출력하고 나선 습작들을 모아놓은 파일에 끼워 넣었다. 그러곤 잊었다.

그렇게 겨울이 가고 해가 바뀌고 봄이 지난 다음, 여름방학. 다시 부산 본가에 내려왔다. 내려오기 직전, 장마 끝 무렵에 학교 동아리방에 앉아 그동안 썼던 시들을 정서해 투고를 했다. 응

모작 제한은 열 편 이상. 이리저리 그러모아 열네 편을 보내고 나선 시는 거들떠도 안 봤다. 쓰지도 읽지도 않았다. 무더운 방에서 불면에 시달리며 소설책만 읽었고, 되도 않는 산문 쪼가리만 속 게워내듯 뱉어내던 참이었다. 그러다가 밤을 꼴딱 새운 어느 날, 낮잠결에 당선 통보 전화를 받았다. 당연히 기뻤으나 잠결 탓인지 이게 꿈일 거라는 생각만 했었다. 실감도 환희도 잠깐이었다. 다시 '무아'에 들어가 그 어둡고 습한 음악 동굴에 새겨진 음률의 파동 속에서 꿈을 꿈대로 늘리려 긴 잠에 빠졌다.

당선작이 실린 잡지는 한 달여 후 집으로 배달됐다. 당선작은「항구」외 다섯 편. 의외였다. 나름 야심작으로 꼽은 작품은 두 편밖에 실리지 않았고, 편수 맞추기 위한 후보군이라 여긴 게 네 편 실려 있었다.「항구」는 후자였다. 주제넘게도 뭔가 억울하다는 생각을 했었던 것도 같다. 햇수로 25년 전 일. 억울했든 감지덕지였든 그렇게 시인이 되었다. 불을 뿜는 서커스맨은 아직 되지 못했고, 몇 주 전 공연히 마음 상한 일 있어 들러봤던 자갈치 앞 바다는 없던 철망 같은 게 둘러쳐져 조망이 더 답답해졌고, '무아'는 등단 직후 들렀을 때 이미 사라져 있었다. 문득,「항구」를 썼던 게 12월이었는지 1월이었는지 궁금했다. '무아'가 있던 자리를 더듬어 걸어보았으나 정확히 어디쯤인지 알 수 없었다. 기억 속 디제이박스에선 돌연 스틱스의 노래가 이명으로 울렸다. 이미 다 살았다는 느낌과 뭔가 다시 시작된다는 확신이 피차 머리와 꼬리가 되어 뇌리를 둥글게 감쌌다. 첫 시집에 실렸던 「항구」를 떠올려봤다. 여전히, 내가 쓴 것 같기도, 다른 사람이 쓴 것 같기도 했다.

◦ 동물원,
지도에는 없는
지구의 표본

•

고등학생 시절 여자친구와 함께 과천 동물원에 갔던 적이 있었다. 어림잡아 20년 전이다. 휴일이었고 피부의 여린 점막들이 송두리째 햇볕에 까발려지던 5월이었던 것으로 기억된다. 분홍색 솜사탕과 색색의 풍선들이 간헐적으로 기억의 표면에 떠오르곤 하는데 결과적으론 상당히 특이한 경험이었다. 제 코로 물을 퍼 올려 등목을 하던 코끼리 앞에서였는지 나른하게 털이나 솎고 있던 암사자 앞에서였는지 정확하진 않지만 뭔가 하찮은 말다툼 끝에 여자친구가 휑하니 날 버리고 돌아섰다. 뭐라 발작적으로 소리를 쳤던 것도 같다. 여자친구는 뒤도 안 돌아보고 잰걸음으로 사라져갔다. 주위의 이목이 온통 나를 향하는 듯해 등골이 화들짝 타올랐는데, 그 순간 한 발짝도 떼지 못했던 암담함이 아직도 선연하다. 여자친구는 순식간에 수많은 시선들 속으로 사라졌고 그때 문득 저 아이가 이 세상에 존재하지 않는 사람일 거라는 사뭇 황망한 확신이 들었다. 그건 진공과도 비슷한 상태였다. 난 사람들의 시선 속에 텅 비워져버린 모종의 공기와도 같았다.

금방이라도 주저앉아버릴 것 같은 두 다리를 간신히 버팅겨 가까스로 자리를 떴다. 도대체 뭘 해야 할지 몰랐다. 일본원숭이를 구경하며 함께 낄낄거리던 10여 분 전의 상황이 악몽처럼 떠올랐다. 순식간에 내가 원숭이보다도 불쌍하고 우스꽝스런 존재가 된 듯싶었다. 그 순간 인간의 행복이나 정념 같은 게 '찰나의 착각'에 불과하다는 깨달음을 얻었다면 과장일 테지만, 여하간 우주의 전체적인 회로가 내가 원하는 방향과는 정반대로 회전하며 이상하게 삐걱거리는 것 같았다. 단지 여자친구가 화를 내며 사라졌을 뿐인데 세상은 돌변해 있었다. 표범이 으르렁거리는 소리와 공작의 우아한 깃털들이 뒤죽박죽으로 뒤섞여 감각은 그야말로 자중지란의 미로 속에서 제멋대로 흔들리고 있었다. 뭔가를 다급하게 찾고 있었던 것 같긴 하나 그게 꼭 사라진 여자친구만은 아니었다는 생각도 든다. 희한한 건 한동안 그렇게 헤매고 다니다보니 수없이 부딪쳤던 그 많은 사람들에게서 그 어떤 실물감도 느낄 수 없었다는 사실이다. 주마간산으로 훑어보던 동물들의 어떤 동작이나 소리, 냄새 등은 여전히 선연하지만 그날 그곳에 있던 사람들은 내 기억 속에서 고스란히 사라져버린 것이다. 그 이후로 '고독'이란 단어를 떠올릴 때마다 나는 그때의 동물원 풍경을 떠올리게 되었다.

2002년에 출간된 배수아의 『동물원 킨트』를 나는 짐짓 동물원의 짐승들 구경하듯 건성건성 읽었다. 그 소설에 진짜 동물원은 등장하지 않는다. 단지 자신만의 동물원이 어딘가 있을 거라고 믿는 기묘한 화자가 등장할 뿐이다. 화자는 남성도 여성도 아니다. 그러고 보니 어쩌면 사람이 아닐지도 모른다는 생각이 든다. 점점 시력을 잃어가는 가운데 화자는 하마를 만난다. 그 하마는 피어싱을 했고 머리칼은 뻗쳤고 늘 쌍둥이가 타고 있는 유모차를 끌고 다닌다. 하마라 부르는 이유는 단지 이름을 모르기 때문이다. 동물원을 찾는 아이(킨트kind는 독일어로 아이를 뜻한다)는 세상 모든 존재를 동물의 이름으로 부른다. 그러면서 하마와 대화하고 엽서도 보낸다. 시력을 완전히 잃었을 때 아이는 하마가 어둠 속으로 사라지는 발자국 소리를 듣는다. 하나의 비밀스러운 세계가 유령처럼 나타났다가 흔적도 없이 사라지는 소설. 동물원은 영원히 나타나지 않는다. 마치 동물원에서 사라진 여자친구가 끝끝내 나타나지 않았듯.

건성건성 읽었다고 했지만, 이 소설은 어떤 몰입을 요구하거나 깊은 생각을 강요하지 않는다. 그저 시선의 표면에 떠오르는 어떤 형상들에 대한 인상만 훑으며 각자가 떠올리는 하마 또는 동물원에 대한 심상을 재가공하면 될 뿐이다. 그래서 이 소설은 억압적이지 않다. 말 그대로 동물원의 짐승들 구경하듯 전체를 두루 훑고 가볍게 빠져나오면 그만이다. 배수아는 "고립이란 반드시 혼자 지낸다거나 배타적인 것을 의미하지 않는다. 그러나 동시에 반드시 고립되어 있는 것도 사실이다. 이 글은 이런 식으로 고립된 정신의 한 종류에 관한 것이다"라는 말도 했거니와 모종의 고립과 세상으로부터의 소외감이 달짝지근하게 감겨올 때 사람들은 동물원을 찾는다. 이때 동물원은 세상 자체에 대한 은밀한 환유이자 정밀한 조감도이다.

우리에 갇힌 짐승들은 개인의 고립을 외연화하면서 인간의 목줄을 쥐락펴락하는 욕망의 사슬을 가감없이 보여준다. 동물원의 짐승들이 외로워 보이는 건 그것을 바라보는 사람의 마음이 그러한 것이며 짐승들의 재롱이 귀엽게 보이는 건 세상의 엄연한 질서체계에 대해 무지한 채 스스로를 드러내는 천진함에 위안을 얻게 되기 때문이다. 세상의 모든 위락시설들은 바로 그러한 가공의 편의 속에서 자신의 현실을 남의 것인 양 스스로부터 떼어놓고 바라보게 만드는 허위의 체계이다. 그래서 동물원에서 정작 보고 나오는 건 수많은 짐승들의 생태계가 아니라 자기 자신의 길고 긴 그림자뿐이다. 그것은 늘 먼지처럼 부유한다. 일상에 늘 떠돌지만 새삼 눈에 잡히거나 만져지지 않는다. 이를테면 그것은 환상의 형태로 떠돌다가 부지불식 사라지는 우리의 현재이다.

> 나는 내일도 기린의 목처럼 부드럽게 휘어졌다.
> 너는 모레도 하마의 입처럼 무거워졌다.
> 우리는 삼십 년 후에도 가득한 먼지처럼
> 천천히 이동하였다.

– 이장욱, 「먼지처럼」 부분

배수아의 동물원이 오랜 외국 생활로 인한 고립감에서 그려낸 가상의 지도라면 현재 한국의 시인들은 삶의 표층에서 떠오르는 스스로의 이형異形들에 사로잡힌다. 때문에 그들에게 동물원은 과천이나 용인에 존재하는 특수한 공간이 아니다. 크게 말해 그들을 사로잡는 건 세상 전반을 지배하는 거대한 사육과 훈육의 체계이다. 지난 시절의 정치체계나 이념들이 거대한 고딕 문자의 중압감으로 사람을 억압했다면, 그래서 시인들의 발성이 그만큼 격렬하고 핏대가 또렷하게 살아 있었다면, 최근 시인들은 한층 미시적으로 분할된 시공 속에서 현실을 허구화하는 데 주력한다. 그들에게 현실은 거대하게 시스템화된 가공의 동물원이나 놀이동산과도 같다. 거짓과 진실의 경계, 삶과 죽음의 경계, 현실과 허구의 경계는 더 이상 무의미하다. '우리는 무엇이다'라는 식의 투철한 정언명령들이 선험적으로 씌어져 있을 경우, 모든 언술은 곧바로 억압이 된다는 걸 우리는 오랫동안 듣고 보았다. 개인의 감정이나 사사로운 주제는 씌어지는 순간 사라지는 어떤 환영들과도 같다. 마치 동물원의 사자가 사자 자체의 야생성이나 번식력을 거세당했듯 현실은 현실이라는 껍데기만 걸친 가공의 공간이다. 그곳에서 사라진 무엇을 찾는다는 건 결국 넓디넓은 동물원에서 기린과 하마에게 무시로 옮아가는 우리의 얄팍한 시선을 뒤집어 자기 자신을 본다는 걸 뜻한다. 동물원의 복잡하고도 분명한 이동경로 중간중간에 환영처럼 등장하는 나 자신. 동물원은 분명 동물들의 낙원이 아닌 사람들의 요지경이다.

꼬리에 꼬리를 물고 돈다면
그건 사라지는 놀이지만
사람들은 언제라도 중간부터
시작된다

- 이근화, 「칸트의 동물원」 부분

이 알쏭달쏭한 숨바꼭질 속에서 "꼬리에 꼬리를 물고" 도는 우리의 삶은 여전히 동물원에서 사라져버린 무언가를 찾고 있다. 그 사슬을 끊고 불현듯 튀어나와 게임판을 처음부터 다시 돌리는 자, 그는 누구일까. 20년 전에 동물원에서 사라져버린 여자친구일까. 아니면 철제우리를 뚫고 한달음에 내달려 사람들의 일상에 공포를 주입하는 가련한 사자 새끼일까. 동물원의 한복판에서 동물원을 바라보니 동물원이 너무 멀다. 기린은 보면 볼수록 정말 가짜 같다. 당신이 바라보는 동물은 지금 당신의 어떤 마음을 시연하고 있는가. 이 지구가 이미 거대한 동물원이라면 저 짐승들을 바라보는 내 마음은 이미 지구 밖에 떠 있다. "꼬리에 꼬리를 물고" 손에 잡히지 않는 "먼지처럼".

횡단보도를 건너다 옛사랑을 마주친 호랑이

땀을 뻘뻘 흘리며 버스를 타는 북극곰

마트에 장보러 가는 고양이

리어카를 끌고 가는 노새

자전거를 타고 가는 얼룩말

택시를 잡아타는 낙타

여자를 힐끗대며 신문을 읽는 박쥐

담배를 피며 전화를 거는 물소

돌아서는 펭귄

오래도록 하늘을 쳐다보다

눈물을 쓱 닦고

다시 걸어가는 기린

의자에 앉아 창살 밖 거리를 내다보다

낮잠 자는 인간

- 정영, 「지구 동물원」 전문

◦ 나는 왜 모조 라이진 씨 (Mr. Mojo Risin')에게 다시 열광하는가

•

쓰여진 시는 오로지 한 번의 가치만을 지닌다.
그다음에는 시를 파괴해야 한다.

– 앙토넹 아르토

예전에 한참 흥을 내면서 썼던 글들이 있었다.* 특정 시인의 시와 특정 음반의 사운드 체계를 함께 놓고 시의 음운적 특성이나 이미지, 그리고 사운드의 반향과 거기에서 떠오르는 심상

* 졸저 『루트와 코드』(샘터, 2004) 참조

들을 혼합해본 시도였다. 물론, 그 연결 방식이나 흐름은 순전히 자의적이었고 특정한 원칙도 없었다. 어떤 음반을 듣다가 문득 훑겨본 어떤 시집을 우연히 연결시키는 식이었다. 논리적 기승전결이나 메시지 따위는 애초에 없었다. 음반 정보나 시에 대한 비평과도 별 상관없었다. 다만 음악을 들으면서 연상되는 심상들에 시에 쓰인 이미지를 접붙여 발생하게 되는 모종의 무의식(을 가장한 의식)적 파장을 좇았을 뿐이다. 그런 까닭에 똑같은 소스를 가지고 여러 번 시도한다면 전혀 다른 판본이 나오기 마련이었다. 나만의 어떤 변덕 심한 감각적 체계 안에서 글이 글을 배반하고 소리가 소리를 배반한다는 느낌을 받기도 했었다. 그리고 그게 재미있었다. 시도 음악도 내 멋대로 짓이기고 분해해 원작자의 본의와는 전혀 다른 체계로 분방하게 흘려보내는 것. 그 무방향의 흐름 안에서 자족적인 상상과 감각적 희열을 만끽하는 것. 벌써 7, 8년 전 일이다.

•

음악에 관한 글을 더 이상 쓰지 않기로 마음먹었다. 이유는 음악을 듣거나 직접 하는 것만큼 재미를 느끼지 못하기 때문이다. 어떤 비평적 관점에서 음악을 대한다는 게 나로선 음악 듣는 귀에 굳은살을 돋게 하는 일이라는 걸 깨달았기 때문이기도 하다. 앞서 말했던 방식의 글쓰기 또한 마찬가지다. 잭 케루악이 만취한 상태에서 재즈를 들으며 여러 장 이어 붙인 종이에 타자기를 두드려 『길 위에서』를 썼던 것과 비슷한 방식이랄 수도 있겠지만, 내가 했던 방식에 창작의 개념이나 망아적 몰입 같은 건 없었다. 어떤 짓궂은 관찰자의 시점이나 독자적 향유의 아집만 발휘됐었던 듯하다. 요컨대 그건 무대가 아니라 객석의 시점이었고, 만취한 사람 앞에서 콜라를 마시며 장단이나 맞추는 형국에 불과했다. 그랬는지, 금방 지루해졌고 나 스스로 그 글의 독자가 되긴 힘들었다. 음악이나 시가 어떤 퍼포먼스의 개념을 가지고 있다는 사실에 동의할 때 이 점은 중요하다. 실연자인 동시에 관객이 되는 것. 발화자인 동시에 청자가 되고 주재 자체가 향유가 되는 것. 음악이란, 특히나 하나의 즉흥적 발산으로서의 '투신' 자체가 본질적 내용이 되어버리는 록음악이란 그런 분열이 담보되지 않으면 제 맛을 내기 어렵다. 이건, 내가 다른 사람의 공연 보기를 피곤해하는 것과 상통하는 관점이다. 남들이 하는 쇼를 감상하는 건 나로선 곤욕이다. 그러니 더 이상 내게 비평은 불가능하다.

•

우리나라에서 록음악이 인문학적 관점에서 해석되고 논의되기 시작한 건 90년대 이후부터였다. 이른바 '거대담론의 붕괴' 이후 한국에도 '문화의 시대'가 도래하면서 그 당시 젊은 지식인들이 록음악에 사회학적 철학적 분석틀을 들이댔었다. 그 중심엔 80년대 운동권 세대들이 있었다. 꽹과리와 징소리의 파장 안에서 민족과 혁명을 고민하는 속에서도 그들은 어린 시절 골방에서 방만한 에너지를 위무해줬던 록음악에 대한 로망을 잊지 않았다. 그리고 90년대가 들어서면서 그들에 의해 록음악은 언필칭 '문화적 저항의 양식'의 대표격으로 운위되었다. 여전한 사회변혁의 열망과 거시담론에서 미시담론으로 분화해가는 철학적 담론의 변화에 록음악이 태생적으로 가지고 있는 파괴성과 반체제성이 부합했던 듯하다. 홍대씬을 중심으로 우리나라에 펑크록이 처음 태동한 것도 그 무렵부터다. 하지만 지금 돌이켜보면 왠지 헛웃음만 나온다. 록이 저항을 했다고? 글쎄, 6, 70년대 영국이나 미국에서 살아보지 않은 나로선 90년대나 지금이나 잘 납득이 가지 않는다. 실제로 지금 록음악을 하고 있는 젊은이들이 어떤 식의 저항의식을 가지고 있는지조차 의심스럽다. 그들이 과연 무슨 저항을 할까? 그저 뒷골목에서 껄렁대면서 부모나 선생한테 개기는 정도가 아닐까? 그리고 그 '개김'의 이유는 단순하다. 그저 꼰대들 잔소리 안 듣고 하고 싶은 걸 하겠다는 거다. 그런 애들한테 "너희는 이 답답한 사회에 맞서 저항하고 있어!"라고 추켜세우는 건 "너희 빨리 정신 차리고 공부나 해!"라고 지청구 놓는 것과 별반 다를 바 없이 짜증스럽기만 할 따름이다. 기본적으로 록음악은 그저 자기 자신을 고무시키는 절대적 잉여나 소비의 양식에 불과하기 때문이다. 그 안에 개입되는 현실이란 적어도 내 경우, 고유의 에너지를 상실한 허상에 불과했다. 그리고 그게 나의 '트랜스'이다.

•

이 글은 매우 개인적이고 불합리하고 편협하기 그지없다. 내게 만약 시와 음악의 트랜스라는 설정이 가능하다면 그것은 어떤 내재적 접합이나 교통이 아닌 항시적 분열과 잠재적 합일의 양상으로 흐를 것이기 때문이다. 그것들이 내겐 어떤 본능적이고도 비자발적인 에너지의 돌출 이상도 이하도 아니라는 소리다. 그 원인을 들춰내자면 별 대수롭지도 않은 개인사 따위를 들춰내야 하니 입 닥치기로 한다. 그것을 실행하고 있거나 도취되어 있거나 최소한 감지라도 하고 있는 그 순간의 집중적인 에너지의 밀도에 관한 것 말고는 시에 관해서든 록음악에 관해서든 나는 줄곧 방관자가 된다. 시를 쓰든 음악을 듣든 노래를 부르든 아무튼 그 모든 것과 연관된 어떤 특수한 상황 속에 놓여 있지 않을 때, 그것들에 대해 얘기하는 걸 그다지 원치 않는다. 상스럽게 비유하자면, 화장실에 앉아 있지도 않는데 뭣하러 똥에 대해 생각하거나 얘기하겠는가. 시든 음악이든 나는 그것들을 어떤 행동의 차원, 발설 또는 발산의 차원에서 이해하고 받아들인다. 이 글은 그러니까 일종의 대장내시경 같은 것일 수도 있다. 뭐 대단하지도 않은, 다분히 사적이고도 오류투성이인 발생학 같은 게 나올 수 있으니 조금은 역겨울지도 모르겠다는 뜻이다.

•

음악작업을 많이 해본 건 아니다. 대략 5년 전(그 당시 내 나이 서른다섯이었다)쯤 홍대 앞에서 '데뷔 무대'란 걸 가져본 이후 몇몇 팀을 거치면서 여태껏 스무 차례가 좀 안 되게 공연해본 게 전부다(어떤 언론의 뻥튀기나 나 자신의 설레발 때문에 전문적인 뮤지션이라 오해하게 된 분들이 계시다면 이번 기회에 사과드린다). 녹음도 조금 해봤고 곡도 손대봤지만, 제대로 해봤다고 하기엔 조금 민망하다. 그러나 그 짧은 경험, 그리고 앞으로도 비정기적으로 지속될 수 있는 '미래의 체험(?)'에 대해서 생각이란 게 없을 수는 없다. 시를 쓰면서 음악을 한다고 하니 처음에 가장 많이 들던 얘기가 "가사는 문제 없겠네요"였다. 그러나 고백컨대 내가 쓴 가사, 문제(?)가 참 많다. 같이 녹음 작업 했던 사람에게도 "무슨 시인이 쓴 가사가 이렇게 재미없어?"라는 소리를 몇 번 들었다. 내 노래를 들은 누군가도 "가사가 의외로 감상적이네요"란 말을 했었다. 그 말을 듣고 그저 킥킥 웃었다. 솔직히 날림이라면 날림이고 장난이라면 장난인 경우가 대부분이었기 때문이다. 곡이 만들어지고 연주가 녹음되어 있는 상태에서 우선 대강 말을 얹고 노래를 불러보는 게 급했기 때문이기도 하지만, 의식적으로 가사에 힘주는 걸 안 좋아하는 편인 것도 사실이다. 이미 콤팩트하게 만들어진 멜로디나 리듬체계 안에서 가사에 의미를 부여하거나 맛깔스러운 표현을 장착한다는 게 그리 녹록지 않은 까닭도 있었다. 노래 가사는 시를 쓰는 것과 전혀 다른 체계와 리듬을 가지고 있다. 가장 훌륭한 경우는 멜로디와 가사가 한꺼번에, 적절한 방향으로 같이 터져 나오는 경우일 테지만, 20년 가까이 시를 써오면서 굳어온 언어체계를 특정한 음악적 체계 안에 욱여넣는다고 해서 내 언어가 나오는 건 아니라는 사실을 깨달을 수밖에 없었다. 정해진 멜로디 라인 안에 빈칸 채워 넣듯 머릿속으로 단어를 궁굴릴 때 언어는 나의 감성이나 사유

체계가 아닌 음악이 형성해놓은 체계를 먼저 따라간다. 나는 이것이 거꾸로 내 시의 발생지점을 환기시킨다는 생각을 했다. 이를테면 기존에 만들어진 언어체계가 아닌 나만의 어떤 호흡이나 발성 메커니즘에 의해 단어들이 그들만의 흐름을 양식화할 때 시가 써지는 게 아닌가 하는 뒤늦은 자각. 그런 의미에서 그 언어의 흐름을 모종의 음악적 양식으로 적확하게 끌어들인다면 진짜 내 목소리가 나올 수 있지 않을까 하는 희미한 기대. 사실, 다른 사람의 호흡체계에 의해 구성된 음의 조직은 내가 소리 낼 수 있는 발성 양식과는 근본적으로 맞지 않는다. 비슷한 음역이라 하더라도 자발성과 비자발성의 차이에 따라 부르기 편한 음역이 있고 그렇지 않은 음역이 있다. 악기 연주와는 다르게 목소리는 신체의 직접적인 운용에 의해 연출되는 것이기에 곡 전체의 흐름과 톤에 대한, 그야말로 육체적인 이해가 전제되지 않으면 완벽한 소화라는 게 불가능해지는 것이다. 그런 점에서 밥 딜런이나 짐 모리슨은 천생 시인이다. 그들은 자신이 하고자 하는 심연의 말을 그대로 멜로디에 실었다. 음악적 지식은커녕 기타조차 제대로 다룰 줄 몰랐던 짐 모리슨은 그래서 더 놀라운 경우다.

•

우리나라의 경우, 말이 가지고 있는 시적인 힘과 음악적 형식을 조화롭게 구축한 이는 조동진 하덕규 한대수 등이다. 하지만 그들의 가사가 어느 만큼의 문학적 성과를 이루었는지는 내 관심사가 아니다. 그리고 이 글에서 그들의 가사를 미주알고주알 논하며 내 심증을 억지로 강변할 필요도 느끼지 못한다. 조동진과 하덕규의 경우 개성적인 음악세계의 중요한 한 부분으로서의 가사의 밀도와 표현의 참신성을 얘기하는 것일 뿐, 지금으로선 더 이상 관심도 없다. 다만 한대수의 경우는 특별한 게 있다. 그는 주로 영어로 사유하고 한국어로 노래한다. 또는 멜로디로 사유하고 시적으로 말한다. 그래서인지 그가 내뱉는 한국어는 굉장히 이질적이면서 직접적이다. 꾸며낸 말이나 의식적인 첨삭이 별로 느껴지지 않는다. 한글 타자에 익숙지 않은 그의 집에서 어떤 원고 때문에 오퍼레이터 노릇을 한 적이 있다. 그는 대충 휘갈겨놓은 메모를 토대로 그저 말을 했고 나는 그걸 받아 타자를 쳤다. 그렇게 나온 문장이 에누리 없이 담백한 명문이었다. 그 순간 나도 모르게 눈이 동그래지면서 혀가 살짝 입 밖으로 나왔다. 그는 노래도 그렇게 만든다. 이건 경지다. 그 이물스러운 육십 대의 거구가 나보다 더 젊어 보였고, 당연히 우러러

보였다. 물론, 40년 경력의 신화적인 뮤지션 앞에서 내가 견줄 수 있는 게 뭐 있겠냐마는.

•

나는 왜 노래를 하려고 할까(이 나이에? Oh shit, Too Old to Rock'n'roll!!). 노래를 만든다는 건 어떤 의미일까. 더욱이 시로 표현하고자 했던 세계를 멜로디로 이전시키는 데에는 어떤 방법이 있을까. 뭐 이런 고민들을 느닷없이 하게 되는 때가 있다. 먹고살기도 강팍한 주제에 나로선 당연하면서도 곤혹스러운 일이다. 그런데 돌이켜보니 내가 시로 표현하고자 했던 세계라는 게 애초에 있었던가, 라는 의문이 생겼다. 그러면서 시를 쓰는 게 나로선 어떤 의견의 전달이나 생각의 표현, 감정 공유의 차원에서 이루어진 게 태생부터 아니었다는 자각이 들었다. 다만, 시를 쓰고 있는 상태에서의 모종의 열기와 속엣것들이 일시에 발가벗겨지는 듯한 내면의 정화 따위에 몰두하는 나 자신의 또 다른 자아가 있었을 뿐이다. 그건 이를테면 일상에서 벗어나거나 더 깊숙이 들어가는 감각의 확장이자 세계의 어둠과 직면하는 육체의 몽상 같은 것이었다. 시를 다 쓰고 나서 그 결과물에 심상해지거나 음악이 끝나는 순간 스스로에게 낯선 이물감을 느끼던 것도 그런 탓이었을 거다. 공연을 하고 나서 일시에 모든 게 텅 비워지는 것 같은 해소감 내지는 공허감에 사로잡히는 것도 마찬가지다. 그저 이곳이 아닌 다른 세계를 잠깐 다녀오는 이상한 최면상태, 말 그대로 '트랜스'. 또는 가면을 쓴 채로 마주하게 되는 나 자신의 어떤 숨겨진 이면. 그 집요한 몽상과 발산의 충동이 아니라면 나는 이 세계에 대해서든 나 자신에 대해서든 별로 할 말이 없는 사람이라는 걸 뒤늦게 음악을 하게 되면서 깨달았다. 앞서 시와 음악에 퍼포먼스의 개념이 들어 있다고 말한 건 그런 의미다. 나는 적어도 시를 쓰거나 음악에 빠져 있거나 그것을 실행하고 있을 때, 다른 사람이 된다. 일종의 자위일 수도 방기일 수도 있다. 더 극언을 하자면, 그건 나 자신의 분신과 나누는 성교 행위와도 비슷하다. 라캉 식으로 말하자면 애초에 없는 성관계를 스스로 조장해 욕망의 중심을 바닥까지 텅 비워버리는 행위인 셈이다. 그런데, 그러기 위해선 역설적이게도 나 자신에 대한 기묘한 집착과 그로 인한 해체가 필요하다. 그건 사람들이 술이나 약에 취하는 것과 근본적으로 같은 이유일 거다. 그러니까 그건 아주 원시적인 충동이다. 소모이고 비생산적인 에너지의 방출이고 그리하여 절멸에의 의지다. 그런데, 그것 말고 이 세계에 참섭하는 방식이 나에겐 없다. 그리고 그런 상황에서 마주치는 세계가 내가 본 세계의 진짜 모습인지도 모른다.

L.A. woman과 Mr. Mojo Risin'

최근, 도어스에 다시 빠졌다. 아주 어릴 적, 그러니까 얼추 25년 전 사춘기 감성으로의 전면적인 회귀다. 여전한 철딱서니의 골방놀이에 불과하지만, 늘 그렇게 살아왔듯 몸이 먼저 알아서 가는 데에는 내 허약한 이성도 속수무책이다. 사실, 심장 기능에 이상(짐 모리슨의 공식적 사인은 알코올과 약물중독에 의한 심장마비다)을 불러올 수도 있을 이러한 도취에는 어느 정도 현실도피의 충동도 존재한다. 그런데, 제아무리 도피해봤자 현실이란 건 꿈쩍도 하지 않거나 애초에 불합리하게 설정된 가상의 통제권역이다. 세계가 첨단화되고 만방의 정보가 개통된다는 건 그만큼 세계의 지도가 계량화되고 관리 시스템이 첨예해진다는 의미다. 그러니 특정 개인의 현실이란 게 점점 비현실적으로 느껴진다. 어떤 행위에 대해 현실도피라 비판하거나 충고하는 건 그래서 의심스럽다. 도대체 어떤 현실을 말하는 것인가. 잠재된 욕구와 충동들을 장롱 속 운전면허증처럼 묵혀둔 채 대체로 고개 끄덕이고 사는 게 현실 긍정이라면 차라리 무면허로 여자친구의 승용차를 몰고 가다가 절벽에 추락하는 게 나로선 더 극적인 현실 체험일 듯싶다. 현실, 그것은 때로 개미의 하품에도 구멍이 뚫린다. 그런 의미에서 도어스는 절벽으로 가는 '문'이다.

도어스의 노래 〈L.A. Woman〉엔 'Mr. Mojo Risin''이란 인물이 등장한다. 짐 모리슨이 자신의 이름 철자를 따로 조합해 그 인물을 만들었다는 게 정설로 굳어져 있다. 짐 모리슨은 죽기 전 록스타로서의 자신의 삶에 염증을 느끼고 시인으로 인정받고자 했다. 시집을 발표할 때 그는 제임스 더글라스 모리슨이라는 본명을 사용했다. 짐 모리슨은 스무 살 나이에 시를 버리고 아프리카에서 노예 사업을 한 랭보의 삶을 항상 염두에 두고 있었다. 모조 라이진 씨는 이른바 그 자신이 구상한 인생의 또 다른 자아였을 것이다. 하지만 그는 결국 짐 모리슨이라는 록가수로서 후대에 이름을 남겼다. 언제든 나 아닌 다른 사람으로 변신하는 꿈. 그건 내가 아는 시의 궁극이자 록음악이라는 쇼가 가지고 있는 본질적 속성이다. 적어도 내게 시와 록음악은 내가 가지고 있을지도 모를 어떤 잠재적 자아의 물리적 실현을 부추기는 행위다. 그러니 그것은 나 자신에 대한 이반이자 해체이다. 궁극의 거짓말로 가짜의 진실을 스스로에게 고발하는 행위이다. 무대에 올랐을 때 나는 내가 아니다. 시를 쓰고 있을 때 현실의 언어 체계는 내 안에서 괴리를 일으키면서 파탄난다. 내가 전하고자 하는 유일한 메시지가 있다면 그렇게 괴리되고 파탄 난 언어의 앙상한 자취와 그걸 실행하고 있는 내 피부 속 가면의 형상에 대해서이다. 어떤 의미에서 그건 몰두 자체에서 벗어나려는 의식적 자기방기이자 궁극의 가면을 벗기 위한 지난한 위장게임이다. 폭발하고 폭발하여 끝끝내 응결되는 어떤 덩어리를 몸 밖으로 끄집어내려는 발악이자, 이 세계라는 허상의 위계에서 도망치기 위한 산발적 공격이다. 나는 나로부터 벗어나고 싶은 것이다. 그럼으로써 세계를 벗어나고 그럼으로써 나만이 알 수 있는 어떤 진실과 만나고자 하는 것이다.

그러기 위한 도취의 대상이 굳이 도어스일 필요도 없을 것이다. 다만, 시와 음악과 관련해서 내 개인적 경험의 근원에 놓여 있던 짐 모리슨이 어떤 상징적 기호로 새삼 작용하고 있을 뿐이다. 마치 오래전 찢겼다가 흉터마저 가물가물해진 상처가 느닷없이 쓰라려온다고나 할까. 시를 쓰고 음악에 빠지고 하는 일련의 삶의 과정 속에서 문득 돌이켜본 지점에 짐 모리슨이 여전히 눈을 부라리고 있다고나 할까. 십 대부터 이십 대까지 그의 정신을 지배했던 건 니체와 랭보, 그리고 딜런 토마스 등이다. 그리고 1985년 어느 날 나는 그로 인해 보들레르와 랭보, 딜런 토마스를 알았다. 이 이상한 유전관계엔 그 어떤 혈통적 흐름이나 사적 교류도 없다. 그런 식의 세례 과정을 겪은 이가 전 세계에 어디 나 혼자뿐이랴. 그럼에도 나는 여전히 그들로부터 벗어나지 못한다. 한 20년 그토록 지겹게 벗어나고 무시하려 했지만 결국 돌고 돌아 제자리다. 그러면서 그들이 세상을 떠난 나이를 넘겨서까지 구질구질하게 시나 쓰고 몹쓸게 삭아버린 목소리로 노래를 부르려 한다. 이렇듯 무지하고 허랑방탕한 나 자신을 스스로 용서하고 해명하고자 아마도 이 맥락 없는 글을 이끌고 왔나보다. '트랜스크리틱'과는 별 상관없는, 다분히 감정적이기만 한 이 엉터리 '트랜스'에 감응하신 분께는 마음속 깊은 곳의 노래를, 불쾌감을 느끼신 분께는 "그래서 뭐?"라는 얼토당토않은 오리발을 선사한다. 그렇더라도, 그 둘 중 어느 것도 내 진심은 아닐 수 있으니 섣불리 반색하거나 기분 나빠하진 마시길. 모조 라이진 씨는 아직도 그 자신의 얼굴을 만나본 적 없다.

◦ 돌의 웃음을 보여줄 수 있을까, 과연?

•

2012년 프랑스에 처음 갔었다. 일행 중 나만 초행이었다. 열흘 정도 머물렀는데, 돌아오고 나서는 희한하게도 모든 기억이 희미해졌다. 고속도로를 타고 파리 외곽으로 빠져 나오면서 바라본 낮은 구름과 드넓은 평원이 유독 인상적이었을 뿐이다. 고흐가 말년에 정착했던 오베르쉬르와즈, 모네의 정원이 있는 지베르니, 밀레의 〈만종〉으로 유명한 바르비종 등을 방문했다. 의도한 바는 아니었지만, 공교롭게도 인상주의 미술 순례가 되고 말았다. 바르비종의 골목과 벌판은 평화롭고 고즈넉했다. 〈만종〉의 배경이 된 강낭콩 밭을 바라보면서(마침 해가 서행하던 시각이었다) 이곳에 살면 밀레처럼 그림을 그릴 수밖에 없지 않겠나, 라고 생각했다. 물론 내겐 밀레만 한 데생과 채색 능력이 없다. 다만 어떤 것을 매일 바라보면 눈이, 마음이, 그리고 손이 자연스레 개화하여 그 풍경들을 고스란히 재현해낼 능력을 갖추게 되지 않을까 생각했을 뿐이다.

•

오베르쉬르와즈에서도 마찬가지였다. 고흐가 다녔던 성당은 고흐의 그림 그대로였다. 꼬불꼬불한 언덕길과 담벼락의 장미도. 고흐는 기차를 타고 가다 창밖의 정경에 이끌려 그곳에 정착했다고 한다. 일종의 용불용설 같은 걸 생각했다. 자주 쓰는 기관과 그렇지 않은 기관의 진화와 퇴화. 애초의 신체구조가 플러스적으로든 마이너스적으로든 과잉되면 몸의 전체적인 지각 구조가 변화하기 마련이다. 몸의 변화뿐만 아니다. 사물을 대하는 태도와 방식이 변하면 사물의 의미와 용도도 자연스레 변한다. 그 변화는 어느 일방향의 선택이나 강압에 의한 것이 아니다. 몸은 새로운 조화의 패턴을 깨달으면서 못 보던 것을 보게 되고 쓰지 않던 근육들을 재발견해 사용하게 된다. 우리의 몸에는 엄청나게 많은 기관들이 폐쇄된 채 죽어 있다. 축구선수가 다리근육만 발달시킨다고 되겠는가. 통각은 어떤 습관의 순환에 의해

외로움은 어딘가
기댈 곳을 찾아서
휘청거리는 사람이
떠오른다면
고독은 아무도 없는
어두운 길에서
무심한 표정으로
뚜벅뚜벅 걸어가는 사람을
그리게 만든다.

발달하거나 무뎌진다. 바르비종이나 오베르쉬르와즈의 풍경은 화가들에게 통각의 오브제이자 원형으로 작용했을 것이다. 아무리 평범해 보이는 사물이나 풍경도 매일 바라보고 성찰하면 스스로 생동감을 가지게 되면서 한 사람의 영혼 자체를 투영하고 반사하는 '자아의 투영물'이 되기 때문이다.

•

풍경의 비범이란 자연의 축복이지만, 그것을 깨우치는 인간의 지각은 어느 정도 의도와 자각을 바탕으로 한다. 당신이 만약 지금 당신만의 돌올한 심정을 벼리며 마포강변에 앉아 건너편 여의도를 바라본다고 했을 때, 공공 개념으로서의 여의도는 무의미할 뿐 아니라, 존재하지도 않는다. 당신의 여의도엔 국회의사당과 거대 방송국이 존재하지 않을 수도 있다. 풍경을 깨닫는다는 건 풍경 속의 비밀을 스스로 만들어내는 것과도 같다. 당신이 무언가에 집중하고 감정을 싣거나 생각의 촉수를 가다듬을 때 그곳은 당신만의 유일한 공간이 된다. 더불어 당신 또한 유일한 사람이다. 그런 걸 흔히 '고독'이라 명명하기도 하는데, '고독'이란 세상의 외곽에 홀로 버려지는 경험보다는 저 스스로 세상의 중심에, 마치 태풍의 눈처럼 고요히 스며들었을 때 보지되는 정신의 고유한 착종에 의해 견고해진다. 그 착종은 왜곡된 환각이 아니다. 사물의 정수, 공간의 심층에는 시간과 지각의 일반적 공식으론 설명되지 않는 '고유한 시간'이 존재한다. 그 시간은 과거 현재 미래에 대한 통시적 자각에 의해 새롭게 '발명'될 뿐, 어떤 상식적 계측 기준으론 측정되지도 파악되지도 않는다. 시는 그 '고유한 시간'의 흐름을 베껴 쓰는 일이다.

'고독'은 어떤 반복된, 자발적 고난을 뜻하기도 한다. 사실, 단어사전 속의 '고독'은 뭔가 정확히 짚어내지 못하는, 안일한 면이 있다. '외로움'이란 단어와도 '고독'은 다르다. '외로움'은 어딘가 기댈 곳을 찾아서 휘청거리는 사람이 떠오른다면 '고독'은 아무도 없는 어두운 길에서 무심한 표정으로 뚜벅뚜벅 걸어가는 사람을 그리게 만든다. 휘청거림과 뚜벅뚜벅은 기본자세나 심중의 무늬부터 천양지차다. '외로움'이 습생濕生이라면 '고독'은 건생乾生이다. 물에 빠져 허우적거리는 것과 모래밭을 하염없이 걸어가는 삶의 마티에르는 전혀 다른 기원과 동기를 갖는다. 어떤 게 더 나은지, 아름다운지 나는 그런 걸 나눠 평가하려는 게 아니다. 누구에게든 물과 모래의 경험은 다 있다. 물속을 헤쳐 나와 뜨거운 햇볕을 만나기도 하고 모래밭을 건너 바닷속에 몸을 던지는 삶도 있다. 다만 나는 지금 건조하고 메마른 어떤 사물을 바라보고 있을 뿐이다. 이 사물엔 그것만의 시간과 역사가 있다. 따지고 보면 모든 사물이 그러하다. 추측은 가능하나, 자세한 유추는 불가능한 사물의 삶. 그건 이 사물이 바라보는 나 자신도 마찬가지일 것이다. 그래서 어딘가 역사적이고 운명적이다, 라고 혼자 과장되게 되뇌어본다. 단지 이것이 지금 나와 함께 있다는 사실만으로.

•

오베르쉬르와즈엔 고흐의 무덤이 동생 테오의 무덤과 나란히 누워 있다. 어떤 역사적 인물이 살았던 장소에서 물리적 감응을 느끼는 일 따위 관심 밖이지만, 발부리에 걸리는 돌이 있어 무심코 집어 들어 가방에 쑤셔 넣었었다. 그러곤 까맣게 잊고 있었다. 나로선 드문 충동이었던 만큼 망각 또한 빠르고 분명하였던 것이다. 그랬던 게 얼마 전 가방을 정리하며 새삼 '발굴'되었다. 돌의 '근원'을 헤아리느라 최근 몇 개의 난삽한 술자리를 떠올리던 끝에 문득 오베르쉬르와즈의 흐린 하늘과 한가한 풍경이 떠올랐다. 문득 한동안 어둡게 그을어 있던 마음속이 바스락바스락 밝아지는 느낌이었다. 그 예기치 않은 마음의 변동이 심상치 않아 틈날 때마다 돌을 바라보게 된다.

돌을 골똘히 바라보는 건 드문 일이다. 그러나 어떤 사람들은 때로 그런 드문 일에 몰두하기도 한다. 굳이 돌이 아닐 수도 있다. 사물을 오래 바라보는 일에는 여러 동기와 배경이 있겠지만, 나는 지금 오베르쉬르와즈나 바르비종을 돌이키는 심정으로 돌을 바라보는 건 아니다. 그러니 자연 스스로 동기를 찾아 묻게 된다. 그러면서 돌을 바라보며 떠오르는 막연한 상념들을 지금 이렇게 나열하고 있다. 돌은 갈색이고 표면은 뺀질뺀질하며 어느 큰 돌에서 깨져 나온 것처럼 한쪽 면이 날카롭게 깎여 있다. 아무리 좋게 봐도 결코 예쁜 모양이 아니다. 애기 주먹만큼도 안 되는, 두꺼비를 반 토막 내 세워둔 것 같은 못난 몰골이지만, 바라보고 있으면 내가 살면서 해야 할 몇 가지 일들이 떠올라 공연히 분연하고 의연해지는 기분. 나는 바라보는 사람으로 되돌아가야 한다. 이 세상이 처음 내게 임재했다는 거대한 착각 속에서 모든 말을 잊고 사물의 윤곽과 용도를 최초로 고민하는 야만인처럼. 나는 천체지도에도 없는 미지의 혹성을 들고 온 것일까.

돌은 아무 말도 하지 않는다. 계속 바라보면서도 아무 말도 들을 수 없다는 상황. 어떤 미궁 속에 빠진 벙어리가 된 듯하다.

그러면서 뇌가 맑아진다. 고흐나 밀레 따윈 이제 떠오르지 않는다. 어느 못생긴 돌 앞에서 나 자신을 송두리째 들킨 기분이 드는 게 그닥 불쾌하지만은 않다. 묵묵부답인 무언가를 향해 고해하는 심정으로 스스로를 발가벗을 때 늘 시가 써지곤 했다. 실제로 가보지는 않았지만, 매섭게 깎아지른 아이거 북벽이나 아이슬란드의 빙하 같은 걸 보면서 마음이 꿈틀댔던 것도 비슷한 심정이었던 것 같다. 꿰뚫지도 정복하지도 못할 무생물 앞에서의 곤혹. 어떤 간절하고 감당 가능한 것들 앞에서 쉽게 무기력해지는 건 그 반대급부라 여긴다. 엄연하지만, 무미하고 무감한 것들에 대한 경도는 내겐 뿌리 깊은 것이다. 나는 말하기 위해 쓰는 게 아니다. 봤으나 보이지 않는 것들 앞에서가 아니라면 나는 영원한 문맹을 지향한다. 나의 언어는 어느 거대한 암벽에서 깨어져 나온 돌의 파편에 불과하다. 이 허망하고도 무모한 천불천탑 쌓기에 무슨 의도와 의미가 있을 거라고 당신은 내게 자꾸 질문하는가?

•

돌이 웃는다.

나는 기어이 시간의 틈을 발견한 것이다.

좇아 들어가면 이내 캄캄해지는 내 영혼의 머나먼 기원.

이 글은 결국 그 보이지 않는 곳을 떠돌아다니는 여행 얘기가 되고 말았다.

또 가자, 갈 수밖에.

◦ 내 어둠이
당신에게 빛의 소리로
울릴 수 있다면

•

두 번째 프랑스 방문. 날아가는 비행기에선 열한 시간 중 절반을 기내 오디오 메뉴로 베토벤 교향곡을 들었다. 창공에서 펼쳐지는 귀머거리 사내의 고뇌와 환희는 웅대하기보다 서글펐다. 좌석 모니터로 살핀 하늘은 구름의 끝없는 행렬. 고도 삼만 팔천 피트라는 게 사람을 얼마나 작고도 첨예한 미물로 만드는지 새삼 실감했다. 이상한 감상이었고, 느닷없이 멀어진 지상이 기나긴 꿈속 같았다. 베토벤이 살았던 시대와 지금이 둥근 하늘의 한 지점에서 위화감 없이 초고속으로 접선하는 기분이었다. 음악이 주는 조화로움이란 이런 게 아닐까 싶었다. 이를테면, 사람의 정신이나 마음이 육체를 벗어난 궁극의 지점에서 그 어떤 시간적 공간적 제약 없이 두루 얽혀 단 하나의 커다란 지평만 마주하게 만드는 것. 그렇게 순간 속에서 빛을 내고 순식간에 다시 끝없는 어둠 속으로 가없이 추락하는 것. 그 매개로서의 소리란 단순한 공기 파동의 울림을 넘어 그것을 경험하는 육체의 미세한 지점까지 영원으로 귀속시키는, 충만하고도 아득한 원근감의 질료였다. 갑자기 죽고 싶었다. 한없는 구름의 행렬 속으로 한 점 물방울로 스며 이전에는 알 수 없었던 물질로 지상에 다시 태어나고 싶었다. 그건 죽고자 하는 게 얼마나 강렬한 의지이며, 삶을 내던지고자 한다는 게 이전에는 겪어보지 못한 더 크고 뜨거운 세상 속에서 스스로를 확인하고자 하는 맹목의 욕망임을 일깨우는 것이었다. 그리고 한동안 깊이 잠들었던 것 같다. 천공의 잠은 지상에서의 오랜 나날들을 꿈으로 되돌리고 있었다. 깨기 싫었고, 일체의 속도감도 느껴지지 않는 비행기 안이 수백 명을 집단으로 배태한 우주의 자궁 같았다. 깨고 나면 마주칠 세상이 두렵고 아스라했다. 곧 도달할 그곳이 다른 나라여서가 아니었다. 고백건대, 내가 내가 아닐 것 같아서였다. 여태까지의 삶이 이미 다 읽어버린 잡지의 낱장처럼 그림자 뒤로 펄럭거리며 사라질 것 같은 기분. 이국으로 날아가고 있는 게 아니라, 태어나기 전으로 귀환하여 세속에선 전혀 기록되지 않은 먼 핏줄의 발원처로 떠밀려 가는 것 같았다. 그러다가 깨었더니 어느덧 고도가 급속도로 낮아졌다. 이어폰 속에서 베토벤의 선율과 지상에 맞닿아 짐짓 예민해진 귓속 이명이 불협화음으로 엉켰다. 육체의 통증이 기계 속에 저장된 먼 시대의 고통과 싸우는 느낌이었다. 이어폰을 뺐다. 기체의 작은 웅성거림과 귀속의 뻑뻑한 통증만이 뇌리에 맴돌았다. 그리고 착륙. 커다란 짐을 챙겨 내렸으나 그보다 더 큰 짐을 하늘에 두고 온 것만 같았다.

3년 만에 찾은 파리는 사뭇 달랐다. 당연히 이곳이 나를 기억하지 못할 거라고 생각했다. 누구도 나를 알지 못한다는 것. 그것은 참 마음 편하고 홀가분한 일이다. 동행한 사람들과의 여러 일정이 있었으나, 그건 외려 한국에서 겪는 사소한 일상이나 다를 바 없었다. 이곳이 외국이라는 걸 실감하는 건 혼자 짬을 내 낯선 거리를 걷거나 상점에 들어가 물건을 살 때였다. 말도 통하지 않고, 내가 한국인인지 일본인인지, 이 나라 말을 할 줄 아는지 모르는지, 마음속에 꽃을 품었는지 총을 품었는지 아무도 알 수 없다는 사실이 나를 자유롭게 했다. 누구에게 총을 쏘든, 또 다른 누구에게 꽃을 안기든, 내가 하는 모든 행동이 그 무엇에게도 구속되지 않을 거라는 상상은 현실의 어떤 제약들을 일시에 뛰어넘게 하는 기분 좋은 망상이었지만, 그렇게 해서 뛰어 넘을 수 있게 되는 게 현실의 여러 조건들이 아니라, 오랫동안 스스로 가둬두었던 나 자신에 대한 부정적 편견일 거라는 자각은 분명히 있었다. 다시 말해, 나는 '내가 생각하는 나' 속에 오래 갇혀 있었던 것이다. 그건 스스로 만든 감옥이자, 나를 알고 있는 많은 이들이 나를 감별하며 그어놓은 불합리한 관계의 굴레였다. 그걸 깨고 부수기 위해 프랑스에 온 건 물론 아니지만, 이곳에 도착하고 이틀 정도가 지나자, 나는 내가 가둬놓은 새나 말 같은 게 스스로 고삐를 풀고 낯선 거리와 하늘을 배회하고 있다는 생각이 들었다. 그래서 평소에 잘 하지 않는 짓을 일삼았다. 사진 찍기였다. 어느 골목, 어떤 사람, 어떤 사물들에게서 내가 잘 알지 못했던 내가 보였고, 그럼에도 그들이 분명 내가 아니라는 사실이 나를 충만하게 했다. 요컨대, 여기서 나는 없었고, 존재하지 않기에 그 모든 게 나일 수 있었다. 그러면서 음악을 들었다. 한국에서 듣던, 너무 익숙하고 몸에 밴 노래들. 그러나 낯선 풍경과 조우하여 그려지는 소리의 형상은 사뭇 달랐다. 색감도, 그로 인해 발효되는 마음의 정경도 한국에서완 다른 톤이었다. 심지어 내가 만들어 부른 노래 또한 그랬다. 귀에는 이어폰을 꽂은 채 거듭 사진을 찍었다. 한국과는 다른 하늘 빛, 다른 햇볕, 조금은 더 낮고 분명해 보이는 구름들. 그렇게 반사된 풍경의 전체적인 색감 또한 보다 짙고 분명하고 다채로웠다. 이곳이 왜 화가들의 천국이 될 수밖에 없었는지에 대한 역사적인 증언을 듣고 있

는 것만 같았다. 그곳을 떠도는, 그러나 외부로 뻗치지 않고 오로지 이어폰을 통해 나만의 뇌수에 찰랑거리는 음악에까지 그 특유의 색감과 마티에르가 젖어 실제보다 더 오묘한 정경이 마음속에 우거졌다. 음악마저 속을 드러내 소리로 구체화되기 전, 한 뮤지션의 영혼 속에서 떠돌았을 미지의 음향들의 골격마저 햇빛 속에 드러나는 것 같았다. 비와 바람과 햇빛, 그리고 사람과 건물과 자동차와 나무들. 나는 그 어떤 것으로 고정되지 않은 채 떠도는, 그럼에도 아무도 주위 기울여 듣지도 보지도 않는 미생물로 떠돌고 있었다. 그 작고 덧없는 존재감 제로 상태에서 나는 노래를 읊조리고 사진을 찍었다. 내가 실제로 존재한다기보다 노래 속에, 사진 속에 미세한 점 하나, 음표 하나로 스며 보다 더한 극미의 반사체로 소멸하길 꿈꾸며.

•

프랑스 체류 8일째, 일요일. 고흐가 마지막 70일을 머문 마을, 오베르쉬르와즈에 갔다. 역시 두 번째 방문. 마을 전체가 고흐 박물관인 양 전형적인 관광지로 세팅되었지만, 그다지 인위적으로 느껴지진 않는다. 셔터만 누르면 그림이 된다는 말을 실감했다. 어디를 둘러봐도 고흐의 그림에서 봤던 교회와 골목과 건물들이 그대로 살아 있었다. 그러나, 눈에 보이는 그대로의 아름다움이나 고흐가 직면했을 인간적 고뇌에 대한 사후약방문 같은 사설들은 피하고 싶었다. 고흐가 살던 집을 방문하고, 밀밭에서 총을 쏘고 피 흘리며 내려와 외롭게 죽어간 작은 방을 둘러보았다. 경사진 천장의 창으로 들어오는 작으나 강한 햇빛. 거기서 밤이면 별을 보며 외로움의 깊이를 측량했을 고흐의 심정 따위를 유추하는 건 불편하고 마뜩잖았다. 다만 괜히 슬프고 뭔가에 화가 났을 뿐이다. 테오와 나란히 누워 있는 무덤가로 오르는 길엔 일부러 동행들과 거리를 뒀다. 고흐가 그랬듯, 철저히 혼자이고 싶었다. 작은 언덕을 오르자 끝이 안 보이는 평원이 나타났다. 고흐의 마지막 작품. 〈까마귀가 나는 밀밭〉의 배경이 된 그 밀밭이 나타났다. 지금은 밀 대신 유채 등 다른 작물들을 키우고 있으나 작은 오솔길이며 하늘, 넓게 구획된 밭의 모양 등은 그림 속 그대로였다. 상투적이게도, 그럼에도 어쩔 수 없이 돈 맥클린의 〈Vincent〉를 절로 흥얼거렸다.

머리 위를 강타하는 맑고 뜨거운 햇빛에 맞서 더 깊고 어두운 지점으로 영혼의 닻을 내리듯, 원곡보다 더 낮고 침울하게 불러보고 싶었다. 단전에 잔뜩 힘을 주어 내 성량으론 감당 못할 정도로 거칠고 심원한 저음을 뽑아보려 애썼다. 마치 고흐의 붓질이 그랬던 것처럼, 일체의 가공된 아름다움이나 절제된 기술을 세공하기보다 숨통이 막히고 마음이 둔탁하게 무너져 저절로 동굴이 돼버린 영혼의 암석을 외롭게 끌어올리듯 나를 덜어내고 싶었다. 음악은 일부러 듣지 않았다. 간헐적인 새소리와 대기를 큰 시야로 아우르며 지나가는 태양의 숨죽인 공명을 몸에 그대로 새기고 싶었다. 그렇게 벌판 한가운데 우뚝 서 나무가 되고픈 심정이었다. 바람에 부대껴 저도 모르게 뱉어내는 뿌리의 울림을 해에게 송신할 수 없을까 생각했다. 모든 음악이, 모든 그림이 무의미했고, 살아 있는 것 자체가 그림이자 음악이 되는, 보기에 아름다우나 살피면 지옥이 될 어떤 영혼의 주파수가 몸 안에서 떠는 것 같았다. 해를 올려다봤다. 적멸한 영혼의 아련한 연기인 듯 구름 조각이 가늘게 부서져 둥근 빛덩이 근처를 떠돌고 있었다. 거기에 카메라를 댔다. 정확히 포착하기 힘들었다. 숫제 카메라를 보호막 삼아 시야를 가리고 해를 가렸다. 그러곤 거듭 셔터를 눌렀다. 카메라를 내리고 액정을 봤다. 생각보다 어두웠다. 어둠 가운데 새하얗게 번지는 빛의 근원이 있었다. 우주가 검다는 사실을 이렇게도 확인할 수 있다니. 렌즈를 거치지 않고 마주보는 풍경은 그러나 지나치게 맑고 밝았다. 어떤 게 허상이고 어떤 게 실물인지 분간하기 어려웠다. 태양을 마주보면 눈을 멀게 된다는 게 저주이자 축복일 수도 있겠다는 생각이

들었다. 그건 곧 진실을 폭로하면 빛을 잃게 된다는 인간의 유구한 허위와 허식을 드러내는 암시 같았다. 그럼에도 진짜 위대한 음악은 빛의 허상이 가려버린 영혼의 깊은 어둠 속에서 발아할 거라는 확신이 들었다. 왜 내가 〈vincent〉를 굳이 되지도 않는 저음으로 불러보려 했는지 스스로 납득이 되는 기분이었다. 그것은 빛의 베일을 완전히 걷어낸, 화려함과 찬란함을 완전 무시한, 더 낮고 어둡고 침침한 지점의 소리를 가래 긁어내듯 들춰내 나 스스로를 발가벗기고 싶었기 때문일 것이었다. 거대한 우주의 한 분자로 잔존하며 자신 안에 존재하는 빛의 입자를 산산조각 내 더 큰 우주에 닿고자 하는 것. 그건 얼마나 무모하고 잔인하고 부질없는 짓인가. 그럼에도 그 무모와 잔인과 부질없음에 끝없이 탐닉하는 건 누가 누구에게 부여한 잔혹한 숙명이자 찬란한 어둠의 호사인가. 문득, 음악 폴더를 뒤져 레너드 코엔을 귀에 꽂았다. 그의 목소리야말로 인간의 가장 근원적인 뿌리에 닿아 어둡게 공명하며 빛을 내는, 내가 아는 유일한 어둠의 공명통일 수 있으므로.

•

고흐의 무덤을 보고 내려오자 다시 사람들로 북적대는 세상.

빛이 너무 밝아 통째로 어둠이 돼버린 머리를 이끌고 나는 어떤 귀머거리와 어떤 장님을 떠올렸다. 그리고 언젠가 그들이 협연할 대지의 보다 깊고 어두운 빛의 울림에 대해서도.

해는 계속 뜨거웠다. 시선 끝에 닿는 모든 게 신기루 같았다.

◦ 가능한 미혹들

재난

"죽음이 살아남과 동시에 삶은 죽음과 자리바꿈한다.
항암제는 암세포도 죽이지만 정상세포도 같이 죽인다.
단지 암세포는 돌연변이 세포라서
정상세포보다 면역에 약하다는 논리이지만
안락사가 도덕적 당위를 얻게 되면 현대의 병원은
모두 좀 더 편안한 죽음을 맞이하기 위한 장소로 바뀌게 될 것이다."

"도시는 너무 많은 위험 속에서 너무 안전하게 존재한다."

2016년 7월 프랑스 오를레앙. 이곳으로 날아온 지 엿새 만에 니스에서 테러가 발생했다. 지난해부터 잇따른 테러 위협 탓에 출국 전 행여나 하는 마음이 없었던 건 아니다. 게다가 떠나오기 얼마 전 벨기에 브뤼셀 공항과 방글라데시 식당에서의 테러가 우려를 부추기기도 했다. 하지만 굳이 테러가 아니더라도 사고는 세계 어디에서든 언제나 있을 수 있고, 내가 그 재난의 대상이 될 수 있는 확률은 상시로 존재한다고 여겼다. 그러니 발생할 수도, 발생하지 않을 수도 있는 테러가 두려워 운신을 지레 제한하는 것도 가당찮은 일. 약간의 주저 끝에 결국 비행기에 올랐었다. 설사 한국에 있더라도 술에 취해 실족하거나 교통사고를 당하지 말라는 법 또한 없지 않은가. 그렇게 생각해보니 세계의 모든 게 공포의 대상일 수도 있었고 살아 있다는 사실 자체가 모든 불확정적인 우연 속의 기가 막힌 행운일 수도 있었다. 그 당연한 사실이 짐짓 황홀하고 불가사의했다.

그러다가 정말 테러가 발생했다. 아이러니컬하게도 현지 뉴스가 아닌 한국에 있는 가족으로부터 안부전화를 받고 소식을 알게 됐다. 사건이 발생할 무렵 나는 오를레앙의 숙소에서 잠이 들어 있었다. 그리 멀지 않은 곳에서 벌어진 참사를 7시간 시차가 나는 지구 반대편에서 전해 듣는 심정은 오묘했다. 프랑스는 한국보다 세 배 정도 면적이 넓은 나라지만, 한국에 있는 가족들에게 프랑스는 지도상에나 존재하는 지극히 비현실적인 공간에 불과할 것이었다. 그러니 니스와 오를레앙의 실제 거리나 인구 수 따위는 그들에게 고려 대상이 될 수 없었을 것이다. 단지 '프랑스=테러 발생국'이라는 단순 등식에 의해서 온갖 불안과 걱정에 시달렸을 가족의 심사가 내겐 더 걱정거리였다. 같은 나라의 남쪽 해안에서 트럭에 습격당한 사람들의 생사와 그 소식을 듣고 노심초사했을 가족들의 심정 따위 종무소식인 상태로 태평하게 잠이나 자고 있던 나 자신이 왠지 허구의 존재 같았다. 잠이 덜 깬 상태로 가족과 통화를 하며 이것은 과연 누가 지어낸 얼토당토않은 픽션인가 싶어 한동안 아연했다. 한국을 떠나기 전, 알 수 없는 불안과 불면 속에 허덕이던 때를 떠올렸다. 처음엔 뉴스에서 떠들어대는 테러 소식에 마음이 움츠러든 것이라 여겼다. 하지만, 살면서 언제라도 있을 수 있는 사고와 재난에 대한 불확실한 공포를 심란한 뉴스들에 얹어 섣불리 과장하는 건 우스꽝스러운 짓이었다. 공포와 불안의 대상은 테러가 아니라 내가 느끼는 공포와 불안 그 자체라는 사실을 모르지 않았다. 나는 자의로 조장한 불안정한 심리에 휘둘려 세계의 일면을 과장하며 스스로를 왜곡하고 있었던 것이다. 그것은 어쩌면 은밀하게 내장된 죽음에의 동경과 희원의 역반응인지도 몰랐다. 왜 죽고 싶은가, 라고 묻는 건 무의미하지만 굳이 이유를 밝혀본다면 삶의 더 깊은 궁극에 대한 위험한 호기심의 발로라고나 말할 수 있을 것이다. 그렇다면 다시 삶의 궁극이란 무얼 의미하는

지 스스로 궁금해지기 마련. 그러나 살아 있는 동안 '그것'에 대해선 영원히 말할 수 없을 것이다. 이유는 간단하다. 아직 살아 있기 때문이다.

살아 있는 이에게 죽음이란 외적인 사태라기보다 어떤 무작위적인 계기들의 불연속적인 관계망 안에서 모든 생명들의 무의식 속에 내재된 원초적 관념과도 같다. 이를테면 죽음은 당면한 조건이자 삶 전체에 있어 유일무이한, (당장은) 피하고 싶은 확실성인 것이다. 그럼에도 그 확실성은 끊임없이 유예되고 지연되고 저지되는 동시에, 때로 돌발적으로 분명해진다. 살아 있음이 살아 있는 그 자체로 증명되는 일은 드물다. 삶은 그저 흐를 뿐, 그 흘러가는 순간들 하나하나가 삶의 물증이라는 사실을 선연하게 깨닫게 되는 건 흐름의 연속성이 깨어지는 순간에 의해서다. 그런 의미에서 죽음이 분명해질 때 삶 또한 분명해진다는 사실은 단순한 역설만이 아니다. 외려 죽음으로써만 확정 가능한 삶의 본질적 측면(그것은 살아 있는 자에겐 전혀 유의미한 가치가 아니다) 때문에 삶은 늘 혼돈을 지향하게 된다. 혼돈 속에서 삶은 비로소 생기를 얻는다. 그 생기로 다시 혼돈을 정리하고 질서화하여 삶의 물리적 가치를 선취하고야 말겠다는 인간의 욕망이 증폭된다. 그러나 그 결과는 더더욱 무모하고 무의미한 죽음들을 양산하는 악순환으로 이어진다. 삶의 의미를 자체적으로 생산하겠다는 근본의지에 의해 삶이 더더욱 파괴되는 이 참혹한 문명의 역설 속에서 죽음은 항상 죽은 자에게만 확실하다. 사고에 의한 것이든 질병에 의한 것이든 하나의 죽음은 사적인 운명과 관계하는 듯 보이지만 생사의 근본 원리와 체계 안에서 따져보면 모든 죽음은 공적이다. 공적인 만큼 추상적이고 추상적인 만큼 광활하고 불투명하다. 그것은 우연의 불연속적인 집적에 의해 잠정적으로 현현하는 삶에 대한 극미한 해부도와 같다. 나는 그걸 살면서 미리 들여다보려는 불가능한 욕망에 시달리고 있는 건지 모른다.

우연

"우연의 정교함. 혹은 정교한 우연."

"철저한 계획과 합리적인 근거는
확고한 이상과 신념으로 뭉쳐진 모더니스트들의 환상이었다.
이 가설의 세계에서 확고한 것이란 아무것도 없다.
상상과 우연으로 점철된 정교한 우연들이 있을 뿐이다."

내가 머물고 있는 오를레앙의 저택엔 나무와 새가 많다. 지은 지 200여 년 된 목조가옥. 건물 한쪽 지하엔 오래된 와인창고가 있는데, 2천 년 전 로마인들이 남겨놓은 흔적도 있다. 동네는 고요하고 근처엔 개발의 손길이 미치지 않은 루아르 강이 흐른다. 트램이 지나다니는 다리 건너편으론 15세기 때 지은 대성당의 고딕 첨탑이 홀로그램처럼 솟아 있다. 대성당뿐 아니라 인근엔 수백 년 된 성당이 많이 있다. 큼직한 돌벽으로 지어진 성당의 내부는 하나같이 서늘하고 웅혼했다. 그 안에서 함성호의 문장을 되새겼다. "인간은 신의 가설이며 신은 인간의 가설이다." 그걸 다시 내 멋대로 풀어 "인간은 신을 상상하는 방식으로 문명을 건설했고, 신의 외재적 확실성을 증명하기 위해 문명을 파괴한다"는 문장을 떠올려봤다. 서구인들은 오랫동안(적어도 20세기에 들어서기 전까지는) 이 세계를 창조한 분명한 인격적 존재로서의 신을 상상해왔다. 이때, 신은 그 자체로 절대적으로 숭앙되는 동시에, 그 대리자로서의 인간(왕이나 교황)에게 절대 권력을 부여함으로써 우주가 본질적으로 작동하는 우연의 체계들을 방기해왔다. 요컨대 인간의 이성으로 측정 가능하고 분별 가능한 세계만을 오려내 신이라는 미명 아래 편벽된 우주관을 고수해온 것이다. 그것은 어떤 수학적 완전성에의 강박이자 삶의 모든 불완전하고 불확실한 요소를 신의 그림자 뒤로 감추려는 의도된 기만이었다. 모든 인종주의와 종교 분쟁의 씨앗은 거기 내재해 있었다. 인간의 존재 이유와 근거를 꿰어 맞추기 위해 완전성을 갖춘 신을 상상했지만, 그것이 오히려 인간의 오류와 파괴로 이어지는 악순환의 동인을 서구인들은 아직 제대로 해명하지 못하고 있다. 그러한 오류는 미에 대한 개념에도 그대로 적용된다. 성당 내부의 치밀한 삼위일체의 구조를 보며 세계가 정말 이토록 정교한 계산 아래 아무런 결함도 없이 존재해오지는 않았다는 새삼스런 각성이 들었다. 과연 누구에게 보여주기 위한 완벽함일까. 가설로써 축조된 인간의 허구가 정말 인간의 불완전함을 치유할 수 있을까. 아름다움은 외려 인간이 치명적으로 지니고 있을 수밖에 없는 불완전함을 불완전함 자체로 투명하게 그려낼 때 더 설득력 있게 빛을 발하는 것 아닐까.

그러나, 위압감마저 느껴지는 성당의 궁륭 아래서 모든 질문들은 허랑하게 공전할 뿐이었다. 색색으로 모자이크된 스테인드글라스 창문 사이로 날카로운 빛이 스며들었다. 성당 한 구석에 작으나 또렷한 빛기둥이 떴다. 그 순간 모종의 착란이 발생했다. 빛이 소리로 음역되어 허공에 분절된 문장으로 귓전을 때리는 것이었다. 그러나 정확한 뜻은 알 수 없었다. 그럼에도 머릿속의 생각들을 그대로 얹어 어떤 말을 풀어내면 그 자체의 공명을 통해 뭔가 이전에 알지 못했던 의미들이 고스란히 체현될 것 같았다. 묘한 충일감과 함께 일순, 기시감을 느꼈다. 언젠가 이 비슷한 경험을 어디선가 한 것 같은 느낌이었다. 그때 나는 시를 썼던가. 그랬을 수도 아닐 수도 있을 것이다. 그러면서 시간을 더 거슬러 내가 태어나기도 한참 전, 그러니까 이 성당이 지어질 때쯤 이곳에 살던 누군가가 비슷한 체험을 한 후 벽에 걸린 십자가를 향해 기도를 했을지도 모른다는 생각이 들었다. 과잉 상상이지만, 인간의 상상으로 축조된 공간 속에서 굳이 상상력을 제한할 필요성은 느끼지 못했다. 나는 순식간에 15세기쯤으로 날아와 신의 영안을 향해 질문하는 내 모습을 떠올렸다. 기복祈福과 희구의 원망願望이 아니었다. 나는 짐짓 오만하게 당신이 정말 신이냐고 십자가를 향해 묻고 있었다. 그러면서 동시에 내 인생의 어떤 설계 구조에 의해 내가 지금 이역만리 떨어진 이곳으로 날아와 전혀 다른 시간 속의 비정형적인 존재로서 스스로를 실감하게 된 건지 의아해졌다. 불과 4년 전만 해도 내게 프랑스는 미답이자 미지의 나라였다. 그럼에도 어떤 반복된 행운에 의해 4년 동안 네 차례나 이곳을 찾게 되었다. 이 예측할 수 없었던 우연의 작용이 나를 어떻게 변화시킬지 자못 궁금했다. 문득, 한국을 떠나기 전 나를 휘감았던 알 수 없는 불안의 정체를 힐끗 본 느낌이었다. 나는 모종의 우연들이 엮어가는 새로운 그물망의 나선에서 오랫동안 방황하게 될 것이었다. 그리고 그 안에서 생의 전반을 재조직하며 여태까지와는 다른 언어(굳이 프랑스어나 다른 외국어를 뜻하는 것만은 아니다)로 스스로를 배반하게 될 거라는 예감에 사로잡혔다. 그것은 황홀하고도 무서운 조짐이었다.

성당(오를레앙 인근 생브누아Saint-Benoît의 성당이었다)을 나오기 전, 작은 방명록을 발견했다. 알파벳으로 구성된 해독할 수 없는 문장들이 잔뜩 씌어져 있었다. 그 마지막 페이지에 뭔가를 적고 싶었다. 떠오르는 글귀는 동학의 21자 주문이었다.

至氣今至 願爲大降 侍天主 造化定 永世不忘 萬事知
지기금지 원위대강 시천주 조화정 영세불망 만사지

숙소로 돌아오니 이른 저녁. 정원에 새소리가 가득했다. 동학의 2대 교주 해월 최시형은 새 소리도 천주의 작용이냐고 묻는 신도에게 "그렇다"라고 대답했다던가. 함성호의 문장을 되씹어봤다. "인간은 신의 가설이며 신은 인간의 가설이다." 뭔가 이전과는 다른 뉘앙스가 느껴졌다. '가설'이란 단어를 '꿈'으로 바꿔봤다. 아닌게 아니라 함성호는 「TRACE, MOMENTARY, SLACK」의 '가설'편 마지막에 "신은 우리의 꿈이고, 우리는 신의 꿈이다"라고 적시하고 있었다. 인간과 신이 서로 되먹힘

(feedback)하고 있었다. 요컨대 신과 인간은 어느 한편을 배제하면 다른 한편도 존재하지 않게 되는 양방향적인 '꿈'이자 '가설'인 셈. 인간이 신을 모신다면 신 또한 인간을 모셔야 한다는 범재신론적인 각성이 거기에 배어 있는 듯 보였다. 그런 의미에서 '시詩'는 그 상호 모심[侍]의 언어적 양태이기도 하다.

시는 삶과 세계에 대한 일종의 마이너스적 성찰의 결과이다. 이때 마이너스란 플러스적 축조의 반대 개념으로 성립되는 동시에 합리적 이성을 바탕으로 한 서구 정신의 모더니즘과도 상치된다. 그렇다고 굳이 시를 이성의 반대항으로서의 감성의 발로라고 단순 도식화하자는 건 아니다. 시는 이성의 대척적인 작용이라기보다 이성의 균열이거나 이성으로 풀지 못하는 불합리한 정조에 의해 쓰여진다. 때문에 시는 곧잘 말해선 안 될 것들, 말해질 수 없는 것들, 심지어 도저히 말이라고 할 수 없는 것들을 언어를 통해 표현하고자 한다. 그렇게 언어도단이 발생한다. 언어도단은 이성의 측면에서 보자면 오류이고 미신적인 주문에 불과하다. 그것은 뇌의 좌반구가 아닌 우반구의 작용으로서 이성이 오랫동안 배제하려 한 혼란과 밤의 세계를 반영한다. 플라톤이 공화국에서 시를 금기시한 것도 이와 같은 맥락이다. 시는 그것을 쓴 시인의 독자적인 발성이므로 말씀의 위력을 일임하고 있는 신의 권위에 대한 도전으로 받아들여질 수도 있는 것이다. 마이너스적 성찰이란 따라서 이성으로 가공되기 이전의 자연 상태의 발화라고 할 수 있다. 그것은 보다 원시적이고 본원적이고 내밀한 우주의 언어와 교감하려 한다. 하지만 그 '우주적 언어'는 논리적 이성의 차원에서 보자면 의미가 불분명한 한갓 요설이나 소음처럼 여겨질 수도 있다. 함성호는 어쩌면 시의 그러한 근원적인 마이너스적 성질을 플러스적으로 뒤집어 세계를 재점검하고 그것을 설명하려 한 신의 말씀을 따라하(면서 배반하)려 한 것인지 모른다. 그는 이렇게 쓰고 있다.

> 단어와 단어가 서로 충돌하며 서로의 상처로 관계를 맺는다. 그렇게 해서 생긴 문장이 비문이든 아니든 그것은 상관이 없다. 문장은 In this context에서 Out of context로 문장의 기능을 벗어난다…… 충돌과 긁힘의 텍스트, 매끄러운 텍스트가 놓치고 있는 어떤 정황을 우리에게 제공해주고 있다.

이것은 딱히 시에 관한 얘기만은 아닐 수도 있다. 함성호는 「TRACE, MOMENTARY, SLACK」의 내용과 형식 통틀어 현재 도시 문명 속의 자중지란과 자해 요소들을 점검하는 독자적인 문명론을 전개하고 있다. 그것은 소위 문학적 형식으로서의 '시'와는 별개의 지점에서 운위되어야 할 사항일 수도 있지만,

어떤 한정된 형식 속에서 자분자족 하는 언어는 그 자체의 자생적인 위계에 의해 스스로를 한정 짓는 권위의식의 포로가 되기 십상이다. 시는 쓴 자의 자위권인 동시에 읽는 이의 자발적인 투신에 의해 잠정적으로 완성되는, 그 누구에게도 완전한 소유권이 주어지지 않는 미완성·무소유의 부유체와도 같다. 다시 말해 그 어떤 시도 쓰여진 그 자체만으로 완전하지는 않다는 소리다. 시는 그것을 읽는 이의 방식에 의해 새롭게 쓰여진다. 시의 독자성은 발설되는 순간 휘발되어 다른 의미로 확산한다. 행동으로 이어지지 않는 시는 언어 자체의 내압과 균열에 의해 자진 파산하곤 한다. 시를 백 편 썼다는 건 적어도 백 번 정도 임사상태가 되었다는 뜻. 시인에 의해 선택된 언어는 살해되기 위해 시에게 기도한다. 언어의 피 맺힌 순교라고나 할까. 그러나 그 순교는 가공된 고귀함보다 더 나아갈 수 없을 때까지 헐벗은 언어의 참혹한 잔해들에 의해 영원한 미망으로만 전율할 뿐이다. 함성호는 이렇게도 말한다. "건축은 어떻게 태어나는가? 건축이 과연 죽음으로 태어날 수 있을까? 죽자마자 삶이 시작될 수 있을 것인가?" 여기서 '건축'을 '시'로 바꿔 읽어본다. 축조와 균열의 양방향적 되먹힘이 이때에도 작용하는 듯 보인다. 그러면서 동시에 이성적 완전체로서의 '시'와 짓자마자 무너지는 '건축'을 역설적으로 상상해본다. 거기에 성당 안의 예수상이 겹친다. 모든 게 신기루로 완전하고 실체로서 희미하다. 정원에선 새가 운다. 오로지 분명한 건 그것뿐이다.

투명성

"죽음에 활기가 있다.
죽음을 생각만 해도 즐겁다?
우리는 그 시체를 타고 논다."
"노출이냐? 투명함이냐?"

「TRACE, MOMENTARY, SLACK」을 다 읽고 나서 정원 한 편에 고즈넉하게 마련된 서가에 앉아 있었다. 프랑스어로 쓰여진, 당장은 읽을 수 없는 책들이 가득 꽂혀 있었다. 16세기 서적부터 21세기에 발행된 서적까지 그 수를 이루 헤아리긴 힘들었다. 지금도 쓰고 있고, 쓰다가 죽고, 죽을 때까지 쓰고, 다 쓰지 못하고 죽었을 인류의 숱한 이야기들의 무덤 속에 들어온 기분이었다. 모든 무덤이 그러하듯 엄숙함보다는 서늘한 안온함이 느껴졌다. 무엇을 상상하고 무엇을 쓰든, 어떻게나 말하고 아무렇게나 쓰든 세상 어딘가에선 사람이 죽고 누군가가 태어나고 새가 울고 강이 흐를 것이라는 사실이 자못 신비스럽다는 생각을 했다. 거대한 우연의 점조직 속에서 한 순간을 영위하고 있는 나 자신을 육안으로 가늠 가능한 먼 곳의 시점으로 내려다보고 싶었다. 그렇게 나 아닌 누군가의 '가설' 속에서 바라다본다면 이 생은 그저 잠깐 빛의 환각으로 지상에 투사된 짧은 영화 한 편에 지나지 않겠나 싶었다. 그 허랑한 각성이 나쁘지 않았다. 몸에 기묘한 부유감이 느껴졌다. 그러다가 작은 시집 한 권을 발견했다. 짐 닷지(Jim Dodge)라는 미국 시인이었다. 뒤표지에 게리 스나이더의 추천사가 쓰여 있었다. 아마도 비트 세대 이후의 인물 같았다. 책장을 뒤적거렸다. 미욱한 영어 실력으로도 해독 가능한 시가 몇 편 있었다. 그중 한 편을 더듬거리며 읽어보았다.

현실은 상상의 작품이다
상상은 감정의 덩어리이다
모든 눈물과 웃음이 사라진 뒤
감정은 영혼의 뒤편으로 텅 빈 채 사라진다
그리고 영혼은 사실에 기반한다
풀잎에 맺힌 이슬처럼

-짐 닷지, 「심리의 생태」 전문

서가 바깥에서 새소리가 들렸다. 너무 분명해서 꿈같은. 그래서 더더욱 현묘한 신의 육성 같은. 극미의 감촉이 허공에 두 갈래 페이지의 성서처럼 두서없는 말들의 신전을 꾸며대고 있었다. 신은 세포 속에 내재해 있었다. 함성호도 아마 그랬을 것이다. 언어의 물방울들이 언젠가 거대한 화석으로 굳어 그 스스로 투명해지길 꿈꾸며.

* 따옴표 속 인용문들은 함성호의 「TRACE, MOMENTARY, SLACK」(『21세기문학』 2016년 여름호)에서 인용했다.

울고 싶은 여자의 못 우는 울음

무더운 한낮, 바깥에서 아기 울음소리 같은 게 들린다. 음악을 크게 틀어놓았으나 중간중간 장식음처럼 끼어드는 그 소리가 더 선명하고 질박해 음악을 끈다. 잠깐 아무 소리도 들리지 않는다. 만물을 지우개로 지워버린 듯한 침묵이 한동안 감돈다. 조용해질수록 귀가 더 쫑긋 선다. 이럴 땐 잠깐씩 이 세상이 다른 세상 같아진다. 막 창궐했던 음악이 꼬리를 여미면서 남기는 침묵의 깊이가 왠지 심원한 곳의 파동을 단단하게 조이고 있는 느낌이다. 그러다가 다시, 울음소리가 들린다. 아기 울음인 줄 알았는데, 조금 이상하다. 밤이고 낮이고 동네 구석구석을 헤집고 다니는 길고양이들이 떠오른다. 어느 암컷이 발정이라도 난 것일까. 보이지도 들리지도 않으나 곳곳에 잠행하고 있을 수고양이들 발자국 소리마저 왈츠 풍으로 부유하는 것만 같다. 갓 태어난 직립인간의 울음소리와 무언가를 잉태하려고 사지를 뒤채는 네 발 짐승의 절박한 외침이 유사한 음색과 파형을 갖는다는 사실이 자못 신기하다. 거실에 앉아 그 소리를 흉내 내보지만, 남성적 흉성이나 어른의 심정으로는 도저히 낼 수 없는 소리다. 괄약근을 조이고 단전에 잔뜩 힘을 주어 목구멍 깊숙이 가느다란 낚싯줄이라도 집어넣는 기분으로 얇고 뾰족한 소리를 만들어본다. 귀를 막고 그 소리를 되새김질 해본다. 약간은 비슷한 것도 같다. 거기에 나름 정조情調를 섞어본다. 몸 아래 깊숙이 내장돼 있던 슬픔의 물고기들이 조심스럽게 낚싯줄을 건드리는 듯싶다. 그러나 여전히 모자라다. 슬픔의 윤곽만 물수제비뜨듯 희롱했을 뿐, 더 큰 슬픔의 공명통이 터지기에는 가슴을 가로막고 있는 게 너무 많다. 문득, 우는 법을 잊어버린 건 아닌가 싶어 조금 공허해진다. 인간을 포함, 모든 짐승의 목소리는 결국 살고 있다는 것에 대한 전면적 자기 성찰이자 그 고통의 표현이어야 하지 않겠나.

어릴 땐, 울음에 관한 한 도사였다. 이른바 '경상도 싸나이'의 전형이었던 삼촌과 삼촌 친구들이 지어준 별명이 '짬보'였다. 아침 식탁에 계란 프라이가 없어서 울고, 혼자 화장실 가는 게 무서워 울고, 어머니가 집을 비워도 울었다. 시발은 그런 사소한 일들이었지만, 한번 울음이 터지면 울고 있다는 사실이 무섭기도 서글프기도 해서 더 크게 울었다. 그러다 보면, 결국 내가 우는 게 아니라 울음이 나를 삼켜버리는 지경에 이르곤 했다. 어쩌면 그 막막하고도 힘겨운 느낌에 스스로 중독되었던 게 아닌가 싶기도 하다. 눈물에 의해 중화돼버린 눈앞의 모든 것이 그저 물속을 떠도는 허깨비들 같았다. 그걸 마냥 무서워하기만 하진 않았던 것 같다. 태어나기 전 어머니의 몸 안에서 보았던 그리운 점액질의 보호막 같은 것이 매사 겁을 집어먹게 만드는 이 세상에 다시 펼쳐지는 것이었을까. 그때 느꼈을, 그 어떤 분리도 없이 일원론적으로 진동했을 우주와 몸의 파동, 그리하여 내장이나 뇌 안쪽 깊은 곳에 아로새겨졌을지도 모르는 궁극의 공명 따위가 거듭 되새겨지는 것인지도 몰랐다. 물론 이건 당시의 각성이 아닌, 40년이 훌쩍 지난 지금에 와서야 자의적으로 꾸며내는, 내 모든 행위의 원적原籍에 대한 문학적 수사에 불과할 수도 있다. 그렇다 하더라도 몸 안에 오랫동안 내장된 소리, 그래서 자꾸 뭔가를 엎히게 하고, 토해내고 싶어 하는 충동이 이 세상이 요구하는 욕망의 체계 앞에서 부질없는 엄살로 치부되게 하고 싶진 않다. 그저, 울 수 있을 때 울고, 굳이 울지 않아도 될 때에도 나 자신의 물리적 현존을 증명하는 방식으로 자주 울고 싶을 뿐이다.

나이를 먹어서도 사랑에 빠지면 마냥 울게 될 때가 많다. 때론 그 사랑 자체가 찬연하게 기뻐서, 때론 그 사랑이 돌이킬 수 없는 파탄의 징후가 될 수밖에 없다는 걸 깨달아서, 또 때로는 그 사랑이 기어이 되돌릴 수 없는 과오에 휘말리게 되어서 자꾸만 울게 된다. 그 울음의 바다 끝에는 결국 일말의 선율과 육체적 파동의 잔향들이 떠돈다. 그럴 때마다 노래를 만들었다. 내겐 음악적 형식이란 게 대위법과 화성을 익혀 오랜 시간 숙련되어 장착된 것은 아니다. 수십 년간 들어온 각양각색의 노래들이 내 안에서 제멋대로 체계를 형성하고 재조직되면서 뭔가 내가 낼 수 있는 소리의 틀을 짜주었을 뿐이다. 이를테면, 먹은 게 있으니 뱉어낼 게 생기는 것이고, 비록 뜨내기일지라도 그 주변에서 오래 맴돌다보니 나만의 어떤 맴돌이 파장 같은 것이 자연스레 형성된 것인 게다. 그럼에도, 내 안의 소리를 제대로 뽑아내긴 여전히 힘들다. 그저 울면 되는 것인데, 우는 것에 대해 자꾸 생각하고 우는 모습에 자꾸 거울을 들이대게 된다. 배우가 거울 보며 연기 연습을 하면 안 된다고 누가 그랬던 것 같다. 아름답게 정제되고, 드러내놓고 계산적인 울음 따윈 학습하고 싶지 않다.

다시, 아기 울음 또는 고양이의 소리 파형이 떠돈다. 덩달아 따라해보지만, 여전히 엉성하다. 음역과 음색을 따져본다. 분명히 여성적이다. 그러면서 약간은 새소리 같기도 하다. 사람의 아이도 말문이 트이고 직립을 하기 전엔 남자나 여자나 비슷한 소리를 낸다. 다 큰 남성의 울음은 대개 묵직하고 먹먹한 느낌을 주지만, 그래서 따라 울게 되기보다는 가만히 바라보며 측은해할 수밖에 없지만, 여성의 울음은 그렇지 않다. 데시벨 자체의 진동도 크고 담겨 있는 감정도 복합적이어서 무슨 자연수가 터져 나오는 느낌을 준다. 그만큼 여운도 길다. 그러면서 소리가 만들어지는 신체적인 원리와 근원에 대해 따져보게 될 때가 있다. 사람의 목소리는 결국 정수리 백회百會와 회음부會陰部 사이의 기다란, 보이지는 않으나 감정의 모든 근원적 요소들을 포함한 울림통의 작용에 의한 것이다. 여성의 경우, 그것이 자주, 통으로 열리게끔 되어 있다. 그건 마치 날달걀을 먹을 때 맨 위와 맨 아래를 동시에 구멍 내야 쉽게 빨아 마실 수 있게 되는 원리와 비슷하다. 하지만 남성들의 몸은 그렇지 않다. 열려 있어야 할 회음부 위쪽에 마이크로 쓰기에도 적당하지 않을 근육덩어리가 달려 있다. 물론, 그게 남녀의 소리를 구분 짓는 결정적인 차이는 아닐 것이다. 그래도 여성 가수의 노래를 들을 땐 내게도 어쩔 수 없이 달려 있는 그 근육덩어리를 없애버리고 싶은 충동을 느낄 때가 있다. 이상한 생각이랄 수도 있을 것이다. 그럼에도 나는 내 안에 오래 갇혀 죽어가고 있는 그 잠재적 여인의 심원한 곡성哭聲을 몸 밖으로 꺼내주고 싶은 욕망이 여전히 강하다. 그녀는 누구일까. 그리고 내게 왜 팔자에도 없는 곡비哭婢가 되어달라고 수십 년째 옹알거리고만 있을까.

다시, 울음소리를 듣는다. 아기이든 고양이든 살려고 내는 소리. 뭔가 두렵고 안타까워 자신을 봐달라는 소리. 파동은 가늘고 지속시간 또한 짧지만 그 어떤 음악보다 몸에 더 바짝 붙어 비슷한 하모니라도 넣어달라는 듯한 소리. 하지만, 그보다 더 큰 건 소리가 지워지고 난 다음의 투명한 침묵이다. 소리란 결국 이 세계가 침묵 속에서 형성되었다는 사실을 역설적으로 증명하는 일종의 반동작용일 따름이다. 울음 또한 마찬가지 아니겠는가. 이 삶이 사실은 거대한 죽음의 밭에서 피어난 짧은 기간 동안의 현존일 뿐이라는 것을 깨닫게 하는 울림과 파동. 그리하여 결국 다시 거대한 침묵 속에서 처음 자리로 돌아가게 될 것이라는 본능적 희원과 공포의 태초 반응. 울고 싶다. 더 살고 싶어서 그러는 것일 테다. 노래하고 싶다. 더 잘 죽으려고 그러는 것일 테다.

◦ 침묵의 춤

소녀티를 채 벗지 못한 여자가 한 소도시 분수대 광장에서 춤을 춘다. 여자의 행색은 추레하다. 아무렇게나 자란 머리카락은 바람에 어지럽게 날리고 어디서 주워 입기라도 한 것 같은 낡은 모직 재킷은 허름하다 못해 숫제 넝마 수준이다. 얼굴은 누구에게 얻어맞고 긁히기라도 한 듯 상처투성이. 거지라고도 낭인이라고도 할 수 있다. 하지만 눈빛과 몸짓만은 고아하고 청초하다. 이리저리 마음 내키는 대로 몸을 움직여 공기 속에 없던 형상을 부조해내는 춤사위는 그 어떤 무용이나 발레의 정식으로도 규정할 수 없을 정도로 자유롭다. 흘깃흘깃 여자의 춤을 곁눈질하던 사람들이 어느덧 둥그렇게 모여 여자를 감싼다. 슬픔과 가난에 찌든 사람, 분노와 정념에 사로잡힌 사람, 무지와 무모로 제 살을 갉아먹던 사람 할 것 없이 여자의 춤 앞에서 눈물을 흘린다. 슬픔이나 기쁨 너머, 그것들을 모두 껴안은 비리고 따뜻한 울음이 마음속 바닥에 오래 암장된 지하수라도 퍼 올린 듯 일순간 터진다. 여자는 사람들을 일일이 바라보기도, 오랫동안 눈을 감기도 하면서 계속 춤춘다. 여자의 춤을 원심축 삼아 잠깐이나마 사람들은 스스로의 굴레에서 벗어난다. 그렇게 한동안 이 부박하고 악랄한 세계의 한 작은 지점에 천계로 확산하는 바람의 시녀가 등장한다. 그리고 다시 사람들이 자신만의 일상으로 흩어진다. 거지라고도 낭인이라고도 할 수 있는 여자는 세계를 홀로 떠돌다 발견한 자신만의 거처, 바닷가 암벽 뒤쪽 작은 동굴로 향한다. 죽음으로써 다시 태어나는 곳. 한번 태어나 영원한 죽음 속에서 완성한 자신의 모든 시간이 그 동굴 안에서 한줄기 바람으로 끝없는 윤생을 거듭한다…….

소설을 읽다보면 가끔 그림으로 표현하고 싶은 장면이 있다. 일천한 데생력으론 떠오른 것의 3할도 묘사하지 못할 걸 알지만, 그래도 때로 용기 내어 종이를 펼치고 연필을 쥔다. 모든 그림은 백지 위에 선을 하나 긋는 것으로 시작한다. 어디로 갈지, 어떤 형태가 나올지 미리 예단하지도 기획하지도 않는다. 그저 연필이 흘러가는 대로, 호흡이 미치는 대로 선을 긋는다. 전제는 단 하나, 소설에서 읽었을 뿐 실제로 본 적은 없는, 미쳤다고도 초탈했다고도 할 수 있는 한 여자의 춤. 그 미지의 동작을 몸으로 받듯 선을 그어나간다. 소설을 읽고 상상한 여자의 모습이나 형태를 모사한다기보다 그것을 읽고 반응한 몸의 파동을 연필심에 모아 방사형으로 펼친다. 시간이 얼마나 흘렀을까. 혼자 허공에 파놓은 동굴 속에서 시간을 잊고 공간을 외연화하기라도 한 듯, 늘 살고 있는 이 집이 무슨 블랙홀을 통과한 이후의 절멸지점 같다. 그 알싸한 현기가 사뭇 황홀하다. 연필을 놓고 그림을 본다. 추상이나 기하학이란 단어론 설명 불가능한 선들의 파동이 어설프나마 묘한 형상을 낳았다. 백지 한가운데 양팔을 벌리고 다리를 비스듬히 엇갈린 채 요동하는 형태는 일반적으로 여자라 불리는 사람의 형태를 닮았으나 왠지 잎을 다 떨궈낸 커다란 겨울나무를 닮은 듯도 싶다. 발아래를 받친 봉긋한 형태는 무덤을 연상케 하고 그 주위를 맴도는 엉킨 실타래 같기도 구름 같기도 한 형태들은 그 어떤 의도 없이 부려진 시간의 때 같다…….

이상은 최윤의 장편 『마네킹』을 읽고 내가 실제로 했던 일이다. 소설을 읽고 정말 그림을 그렸던 것이다. 초판이 나온 건

2003년. 그러나 내가 『마네킹』을 읽은 건 불과 몇 년 전이다. 박진감 넘치는 서사완 거리가 있는 그 소설을 읽으며 숨이 막혔었다. 매번 시점이 바뀌며 교차하는 등장인물들의 진술은 전면적으로 자기 위주였다. 한 실종 사건을 둘러싼 주변 인물들의 각기 다른 입장과, 그로 인한 허위와 자기보호의 언술들. 인물들은 모두 실명 대신 상어, 우뭇가사리, 불가사리, 소라, 쏠배감펭 등 바다 생물 이름으로 지칭된다. 그 탓인지 정말 물속에라도 잠긴 듯 막막하고 먹먹하게 나아가는 진술들을 마냥 편하게 따라 읽을 수 없었다. 비틀리고 상처 입은 내면을 혼자만의 일기장에 토로하듯 각자의 골방에서 써내린 얘기들. 한 집에 살면서도 서로 방문을 걸어 잠근 채 자신만의 해저를 뒤엎어 지상에서의 불만과 고통들을 익사시키려는 토로들, 고백들. 소설을 읽고 전면적인 공감을 경계하는 나로선 편한 독서가 아니었다. 그럼에도 실눈을 뜨고 계속 읽을 수밖에 없었던 까닭은 단 하나, 주인공 '지니'의 초상을 제대로 한번 그려보고자 하는 것. 겉으로 드러난, 그리하여 현대 자본주의 세계의 미의 상징으로 치장된 모습이 아니라, 오로지 그녀 자신으로 발가벗으며 마주친 우주의 실상을 그녀의 춤사위를 통해 넘보고 싶었던 것이다. 나는 성공했는가. 아마 아닐 것이다. 그림 실력의 문제는 부차적이다. 제대로 춤추지 못하는 굳은 몸과 정신, 그로 인해 자꾸만 앞뒤를 재며 타인으로부터 스스로를 가둬두려는 자의식 탓이었을 것. 어쩌면 그건 『마네킹』의 모든 인물들이 겪고 있는 모든 문제와 같은 이유였는지 모른다.

『마네킹』에서 핵심이 되는 사건은 단순하다. 영아 때부터 시작한 CF모델로 가난한 집안을 일으켜 세웠던 '지니'라 불리는 여자가 어느 날 갑자기 가족을 떠나 실종된다. 그러면서 그녀에게 기생하며 붙어살던 가족 및 단 한 번 그녀를 마주쳐 삶의 근본이 바뀌어버린 남자 등이 각자의 방식으로 그녀를 기억 또는 추적하며 자신의 속내를 밝히는 내용이 거의 전부다. 어릴 적부터 타고난 아름다운 용모로 가족의 '돈줄'이 된 지니는 그러나 말을 하지 못한다. 어린 시절 오빠('상어')에게 목을 졸리는 폭행을 당한 이후 벙어리가 된 것이다. 벙어리가 된 주인공과 그녀의 실종 이후 각자의 입장에서 속내를 풀어놓는 사람들. 그런데, 이야기가 진행될수록 더 부각되는 건 지니의 침묵이다. 그 침묵이 지니의 아름다운 용모에 더 진한 베일을 드리운다. 그런 그녀가 종국에 스스로를 깨우치고 사람들로 하여금 자기 자신을 마주보게 하는 건 춤을 통해서다. 그 춤은 광고 모델을 하면서 그녀를 재단하고 구속했던 동작, 표정, 자세 등을 버리는 것에서 시작된다. 어떤 규격화된 아름다움, 타인의 욕망을 자극하기 위한 조율과 절제의 규칙들로부터 벗어나면서 지니는 전시용 마네킹의 허울을 벗고 진정한 여신이 된다.

이 소설은 지니의 긴 침묵을 수수께끼 삼아 인물들이 뱉어내는 기나긴 변설들을 통해 자의적 언어의 무용성과 허위를 역설적으로 드러낸다. 가족들 사이에 얽혀 있는 갈등과 욕망의 나선은 온갖 오해와 자기방어의 위악으로 배배 꼬여 있다. 누구도 상대에게 진심을 얘기하지 않고, 경멸과 몰이해의 구렁에서 물고기처럼 빠끔거리기만 할 뿐이다. 그러면서 자기 방어, 자기 해명의 벽이 견고해진다. 지니의 실종은 그 견고한 벽에 구멍을 내며 각자 내밀하게 수장시켰던 말들을 범람하게 한다. 그럼에도, 자기를 설명하는 말은 어떤 동기에서든 진실하지 않다. 진실은 명확하게 언어화되지도 않고, 설사 가능하더라도 논리적이지도 않다. 고착된 사실보다는 끝없이 유동하는 정신의 선명한 파동으로 뒤늦게 인지되는 경우가 많다. 때로 그것은 말을 내려놓은 자리에서 혼자 땅을 디디고 하늘을 떠받드는 육체적 존재감의 충일함만으로 스스로 획득되어지곤 한다. 지니의 어머니('우뭇가사리')는 지니가 사라진 후 산에 올라 세상 온갖 신들의 이름을 부르며 통성기도에 몰두한다. 그러나 하늘의 장막은 두텁고 죄책감과 희원을 한데 섞은 기도는 더 깊은 체증으로 기도氣道

를 틀어막아 아들을 살해하려는 악의로 전이된다. 결국 소설은 인간의 모든 허위와 가식, 그리고 거기서 발설되는 말들의 부박하고 여린 장막을 어떻게 벗겨낼 수 있는가, 라는 자성을 유도한다. 독백과 변명으로 자신의 감옥을 견고하게 하는 가족들 너머, 행동과 언어에 규칙을 부여하려는 모든 거리두기식 인칭 제한을 너머, 지니는 홀로 무인칭이 되어 조용히 춤춘다. 그러곤 바다가 내려다보이는 어느 태초의 자궁 속으로 귀환해 그녀와 똑같이 생긴 돌무덤으로 다시 태어난다. 그걸 어떻게 그릴 수 있을까. 몸과 마음이 간질간질해지면서 자꾸 터져 나오려는 말들을 단전 아래 깊숙이 삼켜 손과 발이, 그리고 눈과 코가 소리 없이 말하게 할 수 없을까. 다시, 몇 년 만에 스케치북을 펼친다. 춤추는 지니의 모습을 그려보려 한다. 그 전에 나도 한번 춤춰본다. 음악은 록이든 뽕짝이든 아무거나 괜찮다. 공간의 넓이 따위 문제되지 않는다. 뭔가를 생각하지 않아도 된다. 내 안에 갇힌 여자를 꺼내기 위해, 나는 지금 춤추다 죽어야 한다. 숨이 터져 죽을 것 같을 때, 긴 자정自淨의 숨을 가다듬으며 선을 긋는다. 이번엔 과연 어떤 형상이 나오게 될까.

◦ 그것은
과연 노래가 되고
시가 될 수
있을까

•

아직 씌어지지 않은 새로운 착상들이나
운율을 맞추기 위한 새로운 단어들……을 생각하는 일일랑
나는 모르오
새로운 규칙을 걱정할 일도 나는 없다오
그것들은 아직 만들어지지 않았으니
그저 노래하는 내 마음을 외쳐 부르지

- 밥 딜런

2013년 2월 2일 '펑크록의 대모'라 불리는 미국의 록가수 패티 스미스가 내한공연을 했다. 서너 달 전에는 그녀가 직접 자신의 젊은 날을 기술한 『저스트 키즈』(박소울 옮김, 아트북스, 2012)

가 번역 출간되기도 했다. 그 책은 그녀의 '예술적 혈맹'이자 연인이었던 사진가 로버트 메이플소프와의 추억을 중심으로 젊은 시절을 돌이키는 내용이다(둘은 1946년생 동갑내기다). 책은 그녀가 록 아티스트로 막 성공을 맛보기 직전에 끝난다. 패티 스미스는 그 책을 씀으로써 메이플소프와의 오래된 약속(메이플소프는 1989년 사망하기 직전, 패티 스미스가 자신들의 얘기를 써주기를 바란다고 부탁했다)을 지켰다. 나름 패티 스미스에게 '영혼의 초상'(민망한 표현임을 모르는 바 아니다)을 확인하기도 하는 나는 『저스트 키즈』는 읽었지만, 공연은 보지 못했다. 나는 의외로(?) 공연 보는 걸 좋아하는 편이 아니다. 수년 전 영국의 기타리스트 제프 벡이 내한공연 왔을 때, 아는 동생의 손에 이끌려 공연장에 갔다가 공연 시작 삼십 분 만에 집으로 돌아오고 싶어진 적이 있다. 공연이 형편없어서가 아니었다. 장인의 공력이 그대로 느껴지는 연주력에 대한 찬탄도 잠시뿐, 그저 내가 당장 올라가서 공연하고 싶다는 어처구니없는 열망에 스스로 질려버린 탓이었다.

패티 스미스는 원래 시인이었다. '원래'라는 의미는 그녀가 록 뮤지션이 되기 이전에 이미 시적 에너지와 감수성을 스스로에게서 발견해냈었다는 뜻일 뿐, 현재 우리나라의 문인 등단제도 비슷한 무슨 정식 통과의례를 거쳤다는 소리는 아니다. 그녀는 1960년 후반, 뉴욕의 록 클럽에서 자작시를 낭독하는 것으로 예술가의 삶을 시작했다. 그녀는 소녀 시절부터 시와 그림, 사진, 음악 등을 분방하게 향유하는 가난한 예술가 지망생이었다. 그녀가 젊은 시절을 살았던 뉴욕의 모습은 근 30년의 세월을 지나 내가 젊은 시절(지금은 늙었나?)을 탕진(?)했던 홍대 거리와 많이 유사하다. 그러니 『저스트 키즈』에 등장하는 여러 인물들에게서 지금도 친하게 지내는 몇몇 예술가 친구들의 모습이 떠오른 것도 그다지 억지만은 아니라고 생각한다. 어떤 혈연적 유대나 실제 교류와는 무관하게, 과거의 어느 격조한 시공에서 자신만의 삶의 원적을 발견해내는 것은 보잘 것 없는 일상을 충만하게 하는 자그마한 주술일 수도 있다. 진정한 삶은 '지금'의 바깥에 있거나, 시간의 더께가 가려버린 망각의 터널 깊숙한 곳에 어떤 원액의 형태로 발굴되기만을 기다리고 있는지 모른다. 나는 그걸 캐내는 게 시의 본원적 임무라 여기는 편이다. 그런데 과연, 새삼스럽게, '시란 무엇인가?'라는 질문이 떠오른다. 결론부터 말하자면 나는 그게 무엇인지, 아직도, 예전보다 더 모른다. 늘 같이 붙어살다가, 그래서 아무 의심도 자각도 없이 무던하게 지내다가 문득 정체가 묘연해지는 어떤 사람을 대하는 것 같기도 하다. 때로 그건 시체와 대면한 기분을 느끼게도 한다. 왜 하필 시체일까.

언젠가 자다가 벌떡 일어나 컴퓨터를 켜고 시를 쓴 적 있다. 그때의 기분을 말하라면, 말할 때마다 달라진다. 어떨 땐 넓은 평원을 혼자 달리는 것 같았다고 얘기하기도 하고 어떨 땐 햇빛이 내리쬐는 바닷가 같은 데서 혼자 울고 있는 기분이었다고도 말한다. 가만히 앉아 있는데 땅바닥이 한없이 주저앉는 상태가 떠오르기도 하고, 온몸이 기체처럼 떠올라 가뭇없이 사라지는 그림이 떠오르기도 한다. 시는 꽤 길게, 잠깐의 머뭇거림도 없이 빠른 속도로 쓰였는데, 두어 시간이 순식간에 지난 것 같다가도 30분이 채 안 걸린 것 같은 느낌이 들기도 한다. 정확한 건 아무것도 없다. 그것은 단지, 삶의 모든 순간들과 마찬가지로 영원히 복기될 수 없는 최초이자 최후의 한순간이었을 뿐이다. 설령 그 비슷한 순간이 다시 찾아온다 해도 그 당시의 몰입과, 흥겨운 일탈 심리와, 통상 개념과는 다른 시간의식 따위가 똑같은 패턴으로 반복될 수는 없을 것이다. 그저, 결과적으로 돌이켰을 때, 시 쓰기의 최고 상태였다는 것만은 분명하다. 그것은 귀중하고 흥분되는 만큼, 자주 찾아오는 건 아니다. 어떤 의식적 노력으로 다시 체험할 수 있는 것도 아니다. 막연히 기다린다고 해서 그리운 옛 애인처럼 다시 찾아오지도 않는다. 그것은 단 한 번 찾아오는 죽음과도 같기 때문이다.

처음엔 어떤 문장이 떠올랐다. 맥락 없이, 흡사 전체 내용과는 무관하게 뜬금없이 뇌리를 붙든 광고문구나 넋이 빠진 상태에서 허랑하게 되뇌는 바보의 주술처럼. 그 순간, 잊고 있던 기억이나 전에는 한 번도 떠올려보지 않은 생각들이 마구 뒤섞이면서 몸이 달아올랐다. 문장이 처음 발원한 동기나 원인에 대한 논리적 해명이나 분석 욕구 따위는 끼어들 계제가 없다. 나는 다만 일어나 앉았고 최초에 떠오른 문장을 적어가면서 그것의 꼬리를 물고 더 많은 문장들을 자연발산적으로 이어나갔을 뿐이다. 무엇을 말하고, 어떤 상태를 묘사하고, 누구에게 전하고자 하는 마음 따위는 거기 없었다. 단지, 손가락이 움직이고, 감각이 확장되고, 문장이 부풀고, 다시 그것들에 반응하고, 쓰여진 문장들을 통시적으로 일별하는 '또 다른 자아'가 텍스트 속에서 확인되었을 뿐이다. 그것은 일종의 연주와도 같았다. 동시에 춤이나 나와 나 아닌 다른 자들(그들은 누굴까?)이 집단으로 외쳐대는 합창과도 다를 바 없었다. 연주자와 감상자가 한몸에 존재하면서 서로를 견인하고 추동하는 자기 자신과의 끝 모를 섹스. 그러다가 이내 둘 모두가 동시에 사라지는 환멸과 환희의 동서同棲. 내게 시와 노래는 그렇게 겹친다.

시의 운율과 노래의 음률은 어떤 기계적 정합으로 연결될 수 있는 요소가 아니다. 고작 말의 어미를 운에 맞춰 정격화하거나 어절을 노래의 마디에 정박으로 꿰어낸다고 해서 시가 노래가 되고 노래가 시가 되는 건 아니다. 설사, 그렇게 만들어진 노래나 시가 있다고 해서 문학적 의미에서의 '시'와 음악적 관점에서의 '노래' 사이의 완전한 합일이 이루어졌다고 말하는 것도 우습다. 정말 시와 노래가 한몸에서 발원했고, 그것들의 원형질이 불가분의 관계라면 시와 노래는 각자의 방향에서 스스로의 형식 자체에 몰두하며 서로를 견지하고 확립한다. 다시 말해 '시 같은 노래'나 '노래 같은 시'는 관습적이거나 형식적 구분 안에 서로를 옭아맨 식자들의 편견이나 동경의 소산일 뿐, 어정쩡한 형식적 조합으로 합의 볼 수 있는 사항이 아니라는 소리다. 노래는 노래 자체의 힘과 적실성에 의해 시의 에너지를 때로 함유한다. 마찬가지로 어떤 시가 노래의 경지에 달했다는 건 그것을 발산하는 자의 생의 리듬이 그 자신만의 유연한 독보성을 스스로 보지해냈다는 의미다.

시와 노래의 구분은 애초에 불가능하다. '시인이 노래한다'라고 했을 때, 그 '노래'는 그 누구도 아닌 자신의 목소리(문자 텍스트에도 독자적인 음성과 질감이 존재한다)로 자신이 보고 느끼고 깨달은 세계를 드러냈다는 뜻이다. 그런 의미에서 패티 스미스가 시인의 계관을 부여받을 수 있었던 건, 자신의 목소리로 자신만의 언어를 자신 안에서 가능한 음악적 형식으로 표출할 수 있었기 때문이다. 그 외, 그녀가 쓴 시의 문학적 성과와 가치는 또 다른 범주에서 운위되어야 할 부수사항일 뿐이다.*

웡웡대는 일렉트릭 노이즈든, 사물놀이 가락이든, 그도 아니면 심야에 깨어나 두드려대는 컴퓨터 자판 소리든 모든 물질적 음의 체계와 리듬들은 그 어떤 언어도 받아들일 수 있는 품 넓은 영원의 진동을 내재하고 있다. 20세기 이후, 음악은 도처에 산재한다. 그 어떤 언어적 형식을 빌려서든 영혼의 물리적 자장과 그 음파를 적어나갈 수 있다면, 시 또한 중뿔난 문학적 식견과 지식 바깥에서 그 스스로 만개한다. 시든 음악이든, 만들어진 형식 안에서 정해진 규칙만으로 통어하고 참섭할 때, 고유의 생명력을 잃는다. 노래가 어디 잘 부르라고 강요하면 제 숨통을 틔워 소리 낼 수 있던가. 시는 씌여진 것 바깥에서 그것을 쓰고 있는 자의 그림자를 따라 춤추고 노래한다. "아직 만들어지지 않을 그것들"이 스스로의 형식을 찾을 때까지 "내 마음"은 더 벌거벗고 둥글게 부풀어야 한다.

* 단순히 가사가 시적이라고 해서 시인 운운하는 건 완전 틀리지는 않지만, 지엽적인 판단에 불과하다. 롤링 스톤즈의 믹 재거나 전인권의 가사를 시적이라고 할 수 있을까. 그럼에도 나는 그들에게서 시인의 아우라를 느낀다. 시는 어떤 사람이 자신의 자아 및 자발성에 대해 명확한 인식과 통제로 드러나는 일종의 '태도의 뉘앙스'다.

◦ 아픈 말,
취한 말,
죽음이 외면할 말

1

아무 소리도 없는, 완전한 침묵의 상태가 있을까. 또는, 아무것도 쓰여 있지 않은 백지를 보며 생의 모든 가중치를 한데 담은, 척추가 짓눌릴 정도로 크고 넓은 생각의 벌판을 가공할 수 있을까. 이것은 어떤 명확한 답을 요구하는 질문들이 아니다. 더욱이 무슨 특별한 계기나 목적을 가지고 궁구해보는 원대한 사유의 출발 지점이랄 것도 전혀 없다. 그저 불현듯 떠올려본 허랑한 궁리에 불과하다. 급작스럽지만, 한번 뇌리에 떠오른 그 질문은, 그러나 왠지 꽤나 오래되고 묵직한 연원을 가지고 있을 거라는 느낌을 준다. 부러 잴 수 없는 긴 시간 동안 이 질문들이 내 머릿속에 맴돌고 있었다는 이상한 착종이 생긴다. 내가 태어나기도 전에 비슷한 고민을 한 사람이 있었던 건지도 모르고, 그러한 자각이 부재한 상태였다 하더라도, 나는 뭔가 스스로 측정하거나 가늠할 수 없는 힘에 떠밀려 보다 본원적인 침묵과 공허를 스스로 증명하기 위해 여태껏 뭔가를 끼적여온 건지도 모른다는 생각이 드는 것이다.

2

이런 생각은 이 글을 쓰기 시작하면서, 그러니까 완전한 침묵이나 광활함으로 꽉 차 있는 백지를 일순간 떠올리는 것으로부터 촉발된, 우연하고도 막연한 추상에 불과할 수 있다. 그러나, 연유야 어떻든, 이미 '들려오기' 시작한 침묵과, 쓰면 쓸수록 비워지는 듯한 백지의 이미지는 한동안 내 사위를 벗어나지 않을 듯싶다. 그러므로 이건 이상한 술래잡기다. 분명히 들었다고 보았다고 썼다고 말했다고 여기는 순간, 들리지 않고 보이지 않고 쓰여 있지 않고 전달되지 않게 되는 사태라니. 더 떠들고 더 끼적여대면 과연 나는 완전한 침묵 속에서 새하얗게 표백된 영혼의 벌판 위를 서성이게 될 수 있을까. 그곳의 침묵은 과연 물을 닮았을까, 불을 닮았을까. 혹시 그것은 만지면 실체 없이 사라지는 유령의 몸을 닮은 건 아닐까.

3

뜬금없는 가설 하나. 굳이 규명할 것도 없는 얘기지만, 굳이 규명하자면 음악은 소리의 구성체다. 이 문장의 어수룩함과 난데없음과 조리 없음은 의도된 것이 아니지만, 그럼에도 이상한 의도성이 느껴진다. 하지만 특별히 무슨 효과를 노리고 문장을 저렇게 쓴 건 아니다. '음악은 소리의 구성체'라는 사실엔 아무런 특별함도 새로운 인식도 없다. 그럼에도 쓰고 나니 뭔가 좀 이상한 느낌, 이를테면 굳이 하지 않아도 될 얘기를 굳이 하려 들면서 생기게 되는 난감함 같은 게 느껴진다. 그다음으로 생각한 문장은, 그러함에도 음악은 소리가 존재하는 방식에 대한 임의적인 저항이자 재편이다, 정도이다. 하지만 이 문장은 굳이 쓰려하지 않았다. 나는 지금 무슨 개념을 확립하려 하거나 재확인하려는 것보다, 개념적으로 정리되어 있는 어떤 현상에 대한 반론을 궁구하려는 건지 모른다. 그런데 반론이란 늘 정론 안에 숨어 있거나 정론의 비틀기에 불과하다. 반론하려 할수록 분명해지는 건 그러한 '비틀기'의 노력뿐이다. 무슨 거창한 음악론을 얘기하자는 의도는 없다. 그럴 역량도 없거니와 이 글의 주제도 그런 게 아니다. 음악에 빗대 시를 얘기하는 것의 유구함과 천편일률과 자의성을 의식하면서, 그럼에도 불구하고 시가 왜 음악처럼 보이지도 만져지지도 않는 상태에 대해 지극한 동경(과 동시에 극복에의 욕망)을 가질 수밖에 없는지에 대한 자기점검 차원에서 던져보는 말에 불과할 뿐이다. 그런 모든 전제를 핑계 삼아, 다시 말해본다. 음악은 소리의 구성체이지만, 그리하여 전면적인 소리의 울림으로만 여겨지지만, 사실 음악이 존재할 수 있는 기본엔 소리에 의해 발견된 침묵이 존재한다, 고 할 수 있다. 나는 이 말을 굳이 시에 대입해 생각해보려 한다. 말인즉슨, 이런 식으로 요약될 듯하다. 시가 존재할 수 있는 기본엔 언어에 의해 확인된 전달불가능성, 혹은 영원히 말해질 수 없는 것에 대한 아스라한 더듬기가 존재한다, 정도로.

4

시를 쓰면서 오문 내지는 비문을, 그것이 오문 내지 비문임을 인지함에도 불구하고, 쓸 수밖에 없을 때가 있다. 도저히 정확한 문장으로 번역될 수 없는 말들이 마음속이거나, 대기 속이거나, 단어와 단어 사이에 존재할 거라는 믿음이 그럴 때 확실해진다. A를 가리키고, A에 의해 촉발된 문장이지만, 그러나 결국 A에 대해선 아무것도 분명히 지시할 수 없고, A를 A라 일컫는 순간, B가 되거나 C가 되어 A가 가지고 있을 궁극적인 실재성마저 의심케 할 문장들. 그런 걸 쓰고 나면 이상하게 마음이 맑아질 때가 있다. 의도한 말을 종국엔 하지 못했다는 자괴가 그 순간엔 미묘한 해갈로 여겨진다. 의도한 말이라는 게 애초에 불가능했거나 틀린 말이었을 거라는 확신마저 또렷해지면서, 본디 내가 하려 했던 말이 나의 심부에서 발현했던 게 아닐 수 있다는 불안이 불안 자체로 명징해지는 글. 그럴 때는 말 뒤나 앞, 또는 전후좌우를 아울러 말 이전에 존재했을 어떤 심정에 대한 지난한 유추가 이어진다. 그런데 그 유추 과정을 다시 언어로 풀려 하면 언어는 돌연 불분명해지면서, 언어가 놓쳐버리거나 방기한 실존의 디테일들이 무슨 사물처럼 분명해진다. 미로에 들어서 탈출구를 찾으려다가, 길보다는 길을 둘러싼 기묘한 심층 배경만 거울 속처럼 확연해지는 형국이랄까. 속을 들여다보려 들이댄 렌즈가 기다랗고 둥글게 줌인아웃 반복하면서 재확인된 바깥의 정황들. 쓰려던 것이 쓰려던 것 너머거나 쓰려던 것의 거짓을 지시하며 돌올하게 불거져 나온 의도 바깥의 문장들. 이 문장을 과연 내가 쓰려 했던, 썼던 것인가 하며 스스로 이화異化되어 짜릿해지는 자기이탈의 순간들. 그 야릇한 부정교합의 진술들을 나는 여태 시라 믿고 있는 건지 모른다.

5

물론, 분명한 말, 정확한 말이 주는 황홀이 있다. 나는 그런 걸 주로 한 인간이 자신의 삶을 통째로 내걸고 뱉어내는, 피와 육질이 레어 스테이크처럼 진득하게 엉켜 있는 말들에서 느낀다. 예컨대, 지난 밤 4월의 예사롭지 않은 칼바람 속에서 들었던 세월호 생존 학생의 발언이나 앞뒤 볼 것 없이 환희에 넘쳐 질러대는 고高 아드레날린의 육즙 같은 소릿말 등등. 일순간에 삶과 죽음마저 포괄해 육체적으로 혼융된 그런 말들엔 머리를 들이밀어 탐구해야 할 이면이나, 세치 혀로 첨삭 부언 가능한 에누리 따위 없다. 어떤 분명한 행동과 정확한 욕망과 등 돌리거나 타협할 겨를 없이 그 자체가 시간의 덩어리가 되어버리는 말들. 그래서 무섭고 슬프고 강력하고, 또 그래서 지독하게 허무한 말들. 말 이후의 침묵과 행동에 선을 또렷이 부여하며 존재 자체의 무게와 질감이 광화문의 이순신 동상처럼 확고해지게 하는 그런 말. 그럼에도 그게 청동이나 구리로 만든 동상 따위가 아니라 한 사람의 분명한 행동과 정념으로 정직하게 환원되어, 살아 꿈틀거리는 말. 그 '언육言肉일체'로 실존하는 물체의 파동은 그러나 종이에 안착되는 순간, 교교한 핏빛을 잃는다. 그것은 다만 종이의 한계일까, 종이를 사용하는 인간의 유구한 윤리적 오류일까. 이도 저도 아니면, 그것은 다만 소리와 물성으로 마음의 굴곡을 펌프질하다가 그 굴곡의 나선을 자각하는 순간, 개념과 이론으로 정식화되어버리는 지식체계의 유전적 한계일까. 나는 다시 입을 닫고 지나간 육체의 말들을 되새겨본다. 분명히 듣고 느꼈으되, 지금은 없다. 링에서 쫓겨난 복서의 심정이 이러할지 모른다. 또 어쩌면 슬프고 절박할수록 서로의 몸에 들러붙는 강도가 더 치밀하고 원색적이었던, 갈라서기 위해 힘겹게 나누던 섹스가 그토록 황홀하고 뜨거울 수밖에 없었던 이유에 대한 조그만 단초일지도 모른다. 함성과 타격음과 터지는 피와 꿈틀거리던 근육의 파동이 어떤 커다란 침묵의 동굴 속에서 상연된, 빛과 어둠의 뜨거운 허상인 듯만 싶다.

6

그렇더라도, 이제 눈을 부릅떠보자. 보이는 것이 보이지 않는 게 될 때까지. 보이는 것의 정밀함과 단호함 넘어 보이지 않으나 보일 수도 있을 풍경과 사물의 모호하고 품 넓은 지평의 저 끝까지. 공간은 당연히 시간을 내포하고 있다. 내가 '여기' 있다는 것은, 그리고 '여기'에서 '저기'를 인식한다는 것은 '저기'까지의 공간 구획을 통해 '저기'에 닿을 시간의 임의적 거리를 본능적으로 추출해냈다는 걸 뜻한다. 당연히 거기엔 어떤 움직임이 내포돼 있다. 걸어가든 기어가든 뛰어가든 '저기'에 닿기 위해 나는 시간을 사용한다. 그러므로 몸을 움직인다는 건 시간을 육화하는 일이나 마찬가지다. 그런데, 그 시간은 나를 위해 존재하되, 나를 의식하지 않는다. 나 역시 매 순간 시간을 의식하고 어떤 행동을 취하진 않는다. 시간은 누구에게나 부여된 공공재인 동시에, 아주 내밀한 개인의 물체 주머니와도 같다. 매 순간 실존의 생성 과정을 물리적으로 드러내면서 시간과 공간은 그 실존의 동선을 떠내는 거푸집으로 작용한다. 그 임의적이고 우연적인 틀은 그러나 어느 한순간으로 고착되지 않고 쉼 없이 움직인다. 매분 매초 단위로 행동과 공간과 시간의 접합물이 이동 조형물처럼 꿈틀댄다. 그 정황에서 스스로를 떼어내 어떤 식의 표면화 작용, 이를테면 그림을 그리거나 사진을 찍거나 언어로 명시하거나 할 때, 미진하나마 죽음과 영원에 대한 통찰이 이뤄진다. 일상의 사소한 한순간에서 문득 건져 올려지는 죽음과 영원이라니, 이건 대체 무슨 말인가.

7

시간의 한 부분, 공간의 일부를 (시각적이든 언어적이든) 프레임화한다는 건 어떤 식으로든 분명한 의미 작용을 염두에 둔 상태라고 봐야 한다. 그런데 의미화는 곧 시간의 어느 지점에 벽을 상정하고 그 벽에 새겨진 정신적이거나 감정적인 상태를 드러낸다는 점에서, 그리고 흘러가는 시간과 그 안에서 일어나는 사건과 육체를 스스로 인식하는 일이라는 점에서 일종의 죽음에의 각성이다. 뭔가를 깨닫고 그 깨달음을 삶의 실질에 투사하는 순간이란, 평소 의식하지 않던 시간의 물성을 자발적으로 체득해 시간을 물리화, 물질화하는 일이기 때문이다. 죽음에 대한 인식이 전제되었느냐 아니냐가 관건은 아니다. 기쁨과 희열에 의한 것이든 고통과 슬픔에 의한 것이든, 삶의 물증을 스스로 가지려 하는 것 자체, 존재의 움직임을 객관화시켜 스스로 그것을 바라보고 판단하려 하는 시선의 작용 자체가 일종의 죽음에의 본능(이자 저항)일 수 있는 것이다. 영원에의 체감은 그렇게 나타난다. 역설적으로 말해 삶이 영원할 수 없다는 일상적이고도 분명한 자각이 일어날 때, 그래서 뭔가를 기록하고 증명하고 보존하고 싶을 때, 영원은 분명하나 드러나지 않는 구름 떼처럼 인간의 머리 위를 떠돈다. 그 아래에서 뭔가를 형상화해 자신을 나타내는 일이란, 쏟아지지 않은 비를 대비해 미리 자신만의 우산을 펼치는 일과도 같다. 그 우산엔 부디 이 몸엔 그 어떤 죽음의 물방울도 묻히지 말아달라고 기원하는, 절박하나 무모하고, 무의미하나 뜻 깊은, 그만의 기표가 문신처럼 새겨져 있다. 그 기표를 만들어내는 일 자체가 일종의 죽음에의 자각이자 저항이다. 그렇더라도 죽음은 언제든 닥칠 수 있고, 기표는 무력해진다. 그런데, 그 무력함 자체가 어쩌면 기표의 유일한 저항이자 효능인지 모른다. 그 모든 기원과 추구와 지향과 각성이 애초에 달성 가능한 일이었다면, 굳이 왜 아직 일어나지도 않은 일에 대한, 순전한 예감에 이끌린 언어의 분진을 삶의 각론 속에 새겨 넣으려 하겠는가. 언어는 어쩌면 나의 본능이 아니라, 내(삶)가 나(오로지 삶일 뿐)라는 것에 대한 끝없는 의심의 산물일지도 모를 일이다.

8

무턱대고 쓰기 시작한 이 글은 도무지 끝나지 않을 듯싶다.

애초의 '무턱댐'이 자발적이었는지 본원적이었는지 나도 잘 모르는 상태이고, 그럼에도 그 '무턱댐'이 후벼놓은 시간의 골은 더 들어갈수록 폭이 넓어지고 후텁지근한 열기에 휩싸여 있다. 그러나 어둡기보다 밝고, 외려 너무 밝아서 눈이 멀 지경으로 드넓고 혼미하다. 나는 그 혼미함을 곧잘 즐기고, 거기서 길을 잃고 문득 제 정신 차렸을 때 전해지는 육체의 혼곤함을 어떤 섹스에의 징후로 여긴다. 남녀 교합의 그것이든, 전혀 손닿을 수 없는 곳에서 희디흰 가면처럼 반짝이는 언어의 죽음 내지는 죽음의 언어의 손짓이든, 몸을 써서 몸의 한계를 자각케 하고, 정신을 들이부어서 정신 밑바닥의 공허와 침묵을 대면케 한다는 점에서 그것은 황홀하기 그지없다. 그럴 땐 내가 내가 아니고, 세계는 탈을 벗은 초짜 배우의 황망함처럼 삐걱거리는데, 그 삐걱댐이 또 너무 불안하게 매혹적이다. 완전하고 탄탄할수록 비정해지는, 그리하여 물적 정신적 체계의 허술한 이면만 또렷해지는 언어의 가면은 더 이상 내 관심사가 아니다. 말을 믿기보다 표정과 동작을 신뢰하고, 드러난 감정과 구축된 질서보다 뭐라 말할 수 없는 것이 말의 형태를 애써 갖추려 몸을 뒤채는 안간힘이 더 강력한 진심을 갖고 있다는 사실은, 인간을 넘어 짐승의 윤리에서도 검증되는 유일한 생명의 표본이다. 그러나 짐승은 짐승의 본성을, 인간은 인간의 무리수와 오류와 투철함을 끝끝내 유지할 도리밖에 없다. 시는 결국 아무것도 말할 수 없다는 사실에 대한, 내가 아프지만 그 아픔이 결코 당신의 것으로 이전될 수는 없다는 절박한 진실에 대한, 섬려하고 무서운 자기 확인에 불과할 수 있다. 그래서 언어는 더더욱 무너지고, 무너짐으로 투명해짐으로써 언어 밖을 드러낸다. 나는 사실 너를 사랑한다, 는 말을 내 몸이 이해하게 하려고 많은 다른 말을 하고 있는 건지 모른다. 말하는 순간, 제 스스로 입을 열어 다른 말을 지껄이는 언어의 꼬리를 내 꼬리인 양 삼켜 결코 들통나서는 안 될 나의 진심을, 마치 아이에게 먹이려 제 이빨로 음식물을 쪼개 즙을 만들어내는 엄마처럼, 짓씹고 있는 건지 모른다. 받아먹는 당신은 그게 고기인지 풀인지, 독인지 약인지 알아서 소화시켜 당신만의 근육을 키우시라. 도대체 왜 시 따위가 우리의 중요한 문제인지 나도 별로 알고 싶지 않다. 그럼에도, 쓴다. 그러지 않으면 내가 아프고 삶이 아프고 죽음이 아프고 세계가 아플 것이기에. 모두가 아프면 정말 아파야 할 것들에 대해 아무도 아파하지 않는 사태가 생길지도 모를 그러한 이생이기에.

뭐라 말할 수
없는 것이 말의 형태를
애써 갖추려 몸을 뒤채는
그 안간힘이 더 강력한
진심을 갖고 있다.

죽음의 원펀치

— 소설가 박상륭 송사

"강 선생은 자기 말에 자꾸 얹히지 않으십니까?"

2016년 6월 어느 날, 아들뻘이나 됨직한 웬 시정잡배 같은 놈팽이에게 선생이 문득 떠본 질문이었다. (언제나 그런 식이었다. 절대 말을 낮추지 않았다. 그 은은하면서도 강단 있는 음성, 고아하면서도 괴이한 문체를 그대로 체현한 듯한, 약간은 문어투의 육성을 고스란히 옮길 수는 없을 듯하다.) 선뜻 이해가 안 되었으나 퍼뜩 명치가 아렸다. 불과 몇 달 전까지 스스로를 괴롭히다가 폭풍의 눈처럼 잠잠해진, 가슴 밑바닥께 도사리고 있을 독룡毒龍이 떠올랐다. 제 몸을 뒤집듯 튀어나와 만사를 헤집으며 타인을 갉아먹고 자신마저 되삼켜버리는 말의 쓰라린 혼육덩어리. 그렇게 지쳐 나가떨어져야만 삶의 기이한 비밀 하나를 캐내기라도 한 듯 고요히, 약간은 자애롭게 자멸해가는 말의 스산한 꼬리. 입이나 눈언저리 부근에서 아른대는 그걸 보신 모양이라 멋대로 짐작했다. 자세한 뜻을 묻지 않고 "누굴 사랑하면 더 그런 것 같습니다"라 답했다. 파이프 담배를 몇 모금 깊이 당기실 뿐, 선생은 더 말씀이 없었던 것으로 기억한다. 그러곤 동행한 지인들의 술잔을 거푸 채워주셨다. 노쇠한 당신은 못 마시니 자네들이 내 몫마저 실컷 마시라는 듯. 그렇게 술자리에 대한 기억 자체가 당일 밤에 완전히 지워질 지경까지 마셔대곤 했다. 거의 임사체험에 가까운 폭주였다. 2003년 이후, 매년 한 번쯤은 광화문 인근에서, 그리고 일산의 한 오피스텔에서 일어나는 일이었다. 그러다가 2016년 그날을 마지막으로 더 이상 그럴 수 없게 되었다. 2017년 7월 1일. 마지막으로 한국을 방문하고 떠나신 지 정확히 1년 만에 선생이 죽음과 맞짱 뜨러 가신 거다.

선생의 문학에 대한 궁색한 인용과 해석 따위를 펑퍼짐하게 늘어놓을 요량은 없다. 다만, 모종의 문학적 궁극이란 게 있다면, 그리하여 죽을 때까지 물고 늘어져야 할 삶의 핵심 테마가 존재한다면, 그 한 실제적이고도 치열했던 사례로서 선생의 문학을 염결하게 들여다보는 게 합당한 일이라 늘 생각하고 있을 뿐이다. 특히나 나처럼 죽음이 결국 삶의 모든 결들을 전면적으로 헤아리게 만드는 원시적이고도 통시적인 첨단일 거라는 독단을 가진 이에게 선생의 작품은 단순한 문학 이상의 염력을 지닌다. 제2차 성징이 막 끝날 무렵 어리둥절 처음 접했던 선생의 문학이 단순히 독서 체험의 파장 범위를 벗어나 매 순간 변화하며 비루해지기도 고결해지기도 하는 삶의 부식토로 작용하거나 죽비가 되어 온몸을 후려치거나 하는 식으로 지난한 '표식'을 새겨왔기 때문이다. 그래서 굳이 실물로서 선생을 뵈어선 안 된다 어릴 적부터 여겼으나, 또 그래서 선생을 직접 뵙고 싶어 안달했던 결과로 선생과의 현생 인연을 맺게 될 수 있었던 것이다. 작은 일화 하나 밝히겠다.

9년 전쯤 여름이었을 거다. 광화문 근처의 한 횟집에서 선생의 귀국 환영 모임이 있었다. 이른 저녁에 들러 인사를 드리고 술 몇 잔만 들이켠 후 먼저 일어나야 할 사정을 밝혔다. 선생의 낯빛이 짐짓 상하는 듯싶어 조금 더 엉덩이를 붙이고 앉아 있어야만 했다. 그렇게 1차 자리를 정리하고 다들 일어섰을 때, 선생이 매서운 듯 정겹게 일갈하셨다.

"강 선생, 굳이 가야만 하신다면 늙은네 주먹 한 대 받고 가

시오."

문득 선생 댁에서 봤던, 무하마드 알리의 친필 서명이 적힌 권투 글러브가 떠올랐다. 선생이 무협영화를 즐겨 보신다는 사실도 동시에 상기됐으며 언젠가 수려하고 농밀한 체감으로 읽어 내렸던 『죽음의 한 연구』의 한 격투 장면이 떠올랐다. 유쾌하고 흥미롭기도 하고, 피할 수도 없는 일이라 여겨 단전에 잔뜩 힘을 주곤 맞받아쳤다.

"네, 치십시오."

그 즉시 어깨 반동이 별로 없는, 단순하면서도 명쾌한 주먹이 명치에 꽂혔다. 고의로 많은 힘을 쏟진 않았지만, 심중 결기와 사심 없는 질정叱正이 혈관 깊숙이 잔향을 남기는, 매우 묵직한 펀치였다. 가슴팍을 맞았는데 뒷골이 띵했다. 직접 맞닥뜨린 물리적 강도보다 그 직후 얼렁뚱땅 고개 수그리고 돌아서는 뒤태가 이리저리 흔들리게끔 만드는 사후 파동이 더 드셌다. 약속 장소를 향해 가면서는 삼지창을 휘두르는 사천왕이 자꾸 어른거렸다. 당장 만나야 할 사람보다 부처에게라도 먼저 달려가 그 주먹의 맛을 알려줘야 할 것 같은 심정이었다. 그 이후, 몸 중앙에 선생이 아니면 누구도 다시 죄어줄 수 없을 나사못 하나가 박혀버렸다. 그 주먹의 밀도가 부럽기도 존경스럽기도 해 이십 대 후반 잠시 몰두했었던 정권 단련에 다시 몰입했으나 얼마

안 가 흐지부지되었고, 산란함과 부박함에 부대끼느라 가슴팍의 나사못도 헐거워지면서 삶에 대한 자성도 자각도 없는 시정잡배처럼 떠돌아다니기만 했다. 문학이란 결국 삶의 핍진함과 비루함을 돌이키는 방식으로 우주의 전언을 온몸으로 받는 일이라 여겼지만, 이 몸의 용량 부족에 대한 자괴와 유리보다 얇은 영혼의 그릇을 깨뜨려 없애고자 하는 위악으로만 매 순간의 삶을 방기하거나 모욕했다. 그러다가 다시 선생이 들어오시면 그 앞에 가만히 앉아 저절로 죄어지는 나사못 소리를 들었다. 매년 반복되던 그 일이, 그렇게 자발적으로 쓴 매를 벌던 기꺼운 가시방석이 조만간 사라지리라는 건 예상하고 있었으나, 모든 사건이 그러하듯, 갑자기 닥친 현실은 당혹스럽기만 할 뿐이다.

사모님이신 배유자 여사께서 지인들에게 이메일로 소식을 알린 건 7월 12일 밤이었다. 무심하기도 게으르기도 해서 직접 사연 주고받은 바는 없었기에 사모님이 다른 이들에게 보낸 이메일을 전달 받아 전후사정을 알게 되었다. 시인 함성호, 김완수 형. 평론하는 김진수 형. 그리고 배수아 소설가 및 과거 한때 시인 차창룡이었던 동명 스님 등이 장맛비와 폭염으로 후줄근해진 내 방을 서성대며 선생의 감은 눈을 차례로 내려다보는 환각이 몰려왔다. 사모님이 차려주신 음식들을 절반도 다 비우기 전에 난장이 되곤 했던 일산의 술자리가 자꾸 오버랩되기도 했다.

내 시에 대한, 스스로 감내하기 힘들었던 선생의 과찬과 호의가 무슨 독으로 번져 기왕 패어 있던 나사못 자리를 더 아리게 후벼 파는 것 같았다. 그 말씀에 우쭐해할 줄밖에 몰랐던 내 주둥이에 음식 아닌 칼이나 살아 있는 전갈을 물리고 싶었다. 그러면서 계속 명치가 죄어왔다. 음식을 삼키려 하면 눈물부터 터져 나왔다. 3일간의 식음 전폐 끝에 결국 이 글을 쓰게 되었다. 선생은 정작 "장례식도 하지 말라, 나를 위해 울지도 슬퍼하지도 말라, 차라리 축하나 하라"시며 "Meaningful Life, Joyful Death"를 읊조리고 가셨다 하지만, 산 자의 편협한 사심으론 마냥 그 말씀을 따를 수만은 없음이 더 안타까웠던 건지도 모르겠다. 선생 말씀마따나 자꾸 말이 얹히고, 삶 자체가 얹히고, 그러한 나 자신이 누군가에게 체증이 되어가고 있음을 자각하던 참이어서 더 견딜 수 없었던 것 같기도 하다. "삶도 죽음도 자연의 한 부분"일 뿐이라던 어떤 이의 전언도 있었지만, 그 말에 대한 육체적인 체감은 스스로 죽어보지 않는 한, 누구도 알 수 없는 일일 것이다.

•

작은 거실에 커다란 럼주 병이 하나 놓여 있다. 3년 전, 일산 술자리에서 선생이 꺼내신 술병을 만취한 상태에서 서로 가져

가겠다며 한 시인과 실랑이 벌인 끝에 끌어안고 온, 이제는 유품으로나 되새겨질 물건이다. 1년 전 누가 건네준 꽃을 거기 물을 담아 꽂아뒀었는데, 꽃은 오래전 죽었으되, 색과 형태는 흐릿하나마 여전하다. 물도 여전하다. 이른바 '살아 있는 죽음' 아닐까 싶다. 그래서 그렇게 여기기로 한다. 선생은 기어이 한 죽음을 스스로 이룩하셨고, 그렇게 일생의 큰 연구를 다 마치셨으며, 이제는 너 자신의 허물과 오욕을 되새김질하고 스스로 나사못을 죄이며 너만의 죽음을 연구하고 완수하라는 숙제를 남기셨다고. 불가능한 일일지 모르나, 그래서 끝끝내 마른 늪에서 물고기를 건져 올리려는 미망에 불과할 것이나, 결국 삶의 모든 불가능성 자체에 투신하는 게 문학의 궁극이라면 그 어떤 헛된 문명文名이나 오명에도 귀를 씻은 채, 선생의 귀한 말씀마저 바람에 날려 보낸 채, 그저 명치에 새겨진 통증만을 유일한 진심이라 되삼키며 계속 몸과 마음을 앓기로 한다.

살아남아 있는 자로선 뱉기 힘든 말이지만, 그 말씀이 전하는 뜻을 아주 감지하지 못하는 바는 아닌 고로, 기꺼운 마음으로 전해드린다. 죽음을 감축드립니다.

KIRKLAND

2부

◦ 소녀시대를 보며 잠들다

•

나는 이상한 나라 대한민국의 이상한 여행자입니다.

나는 정작 여행을 즐기지는 않습니다. 그럼에도 나는 항상 어딘가를 떠돌아다니는 기분에 사로잡혀 있습니다. 지금 나는 서울에서 살고 있습니다. 낮에 이 시끄러운 도시 어딘가에서 침대에 등 붙인 채 쓰린 위장과 부풀어 오르는 뇌압을 다스리고 있자면, 월드컵에서 참패한 북한축구대표팀 감독이 강제노역에 시달린다는 어처구니없는 소식도 들려옵니다. 인터넷 어느 구석에선 그 사실 여부에 대한 갑론을박이 벌어집니다만 나와는 상관없는 말들뿐이랍니다. 나는 잠깐 침대에서 일어나 담배를 피워 뭅니다. 담배를 다 피우고 나서는 오른쪽으로 몸을 뒤척이며 내일까지 써 넘겨야 할 원고에 대해 생각합니다. '여성 아이돌과 스타시스템'이라는 주제가 여름이 되자 더 두툼해진 눈두덩 근처를 아른거립니다. 소녀시대, 손담비, 브라운아이드걸스, 포미닛, 애프터스쿨 따위가 대강 떠오르는데 도대체 그들이 왜 내 머리를 시끄럽게 해야 하는지 영문을 몰라 돌연 화가 납니다.

고3때 돌아가신 할머니 생각, 기운 빠진 친구의 전화, 공영방송의 파업, 옆집과 호수가 바뀐 가스요금 명세서 등등이 소녀시대 멤버 구분하기보다 더 정신 사납습니다. 그러다가 또 하루가 지나갑니다. 저녁에 산책 삼아 홍대에 나갔다가 마주친 후배는 차라리 모르고 지내는 편이 나았겠다 싶을 정도로 짜증나게 술 먹자며 지분거립니다. 그 녀석이 들고 있는 기타 케이스로 머리통을 휘갈기고 싶은 충동이 들 정도였습니다. 생각해보니 요즘은 차라리 몰랐으면 좋을 뻔한 일들 투성이입니다. 기분이 이럴 땐 브라운아이드걸스 정도는 듣기에 괜찮다 싶습니다. 다른 팀보다 좀 더 징한 아이덴티티랄까, 뭔가(그게 뭔지는 나도 잘 모릅니다) 그들만의 스트레이트한 울림이 있어 나름 눈이 가는 팀입니다. 보고 있으면 때로 주체 못할 생명력이 느껴지기도 하고요. 그에 반해 소녀시대나 애프터스쿨 같은 애들은 괜히 측은한 느낌입니다. 왠지 지주네 잔치에 눈도장 찍으러 간 딸 부잣집 소작농의 비애 같은 게 느껴져서 말이죠. 그렇게 춤추고 노래하면서 저들 나름으로 즐길 수 있다면 나 같은 사람이 뭐라 그럴 일도 아닐 겁니다. 그러다가 전 국민이 그녀들 앞에 백만 석씩 자진 납세한다면 심청이가 부러울 일도 없겠지요. 나중에야 어떻게 되든, 그리고 이유가 뭐든 춤추는 건 어쨌거나 신나는 일입니다. 돈도 없으면서 잔소리만 많은 아빠 따위 싫어! 라고 앙탈부린다고 해서 그녀들을 탓할 건 아닐 테지요.

이쯤 되면 지주와 소작농 사이의 경제적 사회적 역학관계 및 그로 인한 여성의 상품화 따위의 얘깃거리가 식자들의 관심이 될 수도 있을 겁니다. 하지만 나는 그저 구경만 하렵니다. 아니, 뭘 구경하는 것도 피곤해하는 인간인지라 그저 약이나 먹고 잠이나 좀 자두겠습니다. 홍대 거리에서 우월한 '기럭지'를 펄럭거리며 준 소녀시대 급 워킹과 미소를 선보이는 아가씨들의 욕망은 그 자체로 순연하고 정당합니다. 물론, 그 근원을 따지고 보면 복제되거나 조장당한 욕망일 것일 테지만, 티브이와 인터넷이 지배하는 세상에서 애초에 그 스스로 생산된 욕망이란 게 존재하기나 하겠습니까. 아무튼 그들을 보면 괜히 기분이 상쾌해질 때가 있습니다. 참 솔직하고 거리낌 없으면서 순진하고도 제대로 영악한 느낌입니다. 그런데 이상하게 소녀시대 등을 보면 그런 느낌이 없습니다. 홍대의 '소녀'들보다 더 예쁜지도 모르겠고 노래도 별로입니다. 앞서 브아걸이 땡긴다고 해서 소녀시대와 대립 구도를 만들고픈 생각 따윈 없습니다. 나는 생리적으로 누구의 팬 같은 걸 못하는 인간입니다. 작년 겨울 단골 술집에서 프랑스 감독 레오 카락스를 만난 적이 있었습니다. 예전에 그 사람 영화를 꽤 좋아했었는데, 막상 마주하니 아무 느낌이 없어서 되레 놀란 적이 있었습니다. 그냥 '참 사람 작다'라는 느낌뿐이었습니다. 사람에 대한 신비가 사라진 건 꽤 오래전 일입니다만, 이러다간 내 삶이 너무 무미해지는 게 아닐까 싶어 은근히 걱정도 됐습니다. 하지만 돌이켜보면 주민등록증이 생긴 이후로 내가 사람에게 호기심을 갖거나 열광해본 적은 거의 없더군요. 랭보는 중딩 시절에 "알렉산더는 위대하다. 그게 나랑 무슨 상관이람?"이라는 투의 일기를 쓴 적이 있습니다. 그 말을 부적처럼 따라서였는지는 모를 일입니다. 아무튼 언젠가 애프터스쿨이 노래하는 걸 보다가 이상하게 눈시울이 뜨거워진 적이 있는데, 이유는 잘 모르겠습니다. 유이가 소주 모델까지 할 정도로 뜨기 전 일입니다. 가희를 보면서 예전에 만났던 누군가가 떠올랐을 수는 있지만, 그게 공연히 울적해질 만한 일은 아닐 겁니다. 아마도 만취 다음날의 상습적인 우울 증세와 관련 있겠지요. 그리고 그게 소위 '스타시스템'이 제 살 불리는 메커니즘의 한 실례일 겁니다.

다시, 아픈 머리를 베개에 누이고 이런저런 책들을 뒤적입니다. 앨런 긴즈버그, 헨리 밀러, 라인홀트 메스너, 박상륭, 베이다오, 나카지마 라모 등등이 계통 없이 머리맡에 널브러져 있습니다. 킹 크림슨, 황병기, 씬 리지, 레너드 코헨, 빅토르 하라, 키스, 제인스 어딕션 따위의 시디들도 침대맡에 어지럽게 굴러다닙니다. 맞은편 책장에 피나 바우쉬의 사진도 눈에 띄는군요. 늘어놓고 보니 아이돌에 열광하는 요즘 아이들에겐 하나같이 '듣보잡 늙은이'들뿐입니다. 이미 죽은 사람도 꽤 되고요. 하지만 내겐 예전부터 즐기던 것들이고, 즐기다 보니 어쩌다가 일이 되어버린 것들이고, 지긋지긋해졌으면서도 늘 다시 뒤적이게 되는 것들입니다. 그만큼 현재적이고 울림도 큽니다. 나이 사십 줄에 접어들어서도 끊지 못하는 걸 보면 인이 박여도 단단히 박인 모양입니다. 하지만 그 누구에게 추천하거나 강권할 마음은 없습니다. 이제 이들을 방송에서 띄워주거나 홍보를 해주거나 거룩한 상을 만들어서 시상해줄 '시스템' 따위는 존재하지 않을 듯싶습니다. 하지만 관심 있는 사람은 인터넷을 뒤지면 어렵지 않게 들을 수도 읽을 수도 있을 겁니다. 예전엔 듣고 싶어도 듣지 못하고 읽고 싶어도 읽지 못하는 것들이 참 많았는데 요즘엔 손가락질 몇 번만 하면 구할 수 없는 게 없더군요. 이렇게 말하는 거 참 구린내 나지만, 어쩌겠습니까. 갑자기 내 방이 섬이 된 것 같습니다.

어떤 고급한 취향이나 저급한 문화가 따로 존재한다고는 생각하지 않습니다. 만약 그런 구분을 누군가 들이댄다면 그건 내가 브아걸이 소녀시대보다 끌리는 이유를 억지로 만들어내는 것과 다를 바 없다며 쏘아붙이고 싶군요(분명한 이유가 있을 수 있지만 그것을 설명하고 분석하는 일은 다분히 억지스럽다고 생각하는 편입니다. 좋은 것들에 대해선 따져 묻지 않기가 내 원칙이라면 원칙입니다). '스타시스템'에 대해선 어떤 억하심정 같은 게 있을 수 있지만, 그 역시 순수한 내 감정이나 생각은 아니라는 판단이 들어서 요즘은 아무런 비판의식도 없습니다. 더 많이 알려주고 더 많이 이야기되고 더 많은 사람들이 즐기고 더 많은 복제품을 낳게 되는 건 일종의 종족번식체계와 같습니다. 때문에 그 안에서 작용하는 힘의 논리는 그 자체로 비판받을 일이 아닐 수도 있습니다. 다만, 그것이 하나의 힘이라는 이유로 내부의 저항과 반목, 질시와 비난이 생성되는 것일 뿐입니다. 일종의 자연스런 물리원칙이라고나 할까요. 취향이란 애초에 존재하는 게 아니라 대중을 움직이는 힘에 의해 가공되는 것입니다. 문득 프랑스의 한 철학자가 했던 말이 어렴풋하게 떠오릅니다. “비판으로부터 멀리 나아가지 않으면 안 된다. 아니, 표류한 그 자체가 비판의 끝이다”라는 등의 말이었는데 정확한 건 아닙니다. 어떤 맥락에서 튀어나온 구절인지도 이제는 기억나지 않습니다. (10여 년 전의 독서였다는 것만 기억납니다. 집도 절도 돈도 열정도 없이 열라 철학책만 뒤적이던 20세기 말이 내겐 있었습니다.) 리오타르였던 것 같은데 아무리 뒤져봐도 책이 안 보이고, 언젠가 어떤 글에서 내가 인용한 적도 있는데, 그 글조차 내겐 남아 있지 않습니다. 우리 집엔 내가 쓴 책이 한 권도 없습니다. 보기 싫어서도 창피해서도 아니건만, 일부러 챙기게 되지는 않더군요. 좋은 습관인지 나쁜 습관인지도 모르겠습니다. 헛소리가 깁니다. 아무튼 나는 대한민국의 여행자입니다.

비판 없이 바라보기. 또는, 아무것도 보지 않으면서 바라보기. 뭐, 이런 게 요즘 화두입니다. 웬 선문답이냐고 따져 물을 수도 있겠지만, 그냥 그렇다는 것일 뿐, 별 깊은 뜻은 없습니다. 내가 생각하는 최상의 심리적 상태는 티브이가 되는 것입니다. 티브이는 참 성스럽습니다. 성스럽게 색 쓰고 색스럽게 관대합니다. 모든 걸 보여주면서 아무 말도 하지 않고 아무 의미도 없으면서 가끔 엄청난 폭발력을 발휘합니다. 그런 의미에서 '바보상자'란 말은 참 거룩한 명예가 아닐까 싶습니다. '바보'를 지향하는 네모 틀을 향해 "넌 참 나쁜 바보야!"라고 호통치거나 따지는 건 그래서 우습습니다. 심지어 분칠하고 티브이에 나와서까지 티브이(로 대변되는 여러 매체나 여론 시스템)를 비판하는 사람들을 보면 슬퍼지기까지 합니다. 그래서 토론 프로그램 같은 건 신물 납니다. 마치 신나게 놀고 있는 사람들 모임에서 혼자 각 잡고 앉아 책 읽는 사람을 보고 있는 것 같습니다. 그 모임이 마음에 안 들면 차라리 장난감 권총이라도 들고 어설픈 유괴극이나 펼치는 게 어떨까요. 아무튼 나는 이리저리 짓찢긴 심정이 들 때면 넋 놓고 티브이만 들여다봅니다. 그런데 모든 시선이 그렇듯, 티브이 또한 한참 들여다보다 보면 주객이 전도되곤 하지요. 어느 순간 그 네모난 총천연색 영상 안에 들어앉아 있는 내 모습이 보이게 됩니다. 모든 감정이 물화되는 일시적 임사체험이 그때 시작됩니다. 물리적 실체였던 내가 사라지고 여러 가지 빛깔로 소리로 분해되어 떠도는 무수한 내가 떠오릅니다. 내가 정작 가지고 있던 생각이나 감정들은 겨울바람에 휘날리는 현수막 문구처럼 너절하고 불분명해집니다. 불현듯 머리에서 총소리가 빵! 나면서 이 세상이 일거에 말소될 것 같은 이물감 내지는 해소감이 허공에 가득합니다. 그 위에서 소녀시대가 "소원을 말해봐!"라고 노래하는군요. 그래도…… 여전히 별로입니다. "너네 소원이나 잘 이루셔"라고 옹알거리며 눈을 감습니다. 한 세상이 조용히 뇌리에서 지워지는 느낌입니다. 이곳은 과연 어디인가요.

다시 눈을 뜹니다. 드러누워 책들을 뒤적입니다. 베이다오 시 네 편, 헨리 밀러 다섯 페이지 정도 읽다가 또 티브이를 켭니다. 옆방 컴퓨터엔 인터넷 창이 열려 있습니다. 그러고 보니 이 집에는 수많은 스타들이 분주하게 들락거리며 살고 있습니다. 내가 눈길조차 주지 않아도 그들은 나를 보고, 다른 사람들을 보고, 대한민국을 보고 있습니다. 그렇게 대한민국 전부가 그들을 보고 있습니다. 황병기나 긴즈버그 따위 곱씹는 이들은 요즘 드물지만, 문득 내 주변에 널려진 그것들을 걸그룹들이 색 쓰고 있는 티브이와 인터넷에 주입하고 싶다는 충동을 느낍니다. 퓨전이나 크로스오버라는 단어를 체질적으로 안 좋아하지만, 내가 원하든 원하지 않든, 나는 오늘도 무엇과 뒤섞이고 어떤 것들 사이를 맥락 없이 주유합니다. 그러다가 다시 머리가 아파 침대에 눕습니다. 고3때 돌아가신 할머니가 요즘 자주 머리맡에 출몰하십니다. 내가 고3때는 아마도 김완선, 하수빈, 이지연 등의 여성 아이돌이 전성기를 누렸던 것으로 기억합니다. "이젠 잊기로 해요. 이젠 잊어야 해요." 어쩌구 하는 김완선의 옛날 히트곡이 몽롱하게 떠오릅니다. "잊는다는 슬픔보다 잊어야 한다는 이유가 내겐 너무도……"라고 노래하던 이지연의 얼굴도 떠오릅니다. 그 시절 나는 김완선보다 이지연이 더 예쁘다고 생각했었습니다. 나도 잊어야 할 게 참 많군. 요즘 애들이랑은 '포쓰'가 달라. 뭐 이런 '노땅'스러운 멘트도 아른거립니다. 예전이나 지금이나 스타는 명멸합니다. 명멸하는 것 자체가 스타의 존재론입니다. 그러니 순식간에 잊히는 것도 스타의 천분입니다. 홍대 거리를 유영하는 롱다리 소녀들은 뒷모습이 참 슬픕니다. 나는 지금 상자 안에 갇혀 있습니다. 어쩌면 이대로 '듣보잡 늙은이' 대열에 합류하게 될지도 모를 일입니다. 이 이상한 여행은 아무리 멀리 와도 그 어떤 사건도 벌어지지 않습니다. 내 모든 기억을 담은 상자들이 허공에 둥둥 떠다닙니다. 정말, 약이나 먹고 잠이나 자야겠습니다.

◦ 엘리베이터가 만약 옆으로 움직인다면?

엘리베이터는 침묵의 공간이다. 동시에 이상한 방심의 공간이다. 엘리베이터에서는 아무리 친한 사람이라 해도 대화가 겉돈다. 그게 어색해서 일부러 말을 아끼거나 층수가 바뀌는 숫자만 멍하니 바라보게 되기도 한다. 대개는 양쪽 벽에 거울을 걸어두지만, 엘리베이터에서 바라보는 내 모습은 어딘지 모르게 낯설고 머쓱하다. 생면부지의 누군가에게 나 자신을 적나라하게 들키는 것 같은 까닭 모를 민망함도 존재한다. 그렇다고 혼자만의 묵상에 잠기기도 힘들다. 오로지 방향 없이 정면을 바라보며 철저히 혼자가 된다. 엘리베이터 속의 침묵은, 그래서 매우 혼란스럽고 시끄러운 침묵이다. 엘리베이터에서 듣게 되었던 나만의 소란스런 침묵에 대해 얘기해보겠다.

직장 생활을 할 때 일이다. 어차피 여러 사람 속에 있어도 혼자 있는 것 같은 때가 많고 엉덩이도 가벼운 인간인지라 하루에 여러 차례, 필요 이상 엘리베이터를 탔었다. 그 회사 건물은 약간 미로 같은 구조였다. 내가 오르락내리락하는 층수는 1층과 3층 사이. 그런데 그 엘리베이터가 2층에서 멈추지 않았다. 서너 개 방향으로 연결된 계단을 통해 들락거릴 수 있는 1층과 3층 사이에 공간이 있었지만, 그곳을 2층이라고 하기엔 애매하다. 나는 그게 늘 희한하다고 생각했다. 1층도 3층도 아닌 그 사이. 대개 범상하게 지나칠 때가 많지만, 그 애매한 중간층이 사뭇 신비스럽게 여겨질 때가 있었다. 어쩌면 그래서 자주 자리에서 일어나 하릴없이 엘리베이터를 탔었던 것도 같다. 요컨대, 세상에 실제로는 존재하지 않는 것만 같은 1층과 3층 사이에 나만의 공간을 만들고 싶었던 것이다. 빡빡한 수직적 위계로 유지되는 회사 내의 인간 역학에 균열을 일으켜 수평적이고 널따란 관계의 망으로 재편하고 싶었는지도 모른다. 그래서인지 1층에서 내려 로비를 반 바퀴 돌아 건물 외곽 계단을 통해 들어간 공간(일종의 휴게실이었다)에서 마주치는 사람들의 모습 또한 사무실에서와는 어딘가 달라 보였다.

나는 거기서 음료수를 마시고 담배를 피우고 지인과 통화를 하곤 했다. 그리고 다시 로비를 반 바퀴 돌아 엘리베이터에 오르면 여전히 '2'라는 숫자는 명시되지 않았다. 잠깐 꿈속엘 다녀온 것만 같은 기분이 되곤 했다. 1층에서 3층으로 올라가는 그 짧은 시간 동안 조금 전까지 내가 머물렀던 공간이 이 세상에 존재하지 않는 것처럼 되어버리는 것이다. '명시되지 않은 것은 존재하지 않는 것'이라는 분석철학적인 테마가 떠오르기도 했다. 그렇다면 반대로 '존재하지 않는 것이라도 명시가 가능하다면 존재하는 것일까'라는 물음도 동시에 떠올랐다. 생각이 여기까지 진행되면 내 표정이 점점 더 경직되곤 했다. 그래서 가끔은 눈인사를 건넨 옆 사람에게 본의 아닌 오해를 산 적도 있다. 하지만 머릿속은 여전히 몽롱했다. 그렇다고 한순간 불에 덴 듯 떠오른 그 생각이라는 것의 결론이 날 리도 만무했다. 그러곤 다시 위도 아래도 분명하게 나뉜, 위에선 똥이 내려오고 아래에선 신물이 올라오는 듯한 사무실 공간. 엘리베이터 숫자판에서 사라진 '2'라는 숫자를 무슨 물음표처럼 목덜미에 건 채 다시 나는 멋쩍은 직장인으로 돌아오곤 했다.

일상을 살짝 몽홀하게 비트는 신비는 늘 곤혹스럽다. 가끔은 엘리베이터에 동승한 누군가에게 사라진 '2'에 대해 물어보고 싶어질 때도 있었다. 하지만, 나 말고는 아무도 그것에 관심을 기울이지 않을 거라는 이상한 확신 때문에 물어보지도 못했다. 사실, 나 역시도 왜 사라진 '2'에 집착하는지 잘 알지 못했다. 단지 어느 날 문득 머쓱하게 엘리베이터 안에 서 있다가 떠올린 생각에 불과했던 건지 모른다. 그럼에도 한번 뇌리에 각인된 이후 내게 엘리베이터는 그 사라진 '2'를 찾아가는 짧은 여행길이 되곤 했다. 하지만 상상력이 막 불붙기도 전에 엘리베이터는 3층에 도착한다. 문 밖으로 나가는 순간, 사라진 '2'에 사로잡힌 또 다른 나를 여전히 엘리베이터에 남겨둔 채 나는 일상으로 복귀한다. 그 반복되는 10여 초의 여행은 그 이후에도 조금씩 다른 방식으로 반복되었고, 그래서 약간은 정신 나간 사람처럼 오해받은 적도 있지만, 회사를 관둔 지 한참이나 지난 지금도, 영원히 끝나지 않을 듯싶다.

•

〈존 말코비치 되기〉라는 영화가 있다. 한 건물의 7층과 8층 사이에 배우 존 말코비치의 머릿속으로 들어가는 통로를 발견한 남자의 이야기다. 꽤 오래전 본 영화지만 내가 사라진 '2'에 대해 생각할 때마다 그 영화가 떠오른다. 이를테면 사라진 '2'는 내가 들여다보고 싶거나 깨우치려 하는 누군가의 마음 같은 게 아닐까 싶어서이다. 그건 우리가 명시해놓은 어떤 일반적 질서체계 바깥에서 익명으로 떠돈다. 늘 존재하면서도 찾으려 하면 보이지 않는다. 그러다가 문득 수직이동과 순차배열의 질서가 어긋나는 한순간, 그 보이지 않는 존재의 빈 공간이 커진다. 심한 경우 평온하던 일상에 균열이 갈 정도로 큰 파장을 일으킬 수도 있다.

엘리베이터는 모든 층을 반복 이동하지만 숫자와 숫자 사이에서 지워진, 그리고 합리적 체계로 치환될 수 없는 삶의 또 다른 공간을 숨기고 있다. 그건 사람의 생각이나 마음을 일차원적인 숫자로 환원할 수 없다는 명명백백한 진리를 역설적으로 반증한다. 숫자가 이동하는 그 짧은 순간들의 어색한 침묵이 모종의 불신감으로 가득 찬 듯 여겨지는 것도 그 탓인지 모른다. 사람들은 자신에게 감춰진, 숫자로 씌어질 수 없는 어떤 본성이 드러나는 걸 경계한다. 그런 의미에서 엘리베이터는 상명하복의 질서 안에서 복받치는 어떤 감정들의 위험천만한 저장고이다. 엘리베이터가 만약 옆으로 움직인다면 나는 사라진 2층으로 갈 수 있을 것인가?……

회사를 그만둔 지는 오래되었지만 여전히 부지불식 그 사라진 '2'가 나타나곤 한다. 하지만 역시 생각은 시작되자마자 끝나고 다시, 3층에 불이 들어오고 문이 열린다.

사라진 '2'와 함께 엘리베이터 안에 누군가 남아 있다.

◦ 코끼리를 이해하려면 코끼리 그림을 멋대로 그리지 말라

•

코끼리의 코를 만진 사람은 코끼리를 뱀이라 생각하고
코끼리의 다리를 만진 사람은 코끼리를 기둥으로 상상하겠지만,
그들이 모이면 하나의 진짜 코끼리가 탄생하게 된다.

- 인도 설화 중

구름 한 점 없는 파란 하늘에 코끼리가 날아간다.
누구는 그것을 비행기라 하고 누구는 고래라 하지만,
아무도 코끼리라고 말하는 사람은 없다.
코끼리라고 말하는 순간,
하늘이 어두워질 것이기 때문이다.

- 누군가의 낙서

구스 반 산트의 영화 〈엘리펀트〉는 파란 하늘에서 시작해 파란 하늘로 끝나는 작품이다. 요컨대 아무것도 보여주지 않는 것으로 시작해서 아무 말도 하지 않는 것으로 끝나는 작품인 셈이다. 이 영화는 세상 사람들을 경악케 했던 미국의 콜럼바인 고등학교 총기난사사건을 모티프로 만들어졌다. 그렇지만 영화는 그 사건에 대한 그 어떤 논평이나 분석도 하지 않는다. 같은 시기에 만들어졌던 마이클 무어의 영화 〈볼링 포 콜럼바인〉이 사건에 대한 집요한 해석과 관찰을 통해 미국 사회의 병리적 요소들을 통쾌하게 파헤친 것에 비한다면 지나치게 무심하고 심심하다. 〈엘리펀트〉라는 뜬금없는 타이틀도 엉뚱하기만 하다. 순전히 애드리브로만 채워진 등장인물들의 대화에서도 '코끼리'는 등장하지 않는다. 하지만 영화를 보면서 왜 제목이 코끼리인지 따지는 건 무의미하다. 이 영화는 코끼리와는 하등 상관없는 영화이기 때문이다.

제목이 기린이거나 하마였어도 무관했을 것이다. 그러나 어떤 참혹한 사건 앞에서 망연자실할 수밖에 없는 사람들은 언제나 대답을 구하기 마련이다. 평범한 고등학생 두 명이 어느 날 갑자기 자신이 다니던 학교에 총기를 난사한 사건을 다루면서 왜 기린이고 하마이냐 따지며 숱한 의문부호들을 여전히 푸르기만 한 하늘 아래 띄워 올렸을 게 뻔하다. 그럼에도 대답은 요원하다. 화약 연기와 함께 사라져버린 사건 당사자들의 범행동기와 개인적 인성에 대한 추적은 그래서 늘 공허하다. 그들에 대한 완전한 이해는 이제 불가능하다. 보상받을 수 없는 울분과 희생자들에 대한 추도는 정당하지만, 왜 그런 사건이 벌어질 수밖에 없었는지에 대한 성찰과 참회는 길가에 내팽개쳐진 자전거 바퀴처럼 텅 빈 하늘 아래 방향 없는 공회전만 거듭할 뿐이다.

그러면서 한 개인에 대한 일방적 매도와 결과론적 진단들이 횡행한다. 요컨대 범인은 애초부터 그런 엄청난 사건을 저지를 수밖에 없었던 이상성격이었다거나 사회부적응자였다는 식의 폭력적인 통념의 재정립이다. 그건 한 개인의 삶을 일반화하면서 발생하는 논리의 폭력이다. 삶은 결코 논리적이지 않은데 모든 사건은 분명한 인과가 있어야 한다는 강박이 거기에 도사리고 있다. 그래야 설명하기 쉽고 스스로 납득할 수 있으며 잠재적 범죄자들을 색출해내 수많은 무고한 이들을 또 다른 범죄로부터 보호할 수 있을 거라는 헛된 믿음 때문이다. 사실 그러한 믿음이 정작 보호하는 건 불특정한 개인의 행복이나 권리가 아니라 그것을 관리하고 감시하는 모종의 정치체제와 그들의 하수인뿐이다. 마이클 무어가 콜럼바인 사건을 다루면서 폭로하고자 했던 건 바로 이런 점이다. 그래서 상당수의 미국인들은 무어의 용기와 비판 정신에 박수를 보낼 수 있었다. 명쾌하게 피아를 구분해내고 원인을 들춰내 뇌관을 보여주는 투철함에 마음속의 불안한 기운을 지워낼 수 있었던 것이다.

그렇지만 구스 반 산트는 아무 말도 하지 않는다. 그저 사건이 일어나기 직전의 평온한 하루를 밋밋하게 카메라에 담았을 뿐이다. 여러 시점을 오가면서 거듭 등장인물들의 뒷모습을 좇으며 잠시 후에 벌어질 끔찍한 사건의 발단을 요목조목 되짚는 그의 카메라는 순간순간 속도를 늦추며 아무 일도 일어나지 않는 오후의 한순간들을 되새겨보자고 은근히 부추긴다. 마치 허공에 붕 떠오르는 그 짧은 한순간에 대한 성찰과 배려가 있었다면 사건은 일어나지 않았을 수도 있었다고 속삭이는 양, 카메라는 자꾸 뒤돌아본다. 그러나 파란 하늘의 변화를 예측할 수 없듯, 등장인물 중 누구도 잠시 후에 벌어질 참극을 예견하지 못한다. 오로지 일을 벌이게 될 당사자들만이 그들 내면에서 발생한 먹구름의 징후들을 불붙여 탄창에 장전할 뿐이다.

그들이 나치 추종자들이었다거나 사격게임을 즐겼다는 식의 사후 진단들은 그저 말 만들기 좋아하는 사람들이 벌이는 자의적 퍼즐게임의 작은 조각에 불과할 뿐, 사건을 설명하는 데 하등 도움도 되지 않는다. 하지만 사람들은 그런 사소한 단서들에 필연성을 부연함으로써 스스로를 위로한다. 피범벅이 된 미궁으로부터 탈출하려면 이 모든 것이 눈에 확연한 질서체계 안으로 수렴되어야 하기 때문이다. 살아남은 자들은 파란 하늘 아래 미궁이 펼쳐지는 걸 원하지 않을뿐더러, 자신이 미궁 속의 주인공이라는 걸 도저히 믿을 수 없는 것이다.

미궁을 빠져나가려면 미궁을 믿지 않는 방법밖에 없다. 이 세상에서 만들어지는 모든 이야기들은 어쩌면 미궁 속에 길을 트고 문을 만들고 창을 뚫으려는 안간힘에서 출발하는 것인지도 모른다. 그러나 인간은 설명되어지는 존재가 아니라 보여지고 움직이는 존재다. 한 사람을 이해하기 위해서 필요한 건 백마디의 말보다 그의 표정을 알아봐주고 고개를 끄덕여주는 섬세한 움직임이다. 말은 언제나 사후의 문제들에 전념할 뿐 사람의 진정한 속을 들춰내 보듬을 수 없다. 심한 경우 말은 쓸데없는 오해의 진원이 되기도 한다. 한 사람의 극단적 행동이 내포하는 수많은 심리적 결들과 내상들에 대한 본원적 이해 없이 사후적으로 얼버무리기만 일삼는 이 세계의 완고한 논리체계 앞에서 또 어떤 총탄들이 나부낄지 아무도 알 수 없다. 완전하고 평화로워 보이는 이 세계가 특정한 개인의 울분과 원한에 의해 엄청난 파문을 일으킬 수도 있다는 단순한 진리를 잊는다면 여전히 코끼리의 진짜 모습은 우리에게 미궁이다. 코끼리는 우리가 익히 알고 있지만, 정작 한 번도 들여다보지 않은 나 자신의 진짜 마음일 수 있기 때문이다.

이 세상에서 만들어지는
모든 이야기들은
어쩌면 미궁 속에
길을 트고 문을 만들고
창을 뚫으려는
안간힘에서 출발하는
것인지도 모른다.

◦ 라스베이거스를 떠나 당신만의 사막으로 가라

•

라스베이거스(Las Vegas)라는 이름은 원래 '초원'이라는 뜻이었다. 1700년대 네바다주에서 발견된 이 사막을 에스파냐인들은 이렇게 불렀다고 한다. 300여 년이 지난 지금 그 초원은 자본주의 제국의 욕망과 환락의 불야성으로 바뀌었다. 해는 늘 새로 뜨고 지지만, 라스베이거스의 궁륭엔 인공의 조명과 욕망의 단말마들로 가득하다. 인간이 가진 가장 말단의 감각들이 피워내는 환락의 소요들 속에서 지난 시절 푸르름의 기억은 매정한 콘크리트 더미 아래 암장된 지 오래다. 역사는 때로 그것을 진보 또는 발전이라 부른다. 혹자는 삶의 여유와 안락의 다른 이름이라 부를지도 모른다. 그러면서 삶은 여느 때와 다르지 않게 앞으로 나아간다. 아니, 여느 때와 달라졌으나 달라졌다는 사실조차 망각한 채 자본과 욕망의 악랄하고도 치밀한 폐쇄구조 속에서 거대한 망각의 터널 속으로 빨려 들어간다. 영혼이 궁해진 인간들이 종국에 가닿는 곳은 온갖 색色과 물욕들이 넘실대는 가공의 낙원일 터, 라스베이거스는 이 첨단의 지구가 개구멍처럼 뚫어놓은 그 모든 배설구들의 대명사다.

인간의 욕망 자체가 그릇된 건 아니다. 욕망을 무시하거나 폄훼하는 자는 인간 본연의 가치에 대해 색안경을 쓴 위선적 도덕주의자일 공산이 크다. 인간의 욕망은 단지 물질적인 것에 한정되지 않는다. 삶을 사랑하려는 욕구, 세상을 끌어안으려는 희망, 타인을 긍정하고 귀를 기울이려는 겸양 또한 욕망의 작은 범주에 속한다. 그러니 편협한 도덕의 잣대를 들고 인간의 욕망 그 자체를 불결한 것으로 재단하지 말아야 한다. 욕망이 없다면 세상은 아무런 활기도 가질 수 없다. 나무가 물을 끌어당기고 꽃들이 벌과 나비들을 꼬드기는 건 지구가 탄생한 이후 엄밀하게 이행되어온 가장 기본적인 질서체계이다. 그러한 욕망은 역사 이래로 인간이 이루어온 모든 가치와 도덕의 근간이라 할 수 있다. 고로 욕망은 순결한 생명의 기본동력이다. 중요한 건 욕망을 버리는 것이 아니라 제대로 된 욕망의 대상과 방향을 찾는 일이다.

욕망을 버리라고 호도하는 그 모든 형태의 금욕주의의 기저에는 인간을 정물화하려는 무기력한 순응주의가 있다. 욕망이란 억압과 구속에서 벗어나 약동하는 삶의 기운을 깨우치기 위해 스스로를 명징하게 인식하는 것이다. 그것은 인간이 가진 가장 기본적인 자유본능 중 하나다. 욕망을 제대로 발현하지 못할 때 사람은 쓸데없이 비대해지거나 메말라간다.

현대 자본주의 사회를 흔히 욕망의 허깨비시장이라 부르지만, 이때의 욕망은 본원적 의미에서의 욕망과 사뭇 다르다. 그것은 발현되지 못한 욕망의 사각지대에서 독버섯처럼 자라난 일종의 종양과도 같다. 그것은 욕망 자체를 호도하는 욕망이자 금욕주의의 정반대 지점에서 인간을 사막화하는 자본주의 체제의 헛된 위안이다. 그런 의미에서 한 프랑스 철학자의 말을 변용해 '세상 자체가 라스베이거스라는 사실을 감추기 위해 라스베이거스가 존재한다'라고 말하는 것도 가능하다. 요컨대 라스베이거스는 아메리카 대륙에만 존재하는 게 아니라 인간의 모든 삿된 욕망이 넘실대는 세상의 모든 곳에 만연해 있다는 것이다. 이제 당신이 세끼 밥을 먹고 사람을 만나고 일을 하는 그 모든 곳이 다름 아닌 라스베이거스이다. 세상 모든 곳이 라스베이거스가 되어버렸기에 당신은 이곳이 라스베이거스인지 모를 뿐이다. 라스베이거스를 떠나는 건 어떤 의미에서 세상의 일반적 질서체계에서 벗어나는 일이 될 수 있다. 그렇지만 그건 쉽지 않다. 사막엔 길이 없고 모든 길이 사막이듯, 라스베이거스를 떠나 만날 수 있는 건 또 다른 라스베이거스에 불과할 것이기 때문이다. 라스베이거스는 어느덧 문명의 처연한 역설이 되어버렸다.

사막을 여행하는 자들의 수기는 때로 아름다움의 한 절정을 보여준다. 햇빛과 모래바람만이 존재하는 그곳은 인간의 모든 욕망을 거세하면서 자연의 광막한 알몸만을 일방적으로 현시한다. 거기엔 어떤 극한에 대한 공포, 절대적인 외로움과 근원적인 탈수 증세 속에서 사투하는 인간의 영혼이 액면 그대로 노출된다. 그것은 문명 탄생 이전에 인간이 본래 가지고 있던 보석이다. 고통 앞에서 겸허해지고 고독 속에서 비로소 풍요해지는 인간 본연의 메커니즘을 깨닫게 된다면 이 세상에 성인 아닌 사람은 없고 고행지 아닌 사막은 없다. 프랑스의 고고학자이자 인류학자인 테오도르 모노는 『낙타여행』(이재형 옮김, 웅진지식하우스, 2003)에서 이렇게 말한다.

나는 대양을 마주보며 일한다. 내 몸과 마음, 내 운명은 대양에 맡겨졌다. 하지만 내 등 뒤에는 또 다른 바다가 있다. 나는 그 바다를 가끔 훔쳐보곤 한다. 내게는 아직 그곳으로 가는 배에 올라탈 권리가 없다. 아주 가느다란 술 장식처럼 해변을 두르고 있는 물거품은 이 두 바다를, 물의 바다와 모래의 바다를, 대서양과 사하라 사막을 나누는 선이다. 이 엷은 장벽 위에서 균형을 잡는 것은 힘든 일이다. 나는 과연 어느 쪽으로 떨어지게 될까?

대양이든 강이든 모든 사막의 끝에는 물이 있다. 이것은 사막이 가지고 있는 운명론적인 역설이다. 자신 안에 결핍된 것을 최후에 바라보게 만드는 것. 사막이 욕망하는 건 물 자체가 아니라 물을 향해 가는 길 자체이다. 그러나 우리의 섣부른 욕망은 그 자신이 결핍한 것을 길이 아닌 허공에서 찾으려 한다. 라스베이거스는 그런 의미에서 허공에 가설된 욕망의 신기루라 할 수 있다. 라스베이거스는 우리의 욕망을 채워주는 게 아니라 그 욕망의 덧없음을 두고두고 환기시키며 마음의 척박함만을 끊임없이 도발해낸다. 그곳에서 인간은 한번 바닥을 드러낸 마음을 채우기 위해 또 다른 욕망의 소도구들에 탐닉한다. 그럼으로써 라스베이거스의 노예가 되어 부황 뜬 얼굴로 허공을 부유한다. 이 핏기 없는 얼굴들은 이미 그 자신이 정말로 원하는 게 무엇인지 잊은 지 오래다. 내가 원하는 것이 아니라, 세상이 원하게끔 만든 것들에 일방적으로 투신하지 않으면 차후에 밀려올 고독과 소외를 견딜 방도가 없다. 사막에 물이 없다는 것을 알면서도 바다를 향해 나아가지 않는 무사안일과 의지박약의 안락의자에 도취되어 인간 본연의 기능들이 퇴화되어가는 것이다. 이 기괴한 자본의 기계인형들은 어느덧 제 발로 걷고 자신의 머리로 생각하며 자신의 감각으로 세상을 냄새 맡는 법을 잃어버렸다. 이들에겐 아직도 '그곳으로 가는 배에 올라탈 권리'가 없는 것일까.

슬프지만 대답은 요원하다. 그러나, 이미 말했듯 물을 만나기 위해선 사막의 끝에 당도해야만 한다. 그리고 그 끝은 어떤 의미에서 삶의 끝을 닮았다. 삶의 끝에 도달하기 위해 우리가 해야 할 것은 어디로 가야 할지, 무엇을 하며 가야 할지, 누구를 만나야 할지를 스스로 선택하는 것뿐. 휘황찬란하게 빛나는 그 모든 라스베이거스의 불빛 아래에서 잠시만 머리맡의 불빛을 꺼보자. 누구도 가르쳐주지 않았지만, 우리가 오래전부터 알고 있던 그 길, 라스베이거스가 '초원'으로 불릴 당시의 순결한 길들이 순한 꿈결처럼 펼쳐질지도 모른다. 그 길이 눈에 밟힐 때, 당신은 이미 라스베이거스를 떠나기 시작한 것이다.

◦ 우리의 '똥배'는 얼마나 불가해한 진실인가

— 영화 〈비포 미드나잇〉에 부쳐

•

오프닝 크레딧이 오른 직후, 한 남자의 허릿살이 스크린 중앙에 떡 나타난다. 허리 라인에서 단박에 올라온 카메라가 그의 얼굴을 정면으로 비춘다. 그 순간, 객석에서 "헉" 하는 여성관객들의 탄식이 김샌 오발탄처럼 울린다. 나와 동석한 이는 "어머, 어떡해. 에단 호크 배 나왔어"라고 반경 3미터 이내 가청 영역의 데시벨로 뇌까린다. 공연히 내 아랫배에 힘이 들어간다. 에단 호크가 몇 살이더라. 내 기억엔 1970년생이었던 것 같다(나중에 찾아보니 '칠공 개띠' 맞다). 나보다 한 살 위다. 기타를 메고 껄렁대면서 90년대식 얼터너티브 록을 연주하면 딱일 듯싶은 텁수룩한 수염과 헝클어진 헤어스타일은 내 친구를 떠올리게 한다. 수

년 전부터 알코올성 내장비만이 생긴 친구는 기타를 배에 올려 놓고 연주하면 안정감이 생긴다며 능치는, 현직 로큰롤 뮤지션이다. 가지런한 치열을 드러내며 씨익 웃는 모습에선 한 시절 여자깨나 설레게 했던 전력이 고스란히 묻어 나온다. 더 쫑알대면 때론 화를 낸다. 에단 호크도 어쩌면 그럴지 모른다. 남 말 말고 내 배나 잘 추스르자.

아랫배 얘기가 나왔으니 말인데, 한 번만 더 말 줄기를 삼천포로 빼자. 90년대 어느 영화잡지에서 조니 뎁의 인터뷰 기사를 읽은 적 있다. 그는 무슨 말 끝에 오십이 넘으면 볼록해진 배를 내밀고 아이들이랑 별장에서 하릴없이 노닥거리는 삶을 살고 싶다는 등의 얘기를 늘어놓았다. 당시 조니 뎁은 삼십 대, 나는 이십 대였다. 그때는 잘 이해가 안 됐었다. 공연한 위악이나 자조, 또는 가진 자(?)의 오만한 여유가 아닌가 생각했을 뿐이다. 그런데 이제는 조금씩 몸에 와 닿는다. 내 아랫배가 하반신 아래 그늘을 형성하려 해서도, 단순히 나이를 먹어서도 아니다. 단지, 그 누구도 피해갈 수 없는 삶의 어떤 진실 하나를 짚어낸 말이라 여길 뿐이다. 타인을 유혹하는 것으로 삶의 한 시절을 빛낸 자(그 무렵 조니 뎁이 촬영한 영화는 제레미 레벤 감독의 〈돈 주앙〉이었다)가 필시 목도하게 될 변화와 몰락, 그리하여 결이 달라지는 삶의 태도 등을 암시한 발언이었는지도 모른다는 생각이다. 그런데 오십 줄에 들어선 조니 뎁이 배가 나왔나? 내 알 바 아니니 똥배 얘기 그만.

1997년 내지는 98년 즈음, 어느 명절 직전이었을 거다. 나는 〈비포 선라이즈〉를 당시 여자친구와 고속버스 터미널 근처 비디오방에서 봤었다. 귀성 차표를 느지막이 예약해놓고는 집에 가기 싫다며 칭얼거렸던 게 떠오른다. 그 친구는 어땠는지 몰라도, 적어도 내 기분상 영화는 중요한 게 아니었다. 나는 단지 잠깐이라도 헤어지는 게 착잡했을 뿐, 뉴욕에서 온 청년과 파리에서 온 아가씨가 기차에서 우연히 만나 동화 같은 하룻밤 사랑을 엮어간다는 얘기는 별 흥밋거리도 아니었다. 내 현실 상황과는 여건이 많이 다른 듯 여겨지는 외국 애들 연애놀음 따위 뭐 중요하겠는가. 나는 다만, 버스를 타기 전 두 시간만이라도 여자친구와 단둘이 있고 싶었을 뿐이다. 그래서인지 그 영화를 두고 구체적인 '물성'을 짚어보라면 지금도 잘 기억이 안 나 입꼬리만 삐죽거리게 된다. 영화 안 보고 뭐했기에, 라는 질문은 굳이 하지 말아주시면 좋겠다.

그러고는 오래 잊고 있었다. 그 친구와는 21세기가 시작된 직후, 서른을 넘기면서 헤어졌다. 그 후 몇 년 뒤 〈비포 선셋〉이 개봉됐으나 관심조차 없었다. 쫑알쫑알 말 많은 영화(우디 앨런? 차라리 경범죄 고발자와 대질심문 받는 걸 택하겠다)는 그리 즐기는 편이 아니거니와, 소위 '로맨틱'한 연애 이야기(멕 라이언 나온 영화는 〈도어즈〉 말고 본 거 없다. 파멜라 역의 멕 라이언은 거의 엽기에 가까운, 멍청한 캐스팅이었다고 기억한다)라면 귓등으로 튕겨버리는 습성 탓이기도 하다. 남녀끼리 지지고 볶고 짓까부는 스토리는 내가 현실에서 그러고 있다 한들 이제는 진저리치는 편이다. 영화라면 차라리 처절하거나 무미하거나 고요한 쪽으로 눈귀가 동한다. 스크린에선 현실에서 쉽게 인지하지 못하는 '불가해함'(데이비드 린치 정도면 러닝타임 다섯 시간이라도 눈꺼풀 요동 없이 견뎌낼 수 있다)이나 이생에선 '영원히 불가능할 법한 모험'(베르너 헤어조크의 영화를 보면 심장이 눈 밑까지 기어오른다) 같은 것에 탐닉하고 싶지, 어떤 핍진한 삶의 디테일들을 미주알고주알 캐내는, 마치 설거지 안 한 주방(자취 23년차, 내 생활의 매치포인트 중 하나다) 같은 장면들엔 그만 딱 신물이 올라오고 만다. 그래도 가끔 신물을 참고 보면서 거기에 흡수돼 감정이입하거나 실소를 터뜨리거나 일순간 공감영역이 확장되어 뭔가를 곱씹게 될 때도 있지만, 그럴 땐 그런 나를 일부러 경멸한다. 영화란 '내가 살고 있는 삶보다 두세 뼘 더 멋진 것'이어야 한다는 질긴 '착각' 탓이다. 그런데, 그건 과연 가능한 것일까.

〈비포 미드나잇〉은 그리스를 배경으로 하고 있지만, 팔자 좋게 외국 나다니는 친구가 염장 지르듯 '디카질'한 것 같은 풍경을 기대하면 김빠지고 만다. 돌로 지은 오래된 건물, 언뜻언뜻 비치는 바다, 몇 개의 고풍스러운 지명이 아니라면 제시와 셀린느가 거닐며 대화를 나누는 그 한적한 길들을 남해바다 어느 시골읍내에서 발견할 수 있다 해도 과언은 아닐 정도다. 왜 그리스여야 했고, 그리스를 왜 그런 식으로 담아야 했는지에 대해 공연히 분석하고 싶은 마음은 없다. 다만 중년에 접어든 두 남녀의 육체적 정신적 정황 및 많은 사랑과 이별의 스토리들이 가지고 있는 고전적인 낭만과 신비에 대한 감독의 어떤 의견이 반영되었을 수도 있다는 심증만 얘기할 수 있을 뿐이다. 요컨대 인물 내면의 외연으로서의 풍경이랄까. 쇠락해가는 그리스는 두 남녀의 배후에서 느릿느릿 그들의 '현재'를 돋을새김한다.

그리스는 유럽의 정신과 예술의 고전적 근거지였으나 현재에는 경제적 정치적으로 몰락을 향해 치닫는 국가다. 따뜻한 햇빛과 옥빛 바다는 여전히 찬란할지라도 어떤 정점의 오라Aura를 상실해가는 그곳에서 생의 중반기를 막 넘긴 남녀가 18년 동안의 사랑을 반추하고 '정산'하며 미래를 얘기한다. 가슴 벅찬 설렘과 그리움, 망각이나 변심에 대한 두려움 따위 십수 년 해가 '라이즈'하고 '셋'하는 가운데, 생의 둔탁한 굳은살로 눌어붙어 버렸다. 고유한 미감과 햇살 쪼가리에 손금을 비춰보는 듯 쩌릿했던 감수성이 중화된 지금, 남아 있는 삶은 서로의 일상과 무의식 곳곳을 날렵한 바퀴벌레처럼 헤집기도 하고, 오래 동거한 고양이처럼 능글맞게 눙치고 뭉개기도 하면서 버텨야 하는, 확고하고도 불안한 일상뿐이다. 서로에 대한 더 이상의 신비와 낭만은, 과거의 영화가 유적지로만 잔존하게 된 남부 펠로폰네소스의 체념한 듯한 거리에서처럼 남아 있지 않다. 그걸 적시하듯 카메라는 집요하게 제시의 방만하게 풀어진 몸태와 몰라볼 정도로 자글자글 너부데데해진 셀린느의 육체를 부각한다. 그런데 그 시선은 음흉한 관음이나 적나라한 직시에의 충고라기보다 위안과 공감으로 수더분하게 건넨 손수건 같은 느낌이 강하다. "내가 지금 같았어도 그때 나한테 다가왔을 거야?"라고 묻는 셀린느의 모습은 그래서 솔직함 그 이상의 여운을 남긴다. 물론, 그런 질문 앞에서 남자는 일생일대의 재치와 배려심을 발휘하는 것으로 자신을 보호하고 상대를 '업'시키는 사명에 맞닥뜨리게 되지만. 그런 점에서 에단 호크는 별 넷 받을 만하다.

영화는 전편들이 그랬듯 때로 현란하고, 때로 적실하고, 때로 우스꽝스럽고, 때로 서글픈 말들의 향연으로 펼쳐진다. 에단 호크와 줄리 델피가 시나리오에 직접 참여했던 만큼, 그들의 대화는 배역이라는 가면에 빗대 서로에게 전하는, 자기 자신에의 성찰로 자연스럽게 녹아든다. 그렇기에 제시가 말하는 에단 호크의 심정과 셀린느가 말하는 줄리 델피의 고민은 한 개인의 실존을 '육담肉談' 그대로 반영하는 힘을 발휘한다. 그런데, 모든 말은 유혹과 갈등의 시초이자, 그것들을 잠정적으로 화해시키거나 부풀리는, '쏟아졌다가 말라버린 물'과도 같다. 극적인 사건이나 눈알 부어오를 스펙터클 하나 없는 영화를 100여 분 지켜보며 감정의 물밑이 스스로 발각되는 느낌이 드는 건 그 말들의 물성이 온전히 삶 자체에서 발원하고 공명하는 까닭일 테다. 남의 일인 듯 보다가 이미 헤어진 누가 떠올라 가슴속이 서늘해지고, 내 일인 듯 품에 안고 숨기려 들었다가 이내 모든 사람이 그 앞에서 자유로울 수 없는 공공의 분투임을 깨닫고 암담해지는 걸 목도하게 되는 것도 삶의 지난한 '나머지 공부'인지 모른다. 친구 부부의 칼로 물 베는 실랑이에 우연찮게 동석해 18년 애정의 빛과 그늘을 고스란히 들여다보는 것처럼 어쭙잖은 상황도 없을 테지만, 어쩌면 영화라는 매체가 내게 제공할 수 있는 최고의 '불가해함'과 '불가능한 모험'은 데이비드 린치나 헤어조크에게서만 기대할 게 아닐 수도 있다는 생각은 꽤 쓸 만한 각성으로 받아들이게 된다. 곁에 있는 사람의 심중 속에서 휘청휘청 사투해야 하는 '불가해성'만큼 삶의 밀도를 팽팽하게 하는 '모험'도 없을 테니 말이다.

한 남자가 있고, 한 여자가 있다. 해가 사라져 어둠 속에서 속살을 곱씹는 바다가 있고, 서늘한 바람이 있다. 한바탕 진실과 오해의 태그매치를 끝낸 뒤, 또다시 자신을 설득하는 방식으로 남자는 여자를 유혹하고, 스스로를 납득시키는 방식으로 여자는 유혹의 판타지 속에 현실을 포개버린다. 해가 뜰 때 헤어지고 해가 질 때 재회해서 어느덧 자정 직전, 그들은 다시 "환상적인 밤의 시작"을 꿈꾼다. 까마득해 보이는 18년이 지나고 보니 다만 해가 묵묵히 서진西進하는 하루 동안의 긴 여정에 불과했다. 이것은 허망한가 애틋한가. 이 길고 긴 '로망'은 시간의 한 끝이라는 유적지에서 어떤 꿈을 다시 꾸게 만들 것인가. 문득 지난날의 '그녀'가 보고 싶다. 그리고 다시 잊고 싶다. 더 많이 얘기 듣고, 더 많은 말을 바다 속에 묻어버리고 싶다. 모든 '옛사랑들'을 단 하나의 사랑이었다고 자위하며 여전히 곁을 비워둘 수밖에 없는 나는 마흔세 살 대한민국 독신남. 이만큼 넌더리나면서도 끊기 힘든 자멸적 판타지도 더 없을 것이다. 그리고, 이만큼 '불가해'한 현존도.

◦ 꿈을 꿈꾸다

김성동의 『꿈』을 읽은 게 언제였는지 잘 기억 안 난다. 아주 오래된 것 같기도, 최근 몇 년 안쪽인 것 같기도 하다. 책이 출간된 건 2000년대 초반이었던 것으로 기억한다. 대개, 예전에 읽은 책을 떠올리면 그걸 읽던 심리적·물리적 정황들이 고스란히 떠오르곤 하는데, 『꿈』은 그렇지가 않다. 그 소설을 읽을 무렵, 무슨 일을 하고 있었는지, 누구와 만나고 있었는지, 무슨 생각을 하고 있었는지 아무것도 뚜렷하지 않다. 제목마따나, 꿈에서 읽었던 걸까. 어쩌면, 그 소설을 읽으며 길고 긴 꿈을 꿨거나 어느 난망한 꿈길 속을 헤매다 그런 소설이 있다는 걸 생시에서 소환해와 굳이 그걸 읽었다고 우기고 있는 건지도 모른다. 모든 게 불확실하다. 그럼에도, 예전에 읽은 소설 얘기를 하려고 보니 대뜸 떠오르는 게 『꿈』이다. 약간 황망하다. 지금 책을 가지고 있지도 않다. 다시 구해서 읽어볼까 하다가 관둔다. 새삼 들춰 꼼꼼이 따져 읽게 되면 내가 애초에 그 책에 대해 얘기하려던 속내가 변질될 것 같다. 소설 구절이나 스토리를 구워삶으며 인물 간의 갈등, 주제 따위를 곱씹어대고 싶진 않다. 일종의 장애라 여기는데, 나는 소설을 읽고 이야기 구조를 잘 파악하지 못한다(영화 볼 땐 더 심하다. 시각과 청각이 이야기의 골조와는 무관하게 제멋대로 팽창하거나 수축하며 내 몸 안에서만 놀므로). 표면 줄거리에 대한 이해야 물론 가능하지만, 그걸 누구에게 풀어 설명하려면 대개 얘기가 산으로 가곤 한다. 한 편의 소설에 대해 얘기하는 것 자체가 또 한 편의 가상소설을 쓰게 되는 일인 셈이다. 그 서술 양식은 내가 꾼 꿈을 누구에게 설명하는 양상과 흡사하다. 꿈은 현실의 언어나 개연성 너머에 아련히 떠 있다가 사라진다. 때론 비슷한 꿈이 불연속적으로 반복되기도 한다. 그걸 현실의 논리로 정연하고 정확하게 풀이하는 건 불가능하다. 그럼에도, 설명을 하려면 깨어 있는 사람이 맨 정신으로 이해할 수 있게끔 모종의 선적 구조를 갖춰야 한다. 결국 그건 픽션이고 거짓말이다. 거짓이어서 나쁠 것 없고, 픽션이라 해도 기만 당할 현실은 없다. 다만, 꿈꾼 사람의 어떤 심정들만 현실 속에 도드라져 스스로도 미처 깨닫지 못하고 있던 마음의 숨은 결들이 현실의 세부를 참섭하고 변화시킬 수 있을 뿐이다. 그게 오히려 꿈의 매력일 수 있다. 꿈속 장면은 난데없고, 그게 정말 그것이었는지, 꿈속의 내가 정말 나였는지, 맥락 없이 등장해 생시엔 불가능할 행동과 말들을 펼치는 존재가 실존 가능한지 모든 게 중구난방이다. 그럼에도 신체적 각성은 때로 엄연하다. 정신이 혼미해지는 생시에서의 잠정적인 탈각이 나는 비교적 잦은 편이다. 아마 그래서인 듯하다. 김성동의 소설을 내가 분명 읽었던 건지 어땠는지 확신이 안 서는 까닭은. 그럼에도, 굳이 『꿈』에 대해 말하고 싶다.

•

자세한 내용은 가물가물하다. 스토리의 큰 얼개만 개략적으로 그려질 뿐이다. 『삼국유사』 중 '조신설화'의 내용을 차용한 스토리였다. 생시에서 이루지 못한 사랑을 낮잠 속에서 이루지만, 깨고 보니 모든 게 꿈이었다는 내용. 그 꿈을 살려내기 위해 주인공 승려가 소설을 쓰게 되는 것으로 봐선 김성동의 출세작 『만다라』와 마찬가지로 다분히 자전적인 소설 같았다. 그러나 그게 전부다. 더 자세한 건 기억나지 않는다. 인터넷을 뒤져

서라도 살필 수 있지만, 별로 그러고 싶진 않다. 다만, 어떤 느낌들은 아직도 분명하다. 우선, 문체와 문채. 주로 복문의 만연체가 많지만, 중간중간 호흡을 모질게 잡아주는 단문들이 돌연한 경과음처럼 속출한다. 대체로 계면조다. 눈으로만 읽다가 느리고 처연하게 감정의 질곡을 죄었다 풀었다 하는 문장들의 '억양'을 몸으로 새기고 싶어 음독했던 기억이 난다. 대략 "~것이었거나 것이었더라." 정도로 잔향이 남을 소리가 탁음으로 운을 탔는데, 그 가락이 자못 애잔하고 서글퍼 때로 마음 짓이겨질 때 돌이켜 읽으면 좋겠다는 생각도 했던 것 같다. 창이나 판소리보다 정가正歌에 가깝다고 여겼다. 장이 바뀌고, 회상을 하거나 배경이 이월되는 순간엔 착 가라앉은 피리 소리 같은 것도 환청으로 들렸다. 시각적으로 드러나는 명암은 연한 안개가 낀 듯한 수묵 담채에 가까웠다. 대화 장면에선 인물들의 외양이 끌 같은 것으로 섬세하게 깎아낸 나무 조형물을 보는 느낌도 있었다. 언어들이 다분히 물기 짙었고, 그런 만큼 끈적끈적하고 서늘한 정신의 습지가 흥건하게 드러났다. 정념과 체념, 미몽과 자각의 중간지대를 명계인 양 어슬렁거리는 주인공이 수시로 텀벙텀벙 발을 빠트리는 노정을 좇는 게 쉽지만은 않았던 것 같다. 꿈과 생시를 넘나드는 이야기라지만, 그리고 무시로 등장하는 불교의 수행용어들이 따박따박 많은 걸 질문해댔지만, 속기에 절은 영혼이 지레 겁먹을 법한 무슨 내경內徑을 연상케 하진 않았다. 그들(애욕과 해탈의 점이지대에서 우는 승려와 불가능한 사랑에 목매어 승려로 하여금 영혼의 진액을 우려내게끔 하는, 무슨 혼령 같은 여대생)이 꾸는 꿈이 슬펐고, 그들의 앙망과 달리 수시로 뒤섞이고 배반하는 꿈과 현실의 낙차가 쓰라려 짐짓 그걸 읽는 마음마저 꿈의 가속도와 현실의 반동력 사이에서 좌충우돌하며 꽤 아프게 뒤척였던 것 같다. 그렇게 한때 몸 안에 새겨졌다 또 그렇게 꿈처럼 지워졌던 소설. 분명히 기억나지 않는 그 한때의 뒤척임이 부지불식 상기되어 오늘을 잡아먹는다. 그래서였다. 『꿈』을 얘기하고 싶었던 까닭은.

사람의 정분이나 정념을 무슨 성적 억압(으로 인한 판타지)을 전제로 해서 현미경처럼 들여다보는 프로이트 식 분석을 그다지 신뢰하는 편은 아니다. 꿈의 연원과 동기를 무의식의 구조 아래까지 침투하여 기억을 들춰내고 그 자장과 파형을 진단하는 건 결국 언어라는 논리적 구조 안에 사람의 정신 전부를 포섭하려는 일이나 진배없다. 인간의 정신이 몸 안에 담겨 있다곤 하나, 피부를 경계로 나누어진 외부의 다른 기운을 그저 외부의 것이라고만 말할 수 없다. 이 외부란 신체의 외부인 동시에, 그 신체가 직접적으로 겪는 현세의 외부이기도 하다. 그 외부는 그러므로 단지 외부만이 아니다. 세계를 구성하는 모든 인자가 한 사람의 몸 안에 한순간 틈입해 더 깊은 내부를 드러내는 거라 보는 게 타당하다. 꿈의 영역은 물리적으론 잘 드러나지 않으나, 그리고 잠에서 깨면 그야말로 허깨비가 되어 다 사라지는 듯하나, 일차원적으로 체득할 수 없는 감각의 어느 깊숙한 지점에서 여전히 작용하고 있다고 믿는다. '꿈'의 또 다른 뜻은 '바람'이기도 하다. 즉, '이루고 싶은 일'이다. 그런데, '바람'은 또 보이지 않게 불어왔다 보이지 않게 사라지는 '바람'이기도 하다. '바람'은 그 자체를 목격할 순 없으나, 그것에 의해 흔들리는 나뭇가지나 물결 등을 통해 늘, 어디서든 현존한다. 게다가 '바람'은 사람의 몸에 직접적으로 작용해 모종의 감정적이거나 신체적인 변화를 유도한다. 그러나 그것 자체를 붙잡아둘 순 없다. 모든 '바람'은 그래서 덧없고, 덧없기에 더 간절하게 사람을 옥죈다. 언어가, 그리고 세상의 모든 철학이나 종교가 정말 환기시켜야 할 건 바로 그 '바람'이라고 생각한다. 형상이나 목적을 그 자체로 지정하고 고착케 하는 게 아니라, 이것을 이것이라 하는 순간 이것이 저것이 되어버리는 삶의 지난한 역설을 역설 자체로 환기하는 것. 그렇게 해찰한 삶의 내밀한 원리를 바탕으로 또 다른 자아가 자기 안의 벽을 깨고 나오길 꿈꾸는 것. 『꿈』엔 선뜻 파악이 안 되는 불교식 공안이나 화두가 가득했었다. 그렇게 휙 불었다가 스스로 공이 되고 무로 변해 현세를 꿈으로 인식하게 만드는 뫼비우스 띠 같은 정신의 유현하고도 막막한 유영 속에서 여러 번 볼을 꼬집었던 기억도 있다. 삶이 아팠고, 언제나 그것 자체로만 고정되어 시간의 날에 깎여가는 육신이 서글펐었다. 그리고, 그 육신을 가두고 있는 생시의 모든 조건과 욕망들이 한탄스러웠던 것도 같다. 『꿈』은 지독한 현실, 그 자체였었다.

앞서 말했듯, 꿈은 언어화되는 순간, 본래와는 '다른 게' 되어버린다. 다시 말해, 꿈은 항상 엄밀한 언어와 언어도단의 경계에서 언어가 지시할 수 없는 지점까지 사람을 끌어내리거나 점프하게 만드는 속성을 지녔다. 머릿속에서 『꿈』의 구조적 디테일들이 거의 사라져버린 지금, 생뚱맞게도 나는 『꿈』을 떠올리고 있다. 그 이유를 모르겠다. 그런데, 모르겠다고 말하는 순간, 이미 그걸 내가 알고 있었다는 생각도 든다. 같은 소설을 지칭하는 두 짝의 꺽쇠 속 같은 단어가, 그러나 내겐 똑같다고만 여겨지지 않는다. 이를테면 내가 언젠가 읽었(었던 것 같)던 김성동의 소설은 그 무렵의 또 다른 '꿈'에게 어떤 식으로든 작용했었을 것이고, 그 어렴풋한 기억을 떠올리며 또 다른 '꿈'에 빠져 있는 현재의 나에게 백 년 전의 바람처럼 다시 불어왔다고 할 수 있을 것이다. 내 의도는 별로 없었다고 우기고 싶다. 내가 지금 『꿈』과

같은 사념 속에서 허우적대고 있어서가 아닌 까닭이다. 그런 허우적거림이라면, 어떤 일상대소사에 한정 지을 게 아니라, 출생 이후 지금까지 살아온 과정 자체를 모두 아우른 채 언제나 진행 중이라 얘기해야 할 것이다. 꿈이 언제나 난데없듯, 『꿈』을 돌이키는 것도 삶의 난데없음을 증명하는 한 사례라고만 여길 뿐이다. 『꿈』이 좋은 소설인지 어떤지 내가 판단할 문제 아니라고 본다. 다만 『꿈』 같은 일이 어느 특정한 이의 특수한 경험 안에서만 생기지는 않는다고만 말하고 싶다. 『꿈』을 꿈꿨다. 언제인지, 왜인지 모를 과거 한순간의 불분명한 현실 속에서 낮잠 자듯 읽었던 바로 그 『꿈』. 왠지 그건 내가 쓴 소설 같았다. 물론, 이것조차 꿈같은 얘기겠지만.

° 이것은 용龍이 꾸는 꿈

•

처음 나타난 건 하얀 벽이었다. 미세한 무늬들이 촘촘하게 엮여 있는 하얀 벽. 멀리서 보면 밋밋하나 가까이서 보면 하늘에서 내려다본 도시의 조감도처럼 균일한 무늬들이 점점이 확산하는 벽. 그 작은 무늬 어느 한가운데 내가 보이지 않는 점으로 찍혀 있다는 확신이 들었다.

•

잠들기 전에 나는 모종의 공포에 사로잡혀 있었다. 왠지 집에 나 말고 누가 더 있는 것 같았다. 갑작스럽고 이유를 알 수 없었지만, 막연한 느낌만은 아니었다. 나는 분명 내가 누워 있는 방과 거실 사이를 커다란 그림자가 어슬렁대고 있는 모습을 보았다고 생각했다. 하지만 눈을 똑바로 뜨고 사위를 살피면 아무도 보이지 않았다. 고요했고 어떤 냄새도 느껴지지 않았다. 그럼에도 누군가 집을 돌아다닌다는 느낌은 떨쳐지지 않았다. 이불을 머리까지 뒤집어쓰고 눈을 감아도 그 느낌은 지워지지 않았다. 공연히 진땀이 나면서 불길한 상상이 뇌리를 스쳤다. 내일 아침이면 여태 알고 있는 세상을 다시 보지 못할지도 모른다는 생각이 들었다. 그랬더니 돌연 슬퍼졌다. 그 슬픔은 그런데, 이상한 환희를 동반하고 있었다. 몸이 부르르 떨렸다. 커다란 이별과 예기치 못한 조우의 징후가 동시에 느껴졌다. 울어야 할지 웃어야 할지 모르는 상태로 한동안 머릿속에 난삽한 영상들이 펼쳐졌다. 비행기를 타고 가는 장면, 해가 지는 어느 강가를 혼자 서성이는 모습, 심지어 사람 크기만 한 새와 대화하는 장면 같은 것도 어지럽게 명멸했다. 왠지 공룡의 말도 알아들을 수 있을 것만 같은 기분이었다. 그러자 정말 어디선가 커다란 발자국 소리가 들리기 시작했다. 돌연 호기심이 북받쳤다. 나는 덮고 있던 이불을 떨치고 몸을 일으켰다.

천천히 문으로 걸어가 거실을 살폈다. 그러자 이상한 일이 벌어졌다. 눈앞에 하얀 벽이 나타난 것이다. 원래 이 집엔 없는 벽이었다. 사위가 갑자기 밝아지는 느낌이었다. 발자국 소리가 점점 크게 들렸다. 천천히 앞으로 나아가자 또 이상한 일이 벌어졌다. 내가 다가가는 만큼 벽이 멀어지고 있었다. 그러면서 벽과 나 사이 오른쪽 공간이 큼지막하게 벌어지고 있었다. 벽과 벽이 만나는 모서리 지점이 갈라지는 것이었다. 발자국 소리는 그 어두운 틈 안에서 들려오고 있었다. 굉장히 육중하고 과감하지만 경망스럽거나 다급한 느낌은 아니었다. 동굴 속에서 품 넓게 공명하는 덩치 큰 짐승의 발자국 소리 같았다. 뇌리에 문득 커다란 상아를 가진 검은색 매머드가 떠올랐다. 틈을 향해 조심스럽게 몸을 움직였다. 입구는 어두웠으나 그 어두움이 괜히 친숙했다. 아무것도 식별할 순 없었지만, 뭔가를 의식하고 판단하기 이전에 내가 이미 그 어둠 속 세상을 겪어본 것만 같은 느낌이었다. 하지만 아무것도 분명한 건 없었다. 편안함과 낯섦이 교차하고 있었다. 동시에, 삶과 죽음, 꿈과 현실 따위도 경계 없이 버무려져 어둠 속에 녹아들어간 것 같았다. 나는 그 모든 것들의 틈 속으로 천천히 걸어 들어갔다.

•

얼마나 들어갔을까. 끈끈하고 후텁지근한 열기가 느껴졌다.

계단을 한 칸 한 칸 딛는 것처럼 마디가 또렷하던 발자국 소리는 어느덧 희미하게 웅웅거리는 듯한 공기의 전면적인 파동으로 급전했다. 여전히 어두웠으나 검은 먹물을 칠한 것 같은 일반적인 어둠과는 질감이 달랐다. 명확히 분별하기 힘든 색들이 어둠 속에서 빠르게 교차하고 있었다. 질서 없이 마구 잘라놓은 헝겊 쪼가리 같은 것들이 색색으로 변화하며 펄럭이고 있었다. 무슨 나뭇잎들 같기도 했다. 거기 맞춰 몸 안에서 크고 작은 목소리들이 울려 나왔다. 남자의 목소리와 여자의 목소리가 있었고, 아이의 울음소리도 노파의 웃음소리도 섞여 있었다. 분명 사람의 말 같았으나 뜻을 알아들을 순 없었다. 걸음을 나아갈수록 색의 변화도 다채로웠고, 목소리 또한 크고 분명해졌다. 한국말도 외국말도 아닌 말소리들을 따라 불현듯 어린 시절의 영상들이 시간 순서 없이 뇌리에 펼쳐졌다. 길에서 어머니와 실랑이를 벌이는 일곱 살 때 내 모습이 어둠 한 귀퉁이를 밝히며 떠올랐다. 유치원복 차림이었다. 어머니 손을 잡고 유치원엘 가는 중에 갑자기 집에 돌아가고 싶다며 떼를 쓰는 장면이었다. 얼추 40년 전의 일. 그때의 기분이나 심정 같은 게 느닷없이 되새겨졌다. 내게 유치원은 또래 아이들이 득시글거리는, 약간은 무섭고 폭력적인 공간이었다. 미끄럼틀을 독점하던 힘이 센 아이, 툭하면 얼굴이 붉어지던 나를 보고 계집애 같다고 약 올리던 부잣집 여자아이, 내가 가지고 놀던 장난감을 망가뜨리고선 혀를 쭉 내밀고 달아나던 아이의 얼굴이 40년이 지난 현재의 모습으로 다가오고 있었다. 길에서 우연히 마주친다면 전혀 알아보지 못했을 그들이 어둠 속에서 내게 알아들을 수 없는 말을 지껄이고는 빠르게 사라졌다. 심지어 2, 30년 후 노인이 된 그들의 모습까지도 선명하게 떠올랐다. 흡사 스핑크스의 수수께끼 앞에 선 기분이었다. 그러고는 컷.

다른 장면. 스무 살 무렵의 나. 덥수룩한 장발에 불안한 눈빛으로 어느 어두운 골목을 서성거리고 있었다. 그런데, 가만 들여다보니 나 같기도 내가 아니기도 했다. 외양은 내 모습이 분명했으나 행동은 그렇지 않았다. 손엔 칼을 쥐고 있었고, 몸 여기저기 핏자국이 흥건히 묻어 있었다. 골목은 낯설었다. 왠지 한국이 아닌 것 같았다. 무슨 영사막에 뜬 형태처럼 나의 그림자가 어둡게 움직이고 있었다. 작은 무늬 속의 점을 확인하듯 눈의 조리개를 크게 확장했다. 나는 칼을 들고 있었다. 사람을 죽이고 있었다. 단언컨대, 나는 살면서 단 한 번도 살인을 한 적 없었지만, 영사막에 비친 나는 사람을 죽이고 있었다. 스무 살의 나, "손, 손을 위한 세기. 나는 나의 손을 갖지 않으리라"던 랭보의 시구를 중얼거리며 방금 막 살인을 한 그 손을 자르려 하는 나. 그는 나이자 내가 아니었다. 그는 모든 살아 있는 사람이자 모든 죽어가는 사람이었다. 그 모든 사람들의 영원이면서도 찰나에 불과한 모습들이 시간 경계 없이 번득이다가 다시 가없는 어둠 속의 미세한 무늬로 벽에 새겨질 것인가.

•

온갖 영상들의 끝은 결을 잘 살필 수 없는 장막들로 금세 차단되었다. 울긋불긋한 피륙들이 사위에 드리워진 이곳이 어느 커다란 짐승의 몸속이라는 생각이 든 건 피부를 통해서였다. 뭔가 끈적끈적하고 비릿한 체액 같은 것들이 온몸을 휘감고 있었다. 싸늘하면서도 뜨거운 그 느낌을 인간의 한정된 감각으로 표현하기는 힘들 듯하다. 나는 하얀 벽 사이에서 커다랗게 벌어진 짐승의 아가리를 통과해 온갖 생물들의 무차별한 혼합으로 생성된 거대한 우주의 내장 속에 들어와 있다고 느꼈다. 살면서 단 한 번도 마주친 적 없으나 왠지 그 짐승의 형태를 선험적으로 알고 있다는 자각이 들었다. 나는 짐승의 안에 있으면서 동시에 짐승의 바깥을 서성이는 일종의 원자와도 같았다. 그 짐승의 형태를 그리라면 그릴 수도 있을 것 같으나, 그 어떤 형태도 짐승의 완전한 모습은 아닐 것 같았다. 그때였다. 다시, 희미한 말소리 같은 게 들렸다. 뜻을 알아먹을 순 없지만, 들리는 대로 옮겨

적는다면 이 세계에선 여태껏 말해지지 않은 비밀 같은 걸 밝힐 수도 있을 것 같았다. 문득, 노래를 부르고 싶어졌다. 심호흡을 한 다음 소리를 내보았다. 터져 나온 소리는 사람의 말이 아니었다. 상처 입은 짐승이 복부를 긁어내는 듯한 소리가 어두운 궁륭 속에 크게 메아리쳤다. 슬펐다. 그리고 찬연했다. 소리의 파형을 따라 어두운 공간 저편에 붉고 노란 빛이 번득였다. 또 다른 곳으로 넘어가는 입구이자 한 생애를 마친 다음에야 볼 수 있다던 이승의 마지막 출구 같았다. 나는 더 크게 소리쳤다. 가슴 한복판이 뻥 뚫리면서 내가 오래도록 몸 안에 품고 있던 그 짐승이 비로소 눈을 뜨고 있었다. 오랫동안 내 심장을 부여잡고 대신 울어달라고, 그 울음으로 더 큰 우주의 한복판에 자신을 내던져달라며 숨죽이고 울던 바로 그 짐승. 내 안에 숨어 살면서도 나보다도 훨씬 크고 나를 품고 있는 이 세계보다 더 큰, 세계의 모든 근원을 품고 있는 바로 그 짐승. 그가 기어이 내 안에서 내 바깥의 빛으로 분화하고 있었다. 내 작은 포효가 더 큰 포효를 낳아 이렇게 외치고 있었다.

"너는 내 아들이다, 나를 아버지라고 불러라."

나는 대답 대신 더 큰 울음으로 화답했다. 사위를 둘러싼 붉고 노란 장막들이 싯누런 빛의 흑점으로 새하얗게 빨려들고 있었다. 내가 뱉은 울음이 나를 삼켜 빛의 중심에서 흩뿌려진 빛의 낱알들로 분해되고 있었다. 그러다가 돌연, 시야가 새하얘졌다. 나는 내가 죽어가는 중이라고 느꼈다.

•

더 이상의 꿈도 환각도 없는, 백지의 수면이 이어졌다. 얼마나 길었을까. 내 생애보다 길었을까 아니면 단지 한 식경에 불과했을까. 깨어나니 어느 작은 숲길의 정경이 눈에 띄었다. 이곳이 내 방인지 아직도 짐승의 내장 속인지 분간하기 어려웠다. 그럼에도 모든 게 익숙했고 따스했다. 언제인가 분명 이 작은 숲길을 걸은 기억이 있었다. 동시에, 내 방에 잠들어 있는 내 모습이 시야에 어른거렸다. 내가 이미 죽어 유령으로 떠돌고 있는 건지도 몰랐다. 그러나 기분이 나쁘진 않았다. 얼마 전까지 내가 갇혀 있던 짐승의 외형을 분명하게 그릴 수 있을 것 같았다. 나는 방안에서 잠들어 있는 내 모습을 뇌리에 홀로그램처럼 띄운 채 숲길을 걸었다. 나는 벌레만큼 작아져 있기도, 산봉우리만큼 커져 있기도 했다. 얼마쯤 걸었을까. 길섶에 커다란 나무가 하나 쓰러져 있었다. 누가 벌목하다 버린 것처럼 뿌리도 이파리도 없이 휘어진 몸통만 덩그러니 놓여 있었다. 그 형태가 매우 낯익었다. 처음 보는 나무였지만, 핏줄이 당길 정도로 친숙하고 눈물

겨웠다. 카메라를 꺼내 그 모습을 찍었다. 육안으론 그저 버려진 나무에 불과했으나 액정 속에 담긴 모습은 그렇지 않았다. 그건 작은 용의 형태였다. 용이 여의주 대신 커다란 나무 통소를 물고 있는 모습이었다. 실제로 마주친 적은 없으나 분명히 내가 오래 가슴에 품고 있던, 내 안에 담겨 있어 스스로에겐 늘 미지이자 타자였던 내 우주의 진짜 아버지였다. 그의 유골이 나무의 형태로 아무도 눈 여겨 보지 않는 외진 숲길에 쓸쓸하게 버려져 있는 것이었다. 그 모습을 고이 담곤 하늘을 봤다. 해가 눈부셨다. 신의 카메라가 뜨겁게 줌인아웃 반복하고 있었다. 그 액정에 담겨 나는 몇 억 광년 떨어진 나의 방으로 되돌아왔다.

•

깨어나니 정오였다.

태양의 뒤편을 돌아 나온 나는 다시 0살이 되어 있었다.

눈앞에 하얀 벽이 있었다. 거기에 누가 깨어진 항아리와 대나무 통소가 놓여진 그림을 고즈넉하게 그려놓고 간 것일까.

◦ 내가 '그것'을 '노인'이라 부를 수밖에 없는 이유

•

꿈. 어떤 꿈들은 반복적이다. 일평생 계속 반복될 수도 있다고 믿는다. 아직 죽음을 겪어보지 못했지만, 꿈에선 여러 번 죽어봤고 여러 번 다시 살아나봤다. 꿈속에서 죽음이 다가오는 순간이란, 돌이켜보면 현실에는 별다른 자국이 남지 않는 일종의 추상에 불과할 수 있다. 하지만 그것을 물리적으로 체험하는 순간만큼은 굉장히 직접적인 감각을 동반한다. 요컨대, 잠결에 팔다리가 아프다거나 요의가 심해진다거나 심장이 일순간 허해지는 물리적 통증 따위들*. 그런 까닭에 이 당면한 죽음이 실제인

* 이런 현상은 다분히 의학적으로 분류되고 해석될 것들이지만, 몸의 작용이 정신의 작용과 요철凹凸 형식으로 맞물려 있다는 견지에서, 굳이 그러한 상식들을 여기에 나열하진 않겠다. 의학에 과문한 탓이기도 하거니와, 최근 몇 년 동안 이런저런 병원을 출입

지, 그야말로 꿈인지 육체적으로 확인하려 하는 어떤 동작들이 (잠결에서나마) 이어진다. 아울러, 이 숨 막히는 공포와 야릇한 황홀감과 흔치 않은 몸의 격동이 정말로(실제로!) 죽음을 불러오는 상황인지에 대한 의구심이 따라온다. 내가 정말 이렇게 죽는 것인가. 이 죽음은 사실인가 다만 꿈인가. 이것이 사실이라 한다면 삶은 정말 여기서 끝나버리는 것인가. 삶이 끝나면 꿈도 더 이상 꾸지 않게 되는 것인가. 왜 꿈은 이토록 정밀하고 뚜렷하면서도 눈을 뜨고 나면 아무 자취도 파장도 없이 물거품처럼 사라지는가. 나는 과연 이런 꿈을 즐기는가, 아니면 두려워하는가. 꿈이 지워지고 난 다음의 내 눈동자는 세계를 바라보는가, 보이지 않는 나를 바라보는가. 꿈의 바깥으로 밀려나간 나는 진짜 나인가. 여전히 꿈속에 남아 현실에선 보이지 않는 세상 속을 헤매고 있을 나를 과연 나는 언제 만나볼 것인가. 꿈은 과연, 꿈에 불과한 것인가…….

하면서 평시의 물리법칙으론 설명 안 되는 미묘한 디테일들이 의학기술에도 작용할 수 있다는 수상한(?) 혐의를 포착한 탓이기도 하다. 이것이 특정 희귀병이나 생사가 걸린 문제와 관련한 발언이라면 위험천만이겠지만, 단지 여전히 해독되지 않는 정신작용의 여러 원리가 아직도 의학적으로 설명 불가능한 인체의 첨예한 현상과 밀접한 관련이 있을 거라는 가설을 '문학적으로' 상상해보는 건 나쁘지 않다고 생각한다. 의학에도 '숨겨진 시', 쓰여질 수 없는 '궁극의 영역'이 존재할지도 모르기 때문이다.

•

다시, 꿈은 반복적이다. 여태 살아오면서 자주 꾸게 되는 몇 개의 장면들이 있다. 언제 적부터인지는 정확히 기억나지 않는다. 그것을 말하기 전에, 한 가지 짚어둘 게 있다. 이른바 꿈과 현실의 역학구조에 관한 것.

일차원적인 원리로 꿈과 현실을 나눴을 때, 꿈은 현실과는 다른 얼개와 조직을 가지고 있을 것이다. 그 구분을 실제로 시도해본 적은 없지만, 적어도 꿈이 현실의 패턴을 거꾸로 뒤집어 놓은 것처럼 같은 구조 같은 밀도의 역상逆像으로 작용한다고는 믿어지지 않는다. 이 말은 다시 현실에서 그대로 환원될 수 있다. 요컨대, 현실 또한 인간들이 오랫동안 재단하고 그렇게 믿게끔 훈육된 질서체계만으로 설명되지 않을 거라는 얘기다. 내 경우, 오랜 역사를 통틀어 인간의 지능과 지성으로 구획된 질서체계에 순종 또는 길항하고 그것을 바탕으로 삶의 모든 제반현상들을 해석하는 일들에 대한 반감은 날이 갈수록 커간다. 나이가 들면서 더 그렇게 된 연유에 대해 구구절절 늘어놓을 마음은 없다. 다만, 삶을 구성하는 여러 요소들이 내포하고 있는 어떤 허위의 체계에 대해, '그것들조차도 허망한 꿈에 지나지 않겠냐', 라는 거친 단견만 슬쩍 내비치도록 하겠다. 자조적으로 말하면,

일종의 노인 흉내다. 왜 그렇게 되었느냐고 묻는다면, 내 안에서 오래 살고 있던, 어쩌면 내가 태어나기 전부터 내 안에서 칩거하고 있던 한 노인을 요즘 자주 만나고 있기 때문이라고 해두자. 이 역시 꿈에서일 것이다. 그럼에도 나는 그 노인이 실제로 살아 있는 자라고 믿는다. 이 말은 외려 꿈보다 현실을 믿겠다는 말로 받아들여졌으면 싶다. 내겐 이미 현실이 꿈속으로 절반 이상 침식당해 있기 때문이다. 그리하여 결국 꿈과 현실의 양분 양상이 어느 일방의 포섭체계가 아닌, 교호와 반작용의 물리체계로 세계의 지평을 수시로 변경시키고 있는 까닭이다.

•

노인은 노인이지만, 아이이기도 하다. 이 말은 언뜻 엉터리 같지만, 결국 사람을 지칭하는 단순한 표현방법에 지나지 않는다. 그러므로 엉터리여도 무방하고 적확하여도 엉터리일 뿐이다. 노인은 사람인 동시에 짐승이기도, 요괴이기도 하다. 때로는 무슨 식물이나 별똥 같은 것일 수도 있다. 솔직히 말해, 그 노인을 현실에 존재하는 어떤 구체적 물상이나 현상으로 설명하는 건 불가능한 일이다. 그러니 상황에 따라 임의적으로 이것저것을 가져다 붙여 설명한다 한들, 틀리지도 정확하지도 않을 것이다. 이를테면 뭐라 지칭할수록 미끄러지고 변형되는 특성을 지니고 있다고나 할까. 가령, 한 특정한 사물의 움직임을 백만 분의 일초 단위까지 디테일하게 포착해내는 카메라나 안경 같은 게 있다고 치자. 익히 잘 아는 사물이라 할지라도 그러한 미세시간 단위로 형상을 쪼개고 쪼개면 그것은 이미 알고 있던 그것과는 다른 물성과 형태를 드러내게 된다. 이런 사실을 바탕으로 전개되었던 몇 가지 형태의 미술 운동을 나는 알고 있다. 하지만, 소위 '극사실 기법' 등으로 알려진 그 운동은 사물의 표피만을 고밀도로 스캔해내었을 뿐, 세계가 본원적으로 함유하고 있는 시간의 내밀한 층위에까지 눈꺼풀을 까뒤집진 못했다. 왜 그랬을까. 이유는 여러 가지일 것이다. 하지만 단순히 미술이나 과학의 영역 너머 정치경제적 함의까지 환기되는 그 운동에 대한 해묵은 성찰은 내 몫이 아니다. 나는 다만 꿈, 우리가 모두 체험하고 있으면서도 언어나 실제적 삶으로 완전히 전이되지 않는 꿈에 대한 얘기를 하고 싶을 뿐이다. 그리고 그 꿈에 무시로 등장하는 나의 노인, 또는 나라는 노인에 대해서.

•

앞서 말한 미세시간이라는 것은 우리가 일상적으로 살고 있는 시간 안에 포함되어 있으면서도 실제로는 파악되지 않는 특성을 지녔다. 그럼에도 그것은 분명히 작용하고 있다. 하지만 그러한 시간개념으로 세계를 파악하면 현실의 물리체계가 이완되거나 왜곡되어 혼란을 일으키게 될 것이다. 꿈은, 흔히 말하듯, 꿈에 지나지 않는다.* 일상적으로 포착할 수 없는 현상은 일상적으론 살지 않는 시간대이다. 살고 있되, 삶이라 체감되지 않고, 작용하되, 그 작용이 실제적으로 면밀하게 파악되지 않는다. 또는 그렇다고 믿는다. 그렇게 믿지 않는 사람은, 그 드러나지 않는 시간 속을 부유하는 사람은, 정신병자나 낙오자 취급 받는다. 나의 노인 또한 일견 그러한 듯 보인다. 그 노인과의 조우 한 컷.

대략 20여 년 전으로 기억한다.** 나는 혼자 조그만 자취방에 있었다. 저녁이었고, 팝송이 주로 나오는 라디오프로그램을 들으며 뭔가를 써보려 하고 있었다. 초여름 무렵, 해가 점점 길어

* 그런데, 과연 그럴까? 나중에 드러나겠지만, 나는 이 말을 뒤집어보려 애쓴다. 비록 실패할지라도, 그 실패조차 꿈같을지라도.

** '대략'이라 뭉뚱그리긴 했지만, 나는 '그때'를 비교적 정확히 기억한다. 1992년 6월경이었다. 그럼에도 애매하게 말한 건 그 '사건'이 과연 일반 시간개념으로 분명하게 구분되어 요약될 수 있는가, 하는 의구심 때문이다. '그것'은 그 이후에도 무시로 나를 찾아왔고, 찾아올 때마다 다른 형상, 다른 상황들을 불러일으켰으며, '그것'을 겪고 난 직후엔 어김없이 몸이 아팠다. 아프고 난 다음엔 자주 시를 썼고, 내가 살고 있거나 거닐고 있는 장소가 골조만 남은 폐건물처럼 스산하게(그러나 모종의 기묘한 훈풍이 느껴지는 온화함과 함께) 변화하는 환각이 느껴졌다. 그건 현실이기도 꿈이기도 했다. 시계를 보면, 그 과녁처럼 동그랗게 생긴 물건이 분명히 어떤 말을 한다고 느끼기도 했다.

질 즈음이었다. 일고여덟 시나 되었을까. 알루미늄 새시가 이중으로 부착된 창가 쪽에서 무슨 소리가 들려왔다. 라디오에서는 노랫소리와 디제이의 말소리가 번갈아 들리다가 어느 순간 구심을 잃고 정확히 포착되지 않았다고 기억한다. 내 신경은 온통 창가에서 들리는 소리를 향해 있었다. 골목에서 아이들 노는 소리나 무슨 탈것들 오가는 소리는 애초에 아니었다. 그 소리의 처음을 의성어로 표현하자면, '부스럭부스럭'이나 '스삭스삭' '사각사각' 등으로 대강 옮길 수 있을 것이다. 하지만 시간이 흐르면서 소리의 양상은 크게 변화했다. 뭔가 작고 빠른 것이 부산하게 움직이는 소리라고만 적을 수 있을 뿐, 막연한 의성어로 적시하기엔 알고 있는 단어의 용량이 극히 미약하다는 자각이 들 정도다.* 어쨌거나 나는 그 소리를 줄창 좇았다. 그럼에도 창가 쪽을 정확히 바라보긴 힘들었다. 그때의 심정을 설명할라치면 조금 복잡해진다. 두려움도 경외도, 한없이 해결을 지연시키고만 싶은 호기심도 거기엔 있었을 것이다. 난망해하는 와중에도 나는 머릿속에서 혼자 궁굴리게 되는 여러 있음직한 상황들에 대한

* 아니 그보다는, 뭐라 표현한들 그것의 실체를 정확히 짚기는커녕, 그 비슷한 음가의 소리를 내는 다른 사물들을 대입시킬 소지가 다분하므로, 그리하여 그 소리가 환기하는 사물의 형상을 '그것'에게 덮어씌울 우려가 다분하므로, 부러 특정한 의성어를 쓰기 곤란하다는 게 더 솔직한 심경이다.

가정을 하나하나 지워나갔다. 가끔씩 창가에 침입해 똥을 싸고 가기도 하는(그 방은 약간 고지대의 2층이었다) 비둘기들의 영상이 가장 먼저 뇌리에서 숙청되었다. 그다음엔 혹시라도 벽을 타고 넘어 들어왔을지도 모를 쥐나 새끼 고양이 따위가 제거되었다. 그리고 바람. 하지만 창가엔 바람의 장난에 신음소릴 낼 만한 사물들이 놓여 있지 않았다. 나는 창가로 고개를 돌리지 않으려 의식하면서 꽤 오랫동안 방안을 서성거렸다. 라디오 소리는 어느 순간부터 들리지 않았던 것 같다. 시간이 얼마나 흘렀는지도 정확히 알 수 없었다. 소리는 커졌다가 줄어들기도 하고, 전혀 다른 음가로 변했다가 다시 본래의 소리로 되돌아오기도 했다. 어느 순간, 사방 벽이 몸을 죄어온다는 느낌이 들었다. 식은땀을 흘렸던 것 같기도 하다. 가슴이 답답하고 뭔가 뒤엉킨 영화 필름 같은 장면들이 머릿속에 가득 차오르며 숨쉬기가 힘들어졌다.

급박한 공포가 밀려왔다. 소리는 점점 의성어에서 명료한 구조의 말소리로 변해가는 느낌이었다. 한쪽 귀를 뚫고 들어와 다른 쪽 귀를 뚫고 나가면서 벽면에 커다란 고딕체로 붓질을 해대는 것만 같았다. 서성이는 발걸음이 더욱 거세지고 있었다(혼미한 상태에서 내려다본 두 다리의 불안하고 부산한 움직임이 여전히 선하다). 벽에선 소리를 필사한 이상한 문자들이 무슨 핏자국처럼 뒤엉켜 흘러내리고 있었다. 숨이 터질 것 같은 한순간, 기어이 실체를 봐야지만 몸의 고통이 이완될 것 같다는 판단이 든 한 순간, 나는 창가를 정면으로 바라보았다. 처음엔 춤이라도 추는 듯, 뭔가 빠르게 움직이고 있는 잔영만 보였다. 형상보다 소리가 더 분명했다. 나는 그 소리를 이렇게 들었(의역했)다. "너 마흔 살이야! 마흔 살!!" 그 당시, 실제 내 나이는 스물두 살이었다.

•

꿈같은 얘기다. 그런 만큼 우습기도 어이없기도 한 얘기다. 진짜 꿈이었을지 모른다. 그럼에도 그때의 물리적인 감은 꿈이라 현실이라 무 자르듯 구분하는 것으로 정리될 만큼 간단하지 않다. 아직도 불가사의하게 남아 있는 건, 그 상황 직후에 벌어진, 이른바 '깨고 난' 직후의 실제 정황이다. 최초에 소리가 들렸을 때는 초여름 햇빛이 여전히 남아 있을 때였다. 창가를 똑바로 응시하는 걸 끝끝내 유예하면서도 나는 창밖 명암의 밀도만큼은 비교적 정확히 체크하고 있었다. 해가 지고, 바로 맞은편 가로등에 불이 들어오고 하는 것 등. 방 안엔 형광등이 계속 켜져 있었다. 무엇보다 내가 놀란 건 일련의 일들이 벌어졌던 시간이다. 해질녘, 뭔가에 기갈 들린 마음이 불러일으킨 어처구니없는 망상이었다 치부할지라도, 내가 체험했던 그 시간의 부피는 아직도 미궁 같다. 나는 그게 저녁 무렵, 불과 삼사십 분 사이에 벌어진 일이라 여겼지만, 올려다본 시계는 이미 자정을 가리키고 있었다.*

온몸이 땀에 젖어 있고, 거푸 심호흡을 했으며, 팔다리가 끈으로 강하게 묶여 있는 듯 저려왔다고 하면 무슨 싸구려 호러영화를 연상할 수도 있을 것이다. 홀연히 정신을 차려 근처 편의점으로 달려가 라면이니 햄버거 따위를 허겁지겁 욱여넣고는 콜라 한 병을 순식간에 비워냈던 건 이 몸이 과연 살아 있는 물질인가 새삼 점검하고자 하는 발악이었다고 여긴다. 잠들 엄두도 못 낸 채, 두 눈 똑바로 뜨고 살폈으나 여전히 분명한 형태가 잡히지 않는 그 소리의 근원을 머릿속에 여러번 크로키했지만, 그것은 떠올릴 때마다 다른 형상이었다. 다만, 그것은 소리인 동시에 형태였고, 말인 동시에 어떤 주먹이나 침이었으며, 삶인 동시에 죽음의 사령이 아니었을까 혼자 되뇔 수 있을 뿐이다. 분명한 건 그날 이후, 무시로 꾸게 되는 꿈의 여러 양상의 한켠에 '그것'

* 창 반대편 벽엔 꽤 큰 벽시계가 걸려 있었는데, 소리에 빠져 있을 땐 그것을 별로 의식하지 못했던 것 같다. 그러다가 "마흔 살!!"이라는 느닷없는 '언표'에 등골이 빳빳하게 얼어붙은 직후 가장 먼저 바라봤던 게 바로 그 벽시계였다. 무슨 자각 작용처럼 라디오에서 자정 시보가 동시에 울렸다는 말은 차마 내뱉지 말까 싶지만, 그것마저 이 이상한 정황들을 미장센하는 주요 요소가 되겠기에 굳이 숨기지 않겠다. 그날 이후 지금까지, 정오든 자정이든 시계 시침과 분침이 수직으로 겹쳐 서 있는 모습을 우연히 목격하게 되면 나의 뇌 작용은 짧은 순간, 상궤를 벗어나곤 한다.

이 늘 도사리고 있다는, 내겐 필연적일 수밖에 없는 모종의 강박이다. 공항으로 사력을 다해 달려갔으나 매번 비행기를 놓치는 꿈, 두 팔을 부드럽게 휘저었더니 몸이 가볍게 상승해 하늘을 날고 있는 꿈, 웬 검은 사슴이 빛의 속도로 달려 불덩이가 되더니 그 불이 아버지의 얼굴로 변하면서 커다란 나무를 태우는 꿈, 침대가 질펀질펀한 똥덩이의 형틀로 변하는 꿈, 위급상황을 맞아 공중전화로 달려가 연인에게 전화를 하려 하나 자꾸만 번호를 잘못 누르는 꿈, 바다 속 기암절벽 사이를 방황하다가 커다란 물고기의 아가미 속으로 빨려 들어가는 꿈 등 그 모든 꿈의 배후에 '그것'은 20여 년 전의 형태 그대로이거나 전혀 다른 모양으로, 그때의 소리 그대로이거나 전혀 다른 메시지를 조장하며 도사리고 있는 것이다. 그러나, 내가 그를 노인이라 부르기 시작한 건 비교적 근래의 일이다.

•

이 글을 쓰기 위해 꿈에 관한 여러 자료들을 새삼 뒤적이진 않았다. '의도 섞인 게으름'이라 일단 변명하겠다. 꿈이 어떤 자의에 의해 편집되거나 조작되어질 확률은 드물다. 의식의 표면에 뜬 것들과 그 아래 잠재되어 있는 것들이 이합집산하여 조직해내는 꿈속의 영상들은 마치 물 밑바닥의 것들이 물의 커다란 흐름에 의해 일순간 결합하고 해체되며 어떤 형상들을 만들었다가 지우면서 물 위로 잠깐 떠오르는 양상과 흡사하다. 나는 내가 쓰는 문장들도 그러한 양상을 닮았다고 여긴다. 이를테면 그동안 읽거나 겪거나 훔쳐왔던 어떤 정보들이 내 안에서 한꺼번에 용해되어 어느 특정한 방향의 길을 내면서 드러나거나 암시되거나 왜곡되어 문장으로 표면화되는 것이다. 물론 그 큰 흐름을 조장하거나 통제하는 건 의식의 고유 영역이라 알려져 있다. 어떤 이들은 그러한 원리 자체를 모종의 기법으로 형식화하거나 때로 모토로 삼기도 한다. 그러나 나는 지금 무슨 작법이나 문학적 의도를 천명하고자 이 글을 쓰는 게 아니다. 단지, 최근 들어 분망하게 생활의 저변에서 작동하는 꿈의 편린들을 점검해봄으로써 내가 그동안 실체(또는 실제)라 여겨왔던 세계의 지평에 다른 경계(이것은 아직, 아니 영원히 '실선'의 경계일지 모른다)를 그어보고자 할 따름이다. 나는 어쩌면 이 세계, 그리고 이 삶이 단지 허망한 한 편의 꿈에 불과할 뿐이라는, 하도 오래되어 진부한 듯 여겨지는 전언을 새삼 되씹으려 하는 건지도 모른다. 하지만 그 전언에 대한 가부나 호오는 내가 전해야 할 사항이 아니라고 믿는다. 만약에 그 말이 삶과 세계에 관한 어떤 결정적 진리를 내포하고 있다 하더라도, 아직까지 꿈은 끝나지 않았고,

삶 또한 끝나지 않았다. 나의 노인이 여전히 아이이기도 한 까닭이기도 하다.

•

창가에 맴돌던 '그것'을 때로(자주 있는 일은 아니다. 섣불리 말 꺼냈다가 정신 나간 사람 취급당한 경험이 두 번 정도 있다) 누군가에게 묘사하게 될 때 내가 주로 설명하는 건 이런 형상이다. 크기는 팔뚝만 한 강아지, 눈과 귀가 여러 개이고 몸놀림은 다람쥐 따위의 설치류를 연상케 한다. 피부는 미끄덩한 파충류를 닮았고 보라색에 가까운 빛깔이다. 몸통보다 머리통이 조금 더 크고 길고 뾰족한 꼬리가 달려 있다. "마흔 살!!"이라고 외칠 때의 소리는 엘피판을 빠르게 회전시켰을 때 나는 새된 음향과 흡사한데, 시간을 더 급하게 압축시켜야 뜻이 해독될 만큼 빠른 속도감이 느껴진다(이것은 체감한 것보다 시간이 놀랄 만큼 길었던 것과 연관 있을 거라 생각한다). 대체로 흉악한 인상이지만, 보기에 따라 무슨 만화 속 요정 같은 느낌도 있다. 그날 이후, 길거리를 날렵하게 휘젓고 사라지는 고양이 따위를 보면 부지불식 머릿속에 떠오르곤 한다…….

대략 이런 정도다. 하지만 분명 이것은 정확한 묘사가 아니

다. 꿈을 전달하거나 서술하려 할 때 필연적으로 끼어들게 마련인 모종의 조작과, 꿈 이전에 경험했음직한 사물이나 사태 따위로 사후 첨삭된 허구에 불과할 뿐이다. 그럼에도 꿈을 알리기 위해선 일말의 언어적 형식, 납득할 만한 구조, 대리하고 보충할 만한 형상들을 궁구할 수밖에 없다. 이를테면 현실의 여러 기호나 언어적 요소에 의한 '재조직'이 필수적인 것이다. 그렇게 뭔가 그럴듯한 이야기 구조나 형상을 갖추게 되면 꿈은 있음직한 '이야깃거리'로 둔갑한다. 요컨대 그것은 나 이전에 이미 쓰여졌거나 연출되었던 어떤 다른 이의 꿈과 그것의 이야기 구조를 반복하는 일이 된다. 그러고 나면 뭔가 분명해지는가. 내 경우엔, 그렇지 않다. 오히려 꿈은 더 멀어지고, 더 깊은 꿈속으로 지워지면서, 불현듯 깨어 있는 실제 세상의 질감이 낯설게 변질된다. 꿈이 현실인지 현실이 꿈인지 경계가 모호해지는 건 그 순간이다. 장자의 '호접몽'이나 노자의 '더 큰 꿈'의 개념은 그런 원리를 환기하는 적확한 메타포로 인용되곤 한다. 그렇게 요약되고 정리된 차후에 스스로도 꾸었었는지조차 모를 정도로 까맣게 잊혀지고 난 어느 날, 꿈은 이전과는 완전히 다른 양상으로 재현되곤 한다. 그건 흡사 전혀 다른 사람인 줄 알았다가 피부 깊숙이 뿌리박힌 가면을 벗겼더니 오래전 알고 있던 바로 그 사람인 걸 확인하는 것과 비슷하다. 그 '전혀 다른 같은 사람'은 과연 누구일까. 이미 죽은 줄 알았는데, 이 시간은 그때와는 전혀 다른 시간인 줄 알았는데, 오래도록 큰 나선을 돌고 돌아 '그때의 거기'가 '내일의 저기'로 둔갑해 있는 이곳은 과연 어디인가. 나의 스물두 살이 정말 '그것'의 전언처럼 마흔 살이었던 것일까. 한 생애 안에서 반복 경험하게 되는 삶의 여러 자취들이 누군가의 커다란 박물관 안에 통시적으로 진열된 작은 시간의 유물들에 불과하다면, 이 삶은 과연 나만의 것인가. 누군가 이미 꾸고 난 다음의 꿈속으로 떠밀려 들어와 그들이 꿨던 꿈을 내가 지금 재차 꾸고 있는 것은 아닌가. 이 세계는 내가 태어나기 전에도 이 세계였고, 내가 죽은 이후에도 과연 이 세계일까…… 반복되는 꿈속에서 나는 꿈이 아니라, 꿈이 꿈꾸는 어떤 세계를 실재라 믿으며 살고 있다.

•

내가 '그것'을 노인이라 명명한 건 최근 몇 편의 시를 쓰면서부터다. 그런데 그 연유를 설명하는 데 있어 곤혹감을 느낀다. 시에 노인이 등장하지도 않고, 가끔 자조적으로 스스로를 이죽거릴 때 말고는 나 자신을 노인이라 느껴본 적도 없기 때문이다. 노인은 다만 내가 어떤 비일상적인 에너지의 흐름 속에 시달리고 있을 때, 나 자신이 스스로로부터도 이격되어 뭔가 더 큰 감각의 자장 안에서 나 자신을 굽어보게 될 때, 내가 세상을 바라보는 것이 아니라 세계 자체가 나를 대상화하여 어떤 틀 지어진 형식 안에서 참형하듯 진단하듯 나를 들여다보고 있다고 여겨질 때, 부지불식 끼어든 단어에 불과하다. 대상도 의미도 의도도 스스로 증명하지 못한다. 주체인지 객체인지, 아니면 그 모두를 아우르는 독보적 실체인지조차 모호하다. 다만, 어느 날 허깨비처럼 등장했던 '그것'의 입김 비슷한 것을 감지했고, 그즈음 여러 가지 혼탁하되 정밀한 꿈속에서의 가위눌림이 반복되었을 뿐이다. 노인은 그 여러 정황들 속에서 내가 소리쳐 부여잡으려 한 어떤 형식이거나 태도를 함의하는 것일지도 모른다. 그러니 '그녀'라거나 '당신'이라고 해도 무방하고, 그 모두를 통칭하는 어떤 '아이'여도 상관없을 것이다. 그럼에도 그것은 결국 '노인'이다. '노인'이라 하여 거기에서 지혜나 노쇠, 노망과 사망 따위를 읽든, '아이'라 하여 거기에서 천진과 탄생, 무모와 무구를 읽든 어쨌거나 중요한 건 내 주위에서 '그것'은 무시로 반복되는 꿈이자, 한번 들어가면 출구를 찾기 힘든 현실의 이면으로 작용한다는 점이다. 세계가 문득, 거대한 아가리만 존재하는 괴물의 입 같다는 생각. 탈출하기 위해서가 아니라 더 깊이 들어가 몸을 꿰뚫고 다른 구멍을 통해 그 거대한 반복의 사이클 자체를 무너뜨리고자 하는 충동. 뜬금없이 고백하자면, 나는 여태 이 세계에 시가 존재하는 '한 방식'을 체험적으로 말하고 있었던 셈이다. '그것'을 '노인'이라 일러(이 세상 것이 아닌 것에 이 세상에서 통용되는 이름을 얹어) '노인'과 '아이'의 경계를 없애고, 꿈을 현실이라 일러 수면 아래와 수면 위를 동시에 아우르는 커다란 구求의 형상을 판독하려 하는 것. 그것이 내가 아는 시의 위의이고 사명이다. 그것은 결코 완전히 쓰여지지 않는다. 쓰여진 시는 꿈처럼 잊히고 버려지는 사명을 자랑 삼아 스스로 찢겨져야 한다. 그리고 이 세상의 좋은 시는 다 그렇게 쓰여지고 버려져 먼 데서 '다른 것'으로 되살아난다. 뭐라 명명하고 규정하는 순간, 전혀 엉뚱한 말과 표정으로 이 세상의 속도와 시간체계를 변형시키면서. 스스로의 명명됨을 거부하며 흡사 꿈속에서나 볼 수 있는 초유의 인어왕자님처럼 물위를 달리기 하면서.

이것이 시(나의 것이든 그의 것이든 우리 모두의 것이든)에 관해 내가 말할 수 있는, 최근의 유일한 근황이자 진단이다. 현실에 존재하는 시에 관해서라면, 나의 '노인'은 이내 벙어리가 되어 어떤 흉포한 사물의 형태로 우리의 현재를 유린하려 들 것이므로. 그리고 나는 그 유린을 기꺼이 받아들이고, 순간의 절명을 즐길 것이므로. 20여 년 전의 내가 모든 가능한 현실적 정황과 논리들을 우선 배제한 상태에서 '그것'의 유린을 맞이하였던 것처럼.

내 나이 지금 마흔네 살. 그런데, 과연 그럴까.

◦ 사랑에 관한
짧은 이야기에 관한
단 한 편의
소설

•

사랑이란 스스로를 무지몽매 속에 빠뜨리면서도 스스로가 세상에서 가장 현명하다고 착각하는 일이다. 그리고 그 착각은 다분히 의도적이다. 흔히 사랑을 자연스러운 감정의 발로나 예측 못 하는 순간에 몸과 마음을 점령해 들어오는 암세포 같은 것이라고 생각하지만, 이것이야말로 착각에 불과하다. 사랑은 늘 현실태가 아니다. 그것은 인간이라는 동물이 저작해낸 그 많은 이야기들 중에서 가장 허무맹랑한 허구의 극대치에 불과하다. 그러면서 현실의 모든 조건들을 일순간에 복속케 하는 지옥의 텔레비전 방송국 같은 것이다. 그래서 나는 사랑을 믿지 않는다. 누가 텔레비전에 나온 것들을 전부 사실이라고 믿는단 말인가. 그럼에도 불구하고 나는 늘 사랑을 갈구하고 사랑 속에서 내가 나를 착각하길 바라며, 무엇보다 당신이라는 존재가 나를 허구의 인격체로 간주해주길 바란다. 사랑이라는 가면 속에서 나는 늘 무언가 나 아닌 다른 것이다. 이것 말고 사랑에 관해 내가 말할 수 있는 건 아무것도 없다.

다소 인용이 길어졌다. 이 냉소 가득한 문장은 수년 전에 읽은 프랑스 소설의 한 대목이다. 작가의 이름은 기욤 드 라르셀. 파리고등사범학교에서 인류학과 철학을 공부했으나 주로 몰두했던 건 자크 브렐이나 레오 페레 등으로 이어지는 프랑스 좌파 샹송가수에 대한 계보 연구와 연기수업이었다. 자신의 꿈을 '프랑스 최고의 포르노 배우'라고 공언하며 실제로 포르노 극장에서 주연배우로 활동하기도 했다. 1962년생으로 그다 빼어난 외모는 아니지만, 파리 프레타포르테의 단골모델들과 숱한 염문을 뿌렸을 만큼 그 바닥에선 소문난 바람둥이로 통한다. 항간에는 영화배우 소피 마르소가 폴란드 출신감독 안드레이 줄랍스키와 살던 시절, 소피 마르소의 공공연한 애인이었다는 소문이 있지만 확인된 바는 없다. 큰 키에 도발적인 여성들을 선호했으며 초콜릿과 싸구려 골로와즈 담배 중독자이자 모터사이클 애호가로 알려져 있다. 위에 인용한 구절은 그가 1993년에 발표한 첫 번째 소설 『매혹』의 도입부이다.

나는 이 소설을 2000년경 교보문고 외서 코너를 기웃거리다 우연히 발견했다. 세르주 갱스부르나 장 폴 벨몽도를 연상시키는 기묘한 외모에 이끌려 책을 펼쳤던 것인데, 재미있는 건 그가 그다지 호남이라고 할 수 없는 자신의 얼굴을 책 표지에 대문짝만 하게 공개했다는 사실이다. 표지 아래쪽엔 다음과 같은 문구가 캡션으로 병기돼 있다.

모든 것을 버린 다음, 모든 것을 선취한 자의 지독하게 염증나는 얼굴.

이것은 주인공 표트르(우크라이나계 프랑스인인 그는 고집스럽게 이 이름을 고집한다)가 두 번째로 만난 연인 파트리샤로부터 들은 말이다. 서른 살의 공방주인 파트리샤는 우연히 들른 표트르의 뻔한 수작에 처음엔 콧방귀만 뀐다. 그녀는 열일곱 살 이후 단 한 명의 남자와도 연애하지 않은, 일종의 남성혐오주의자다. 나중에 밝혀지는 사실이지만, 그녀가 열입곱 살 때 사랑했던 남자는 자신의 친오빠 필립이었다. 그런데, 부모는 물론 이 세상의 누구에게도 알려지지 않은 그 사실을 교묘한 수법으로 만방에

퍼뜨리고 그녀를 파탄에 빠뜨린 건 다름 아닌 필립이었다. 필립은 어린 시절 사랑이라고 믿었던 것이 현실이라는 리트머스 시험지에서 어떻게 반응하는지에 대한 견고한 판단이 선 이후, 가차없이 사랑을 배신하고 가족을 도탄에 빠뜨린 채 중동 분쟁에 파견되는 용병에 자원입대한다. 필립이 떠나고 나서 파트리샤는 몇 번의 자살기도와 정신병력 끝에 직접 구운 자기에 그림을 그리는 것으로 위안을 찾게 된다. 표트르는 파트리샤의 가게 진열대에서 우연히 본 재떨이에 시선을 빼앗겨 가게에 들렀다가 파트리샤에게 매혹당한다. 다음은 파트리샤를 처음 만나고 나서 표트르가 썼던 일기의 한 대목이다. 좀 길지만 끝까지 읽어주시라.

나는 오늘 소냐(표트로가 파트리샤를 만나기 전까지 사귀었던 모델 출신의 큐레이터. 소설 마지막 부분에 다시 등장해 극적 결말의 단초를 제공한다 - 인용자 주)와 헤어지게 된 이유를 처음으로, 명징하게 깨닫게 되었다. 나는 처음에 (소냐뿐만 아니라) 한 여자와 결별하게 되는 것을 단순히 육체에 대한 염증과 그로 인한 모든 감각의 전체적인 반발쯤으로 생각했었다. 그런데 이제 나는 그것이 어느 정도 진실에 가깝지만, 자신의 인생에서 한 사람을 완전히 배제해버리는 절대적 이유가 아니라는 걸 알게 되었다. 이별은 관계의 전면적 와해가 아니라 하나의 겹침현상이다. 표면적으로는 내게서 한 사람이 지워지는 것이지만, 그럼으로써 그 사람은 내 안에서 영원성의 암호로 남게 된다.

그 암호는 내가 다른 사람을 알게 되고, 매혹에 빠지고, 그 사람을 정복하고, 그 사람으로 인해 상처받게 되는 그 모든 육체적 정신적 활동들의 토대로 작용한다. 이것은 불확정성의 원리에 기초한 현대물리학의 전형적인 법칙과도 비슷하다. 육체의 자력(磁力)은 언뜻 비선형적인 우연에 의해 힘을 발휘하는 듯하지만, 그 자력이 형성되는 범위는 달에서 지구를 바라볼 때처럼 불변하는 궤도와 파장 속에서 공전할 뿐이다. 소냐가 사라지고 나서 만나게 된 파트리샤는 그러므로 내게 소냐의 분신과도 같다. 또는, 내가 만났던 그 모든 여성들의 집약체이자 환영이랄 수도 있다. 소냐가 내게서 지워지는 것과 파트리샤가 내게 스미는 일은 하나의 우연에 불과하지만, 그 우연의 겹침에 의해 소냐는 내게 완전히 지워지면서 파트리샤에게로 스민다. 그리고 나는 소냐가 스며든 파트리샤에 스며든다. 이 두 명의 여자가 외견상 닮은 점은 거의 없다. 그러나 내게 소냐와 파트리샤는 뫼비우스의 띠와도 같다. 그 외에 내가 만났었거나, 만나고 있거나, 만나게 될 모든 여자들 역시 안팎 구분 없이 똑같은 궤도와 파장을, 각기 시간을 달리하여 내 안에서 차별적으로 공유한다. 그렇다. 나는 아마도 시간의 창조자가 되고 싶은 모양이다.

표트르는 정작 섹스에는 그리 능통하지 않다. 다분히 자전적인 냄새가 풍기는 소설인 만큼, 표트르 역시 대학 시절 장난삼아 포르노 배우를 했던 것으로 설정되어 있다. 그런데 표트르는 실제로 여성을 유혹해 섹스하는 것보다 관객들이 보는 앞에서 포르노 연기를 하는 것이 더 흥분된다고 고백한다. 파트리샤와 섹스하는 장면을 묘사한 대목과 포르노 극장에서 연기하는 장면을 비교해서 주목해보시라.

늘 느꼈던 바이지만, 그녀의 몸속으로 처음 들어갔을 때 나는 내 안에서 견고하게 닫혀 있는 문 하나가 둔중하게 열리는 느낌이었다. 통상적으로 여자가 남자의 몸을 받아 문이 열린다고 하지만, 나는 뭔가 오랜 체증이 가라앉는 것 같았다. 그래서 그 이후의 동작은 사뭇 기계적이고 무미건조해질 수밖에 없었다. 문득 공룡이 멸종한 이유를 알 것 같다는 막연한 상념과 내가 나의 바깥으로 이탈되어 뭇별들 가운데에서 길을 잃고 있다는 생각이 동시에 떠올랐다. 그러면서 나는 이 벌거벗은 남녀의 모습을 마치 CCTV의 시점인 양 무감하게 응시하고 있는 나 자신을 발견했다. 내게 섹스는 결국 육체의 극점에서 상영되는 가장 무미건조한 허구에 불과했다. 그것은 현실의 끝이자 매 순간 나타나는 사랑의 절벽이었지만, 거기에서 뛰어내려봤자 결코 죽을 수는 없었다. 섹스는 언제나 가상일 때에만 절박했다.

사람들의 시선은 마치 밤바다에 떠오른 집어등처럼 집요하다. 그들의 시선 속에서 나는 유일무이한 발광체처럼 전면을 노출하며 그들을 유혹하고 종국엔 나 자신을 유혹한다. 나와 몸을 부비고 있는 여자는 이 순간 세상의 모든 여자를 대표한다. 골수부터 무신론자인 내게도 이럴 때는 신의 존재가 사뭇 분명해진다. 나를 바라보는 저 사람들 속에 신은 분명히 존재한다. 아니 저 사람들 자체가 복수인 그대로 신이다. 신은 존재가 아니라 하나의 현상이다. 그리고 그 현상은 분명 인간들이 만들어내는 어떤 드라마 속에서 부지불식 명멸한다. 땀을 뻘뻘 흘리며 보이지 않는 허공의 한 극점을 좇아 내달리는 인간의 이 유구한 운동지향성과 자기파멸적 쇼에 대해 나는 너무도 할 말이 많다. 이 끝나지 않는 연극 속이 아니라면 나는 결코 사정할 수 없다. 그러나 무대에서 사정은 금물이다. 그러한 금기가 내겐 더 유혹적이다. 그러나 현실에선 그렇지 않다. 나는 그 어떤 여성에게도 나의 실재성을 바칠 용의가 없다.

표트르의 최후는 비극이다. 사랑 게임을 즐기던 바람둥이가 비참한 최후를 맞는다는 설정은 드 라클로의 소설 『위험한 관계』를 연상케 하는 측면이 있지만, 이 소설이 독특한 점은 그 어떤 비극도 참혹하지 않고 표트르의 그 모든 자조적인 행동들이 그다지 우스꽝스럽지도 않다는 점이다. 표트르에게 사랑은 자기 자신을 허구 속에 몰아넣음으로써 가능해지는 하나의 연기와도 같다. 그는 오로지 자신의 삶을 수식하기 위해 여인을 유혹한다. 그건 일종의 아름다움에 대한 투신이자 고도의 자기치장술이다. 아름다운 여인에 대한 심미적 관심과 그것에 대한 정복욕 말고 그를 매혹시키는 것은 없다. 표트르에게 사랑은 자신의 미적 욕구를 합리화하는 구실에 불구하다. 그에게 사랑은 자기자신에 대한 연민과 콤플렉스에서 시작한다. 스스로를 가상의 인물로 만들고자 하는 욕망만큼 원대하면서도 부질없는 꿈이 또 어디 있겠는가. 그 부질없음을 알면서 또 다른 사랑의 드라마를 스스로 엮어가는 것. 그건 이 세상에서 끝없이 새로운 사랑 이야기가 씌어질 수밖에 없는 근본동기이기도 하다.

작가의 말에서 라르셀은 "모든 비극을 비웃고 모든 희극이 서글퍼지는, 가상을 초월한 가상의 드라마"를 쓰고자 했다고 말하고 있는데, 프랑스 소설 특유의 난삽한 사변이 속도감을 떨어뜨리기는 하지만, 사랑에 관한 유쾌발칙한 독설들로 가득한 이 소설은 그 찝찝한 뒷맛마저 진한 초콜릿처럼 자꾸 손이 가게 하는 매력이 있다. 그러나 무엇보다 중요한 점은 이 소설을 읽은 사람이 전 세계에 한 명도 없다는 사실이다. 이유는 간단하다. 2000년경 내가 교보문고 외서 코너를 기웃거렸는지 어쨌는지는 분명하지 않지만, 고백하건대 나는 불어로 된 소설을 독파하기는커녕, 단 한 줄의 불어 문장도 제대로 읽어내지 못한다는 사실이다. 이 소설은 과연 누가 쓴(쓸!!) 것인가. 이런 소설이 과연 프랑스에서든 한국에서든 발견될 수 있을까? 나는 왜 '사랑은 어디서 시작되는가'라는 주제 앞에서 존재하지도 않는 가상의 소설을 들먹거릴 수밖에 없었을까? 사랑은 아무리 탐구해도 발견되지 않는 미지의 감정이기 때문은 아닐까?

……슬픔으로
온몸을 게워냈을 때
몸은 가뿐해지고
세상 사물들의 윤곽은
더없이
뚜렷해진다.

◦ 검은 영혼의 강에서 건져 올린 '자수정'의 언어들

— 영화 〈슬램〉에 부쳐

•

〈슬램〉이란 영화를 본 게 대략 15년 전이다. 아무 사전 정보도 귀띔도 없던 상태에서 우연히 봤던 영화다. 비디오 대여점 진열대를 기웃거리다가 충동적으로 뽑아든 테이프였다. 당시 무슨 생각으로 그 영활 보겠다고 마음먹었는지 지금으로선 도통 알 수가 없다. 결론부터 얘기하자면 그 우연한 선택에 후회는 없었다. 후회는커녕 뭔가 몸 안에서 울렁거리던 응어리가 한순간 찬연하게 뽑혀져 나오는 듯한 기분이었다.

하지만 그게 정확히 무슨 감정인지에 대해서도 지금으로선 설명할 길이 없다. 영화의 톤이나 주인공들의 자세한 얼굴 또한 잘 기억나지 않는다. 다시 보고 싶다는 생각을 꽤 오래전부터 했었는데, 미처 그러기도 전에 이런 애매한 글부터 쓰게 돼 스스로 마뜩잖은 기분이다. 그럼에도 꼭 그 영화 얘길 하고 싶다. 이 글을 읽고 부디 독창적인 힘과 진심이 느껴지는 그 영활 많은 사람들이 찾아봤으면 하는 바람이다.

〈슬램〉은 흑인 영화다. 정확히 말해 백인이 만든 흑인에 관한 영화다. 이 비슷한 듯 미묘하게 다른 두 문장은 이 영화가 가진 특징을 암시한다고 할 수 있다. 흑인들이 만든 흑인들의 영화는 외적 상황에 대한 노골적인 적대감과 분노가 직설적으로 표현되는 경우가 많다. 차별과 핍박 속에서 분투하는 그들의 삶이 가감 없이 드러나기 때문이다. 대표적인 게 스파이크 리 감독의 영화들이라고 할 수 있다.

성난 흑인들은 만인을 향해 소리치고 때로 형제들끼리 총을 겨누기도 하면서 오래도록 짓밟혀온 자신들의 존엄을 지켜내려 한다. 그것은 아프리카에서 그들의 조상들이 팔려올 때부터 누적된 분노의 표출과도 같다. 이에는 이, 눈에는 눈으로 맞서는 사회파 흑인 영화들은 그래서 그 어떤 폭력영화보다 선연하게 이 세계의 불합리와 모순을 폭로한다. 그건 그들의 삶 자체에서 튕겨져 나온 정당방위성 주먹질과도 같은 것이다.

그러나 백인 다큐 감독 마크 레빈은 흑인들 깊숙이 들어가

되, 거리를 둔다. 그 거리는 피부색의 차이에서 생기는 자연스러운 거리일 수도 있다. 하지만 바로 그렇기 때문에 〈슬램〉은 기존 흑인들의 분노에 찬 시각과는 다른 차원에서 흑인들의 영혼을 재발견해낸다. 비록 백인의 시선에 의해 드러나는 것이라 할지라도 그것은 오래전부터 흑인들의 내면에 보석처럼 잠재돼 있는 것이었다. 흑인들의 언어는 논리적 이성에 의한 것이 아니라 집단적 여흥과 운율에 의한 주술적 언어에 가깝다.

그들이 노예로 팔려오기 전 아프리카 대륙의 맹수들과 평온하게 공존할 수 있었던 건 자연과 상응하고 대지와 호흡하는 육체적 언어를 가지고 있었기 때문이다. 그들에겐 몸의 자극에 의해 자연발산하는 그들만의 호흡법이 있다. 그건 어느 개인의 특수한 감정 상태를 넘어 보편의 기쁨과 고통을 동시에 꿰어내는 힘을 지닌다. 〈슬램〉은 바로 오랜 세월 삶의 비참함 속에서 흑인들을 위무하고 보듬었던 언어에 대한 영화이다. 그 어떤 폭력보다도 강인하고 그 어떤 감언이설보다 포근하게 사람의 영혼을 쓰다듬는 말들의 향연. '슬램(Slam)'은 바로 랩으로 표현된 시를 의미한다.

희미하게 남아 있는 줄거리를 대략 요약하면 이렇다. 워싱턴 D.C.의 한 빈민가에 사는 청년 레이몬드 조슈아(사울 윌리암스)

는 마리화나를 팔아 연명하지만 원래 시인이다. 총격 사건에 휘말려 마리화나 소지법 위반으로 구속된 그는 독방에 수감된다. 감옥 안의 죄수들은 두 개의 파로 나뉘어 있고 조슈아를 자기 편으로 끌어들이려는 죄수들의 폭력에 맞서 조슈아는 시를 읊조리는 것으로 위기를 모면한다. 그러다가 감옥 안에서 한 여인을 만난다. 죄수들에게 시와 글을 가르치는 그녀의 이름은 로렌 벨(소냐 손). 둘은 시를 매개로 깊은 애정을 느끼게 된다. 입으로 시를 읊을 줄밖에 모르던 조슈아는 로렌을 통해 자신의 시를 글로 표현하는 방법을 배운다. 로렌의 노력으로 보석 출감한 조슈아는 로렌이 참여하고 있는 즉흥시 모임을 방문해 자신의 시를 낭송한다. "나자로처럼 부활하리라"라고 힘 있게 부르짖는 조슈아의 시가 이어지면서 영화는 클라이맥스에 도달한다. 이 영화가 제공하는 최고의 순간은 바로 그 순간이다.

실제로 래퍼이기도 한 남녀 주인공은 이 영화에서 자신들이 직접 쓴 시를 낭송한다. 영화가 만들어지는 방식 또한 일정한 스토리 라인을 기준으로 실제의 상황들이 겹치는 반半 다큐멘터리 형식이다. 그만큼 계산된 효과와 우연에 의한 자연발생적 공감대가 미묘하게 얽혀 있다. 모종의 극적 설정(조슈아가 마리화나 딜러이고 로렌이 창녀 출신이라는 점 등)들은 흑인들의 비참한 삶을 대변하는 것일 뿐, 그 자체로 인종문제나 사회역학적 관점을 직접적으로 드러내는 건 아니다.

이 영화의 핵심은 조슈아와 로렌으로 대표되는 흑인의 영혼, 그리고 거기서 발산되는 '자수정'(조슈아의 시에 나오는 표현으로 이 영화의 핵심 화두라 할 수 있다)의 언어들을 보편의 것으로 치환하는 흑인들만의 언어체계에 있다. 따라서 이 영화는 사회에 관한 영화이자 시에 관한 영화이다. 동시에, 흑인에 관한 이야기이자 인간 보편의 영혼과 그들의 자유의지에 관한 영화이다. 그리고 그 모든 것을 한순간에, 그 어떤 분별도 없이 육체적으로 체감하게 만드는 것이 바로 조슈아의 시이다.

이 영화에서 조슈아의 입을 통해 발설되는 시들은 어떤 공통의 상징들을 향해 자유분방하게 솟구치는 힘을 갖는다. 비참함과 화려함, 슬픔과 기쁨, 개인과 집단, 분노와 용서 등의 상반된 개념들이 마치 하나의 거대한 화덕 속에서 뒤섞이듯 시를 내뱉는 조슈아의 몸속에서 일체화한다. 조슈아는 미리 예정된 결론이나 편협한 자기주장을 말하는 게 아니라, 사람들의 한가운데서, 그리고 끝없는 강물을 바라보며 자신의 몸을 하나하나 떼어내 방생하듯 시를 읊조린다. 때문에 화면 밖에서 그 장면을 바라보는 내게 스며드는 건 가슴을 찌르는 몇 마디의 문장들뿐만이 아니다.

나는 조슈아의 입에서 뱉어지는 침과 그의 몸 밖으로 흘러내리는 땀, 그리고 그의 몸속을 흐르는 뜨거운 피를 한꺼번에 수혈받는다. 그건 피부색으로 인간을 규정하고 계급에 따라 사람을 나누며 물질에 의해 주객이 갈리는 현세의 모든 편견과 주의주장들이 얼마나 공허한 것들인지 역설적으로 깨닫게 한다. 아울러 그런 보편타당한 진실을 수시로 망각케 하는 인간의 언어들이 어떤 허위와 가식의 체계로 지탱되어 왔는지를 폭로한다. 인간의 육체가 반영되지 않은 언어. 편의에 의해 조장되는 모토들과 일방적 훈육체계로 계시되는 언어들의 폭력성과 폐쇄성 앞에서 삶은 늘 동맥경화를 앓는다. 조슈아의 시는 거기에 내뱉어진 환멸과 거부의 타액이자 영혼의 유로流路를 원활케 하는 돌올한 침鍼과도 같다.

인간은 늘 극심한 분별에 갇혀 산다. 사는 과정 자체가 모종의 편 가름과 통제의 연속이라 할 수 있다. 하지만 인간의 진짜 감정은 어떤 구획이나 의도된 조작 속에 갇혀 있을 수 없다. 눈물이 짠 이유는 감정이 복받쳤을 때 몸의 진짜 기운이 물리적으로 드러나기 때문이다. 우리가 슬픔 속에 잠겨 있을 때라야 비로소 삶의 진정한 의미와 이유를 깨닫게 되는 것과 마찬가지 이치다. 그 순간은 단순히 지엽적인 슬픔만이 넘치는 게 아니다. 기뻠의 원인과 목적, 궁극적인 가치가 한눈에 드러난다. 슬픔으로 온몸을 게워냈을 때 몸이 가뿐해지고 세상 사물들의 윤곽이 더없이 뚜렷해지지 않던가.

조슈아의 시는 그런 의미에서 삶의 고통과 환희를 총체적으로 환기하는 삶 저편의 훈훈한 미풍이자 몸 안의 모든 감정들이 한꺼번에 터지며 발아래 미증유의 강을 흘려보내는 정신의 둔치이다. 슬프면서 흥겹고 무거우면서 가볍다. 이 사실을 새삼 곱씹으며 다시 조슈아의 입에서 터져 나오는 그 육질 가득한 침 세례를 맞고 싶다. 납덩이 같은 삶의 무게가 그 자체로 충분히 가벼워지고 경망스럽게 떠돌던 삶의 중심이 오롯한 탑처럼 다시 솟아나기를 기대해보며.

◦ 목 마르요,
차라리
죽음을 주소!

•

대략 30여 년 전 이런 노래가 세상에 나왔다. 가사가 이렇다.

I'm walking down the highway with burning fingers

I scream do you know me but no one, no one heard me

I'm a two-headed monster with tongue on fire

I burn all your cities but you'll never behead me

Cream colored cadillac streams down the coastline

With young full of blond heads

That was screeching for the point of no return

Ah~ never a chance ah~ never a chance

I'm mad at sadness, I'm mad at highness
I'm mad at genius, I'm mad, I'm mad
I'm mad at Venus, I'm mad at Unis
I'm mad at penis, I'm mad, I'm mad

제목은 〈Never A Chance〉. 작사 · 작곡가는 1960년대 후반 〈물 좀 주소〉 등으로 가요계에 컬처 쇼크를 불러일으켰던 코리안 뉴요커 한대수. 그는 유신 시절 2집 활동까지 하다가 정권의 탄압과 대중의 몰이해에 좌절해 미국으로 돌아갔다. 이 노래는 그 무렵 그가 미국에서 결성한 밴드 '칭기즈칸'의 곡이다. 당시 한대수의 밴드는 뉴욕 인디음악 씬의 메카로 이름을 날리던 클럽 CBGB를 통해 활동을 시작했다. 그의 자서전에 따르면* 그때

* 한대수의 자서전은 『물 좀 주소 목 마르요』(가서원, 1998)가 처음 나온 이래 『한대수, 사는 것도 제기랄 죽는 것도 제기랄』(아침이슬, 2000), 『나는 행복의 나라로 갈 테야』(아침이슬, 2005) 등 모두 세 판본이 있다. 내용은 거의 똑같지만, 첨부된 부록들이 조금씩 다르다. 별로 길지 않은 시간차를 두고 왜 이런 일이 벌어졌는지는 자세히 알 수 없으나 한대수라는 인물이 가지고 있는 '자의반타의반'의 부랑 기질이 암시되는 것 같아 서글픈 느낌이 드는 건 어쩔 수 없다. 최근 그의 아내 옥사나의 알코올중독 투병 및 환갑이 다 되어 얻은 외동딸 양호의 스토리가 주부 대상 아침 프로그램의 수다거리가 되는 걸 보면서 느꼈던 것도 이런 유의 심란한 비통함이었다. 그래도 최근 우연히 그를 만났을

는 "아직 섹스 피스톨즈, 토킹 헤즈, 블론디가 등장하기 전"이었다. 그 세 팀은 얼마 후 펑크록과 뉴웨이브의 태두로 세계적인 성공을 거두게 된다. 하지만 한대수가 칭기즈칸과 활동하던 시절의 음악은 한국에 제대로 알려진 적이 없다. (당시 정황을 살펴보면 밴드 활동 기간이 2~3년 정도에 그쳤던 것 같다.) 적어도 2000년 이후 일부 음악평론가와 마니아들에 의해 재조명 작업이 시작되고 그 성과로 그의 모든 음악활동을 집대성한 전집 앨범 《The Box》(2005년 발매)가 제작되기 전까지는.

1970년대 초반 한대수는 해괴망측한 몰골과 창법으로 젊은 이들의 마음을 뒤흔들어놓은 이후 어느 날 갑자기 한국에선 실존하지 않는 인물처럼 되어버렸다. 속칭 '살아 있는 신화'가 된 것인데, 이 이상한 신화엔 어딘가 몰상식하고 무책임한 면이 있다. 살아 있는 사람을 신화로 만드는 건 실제 사실보다는 몇 가지 파편적인 근거들로 침소봉대된 헛된 믿음의 발로이기 십상이기 때문이다. 이를테면 다수의 대중이 그들의 욕망이나 염원을 투사하여 가공한 프레임 속에 특정 인물을 가둬버린 채 곡해된 이미지와 임의로 선택 투사된 캐릭터만을 소비하게 되는 것

때 그가 했던 말을 떠올리면서 괜한 흥분을 삭이자. "아가를 낳아보면 자본주의가 뭔지 확실히 알게 돼. 크하하하~!" 이 글에서 참조한 부분은 모두 1998년의 초판본이다.

이다. 그게 대중문화 아이콘의 속성이자 본질이라고 한다면 굳이 따질 말을 궁구하고 싶진 않다. 허나 사실이 그렇지 않다는 걸 이미 들여다본 입장에서 억지 조장된 이미지만 가지고 한 사람을 재단하는 것도 사람 할 짓은 아니다. 들여다본 입장이라는 건 어떤 인간적 친분을 말하는 게 아니다. 뮤지션을 들여다본다는 건 결국 그의 음악에 대한 이해를 바탕으로 한다. 한대수는 내가 알기론 상당히 잘못, 또는 모자라게 이해된 뮤지션이다. 한국 대중이 기억하는 한대수*는 〈행복의 나라〉와 〈물 좀 주소〉에서 40년 동안 박제되어 있다. 그게 부당하다고 말할 순 없더라도(솔직히 모든 사람이 한대수를 제대로 알아야 할 의무 따윈 없다. 그깟 다 늙은 가수 한 명이 뭐가 중요하다고. 바쁜 세상인데, 거참) 왠지 그의 편에 서서 생각하면 억울한 심정이 동하는 것도 사실이다.

다시 〈Never A Chance〉로 돌아가자. 이 노래의 사운드는 로큰롤과 하드록에 바탕을 둔 초창기 펑크록에 가깝다. 한대수는 자서전에서 특유의 호방한 자화자찬으로 칭기즈칸의 사운드를

* 이 기억도 지금은 상당히 한정적이다. 젊은이들, 그리고 가끔 방송국에서 그를 마주치게 되는 젊은 가수들에게 그의 노래는 부모 세대들에게나 유전되는 일종의 구전가요처럼 여겨질지도 모른다. 최근 젊은이들에게 그는 대체로 '이상하고 웃긴 할아버지'로 통할 뿐이다. 한대수는 내게 직접 말한 적 있다. "효리가 젤로 착하더구먼, 크하하하~!"

"최신 데이비드 보위 스타일"이라 자평했다. 코드는 단순하고 디스토션을 잔뜩 먹인 전자기타는 마구 지글거리며 보컬은 미친개와 맞짱이라도 뜨려는 듯 다급하고 저돌적이다. 후렴구에선 시쳇말로 돼지 멱따는 샤우팅이 남발한다. 〈물 좀 주소〉의 걸쭉한 절규가 좀 더 극단으로 나간 느낌이다. 그렇다고 이 곡이 특별히 음악적으로 뛰어나다거나 새로운 스타일을 창출했다고 말하려는 건 아니다. 앞서 말했듯, 이 노래는 당시 난립했던 뉴욕 언더그라운드 사운드의 한 전형을 답습하고 있다. 그리고 이러한 혐의(?)는 40년 동안 발표된 한대수의 모든 음악에 일차원적으로 적용될 수 있다. 물론 그는 록과 포크에서 시작해 아방가르드 재즈, 때로는 존 케이지 유의 무조음악까지 섭렵하는 등 독창적이고 왕성한 창작력을 내장한 인물이다. 그는 1960년대 후반 우드스톡 현장에서 마리화나와 LSD의 열기를 직접 체험한 거의 유일무이한 한국 뮤지션이다. 어떤 형식을 취하더라도 한대수의 음악적 수원水源은 당연히 그 지점으로 수시로 환원될 수밖에 없다. 플라워 무브먼트* 당시 그의 나이 갓 스물이었다. 록

* 1960년대 후반 미국에서 일어난 일종의 문화 운동. 월남전의 상처와 인종차별 등에 분노한 젊은이들은 꽃을 이용하여 자신들의 생각과 감정을 전달했다. 사랑과 평화, 반전 등을 주요 기치로 삼았다. 1969년 뉴욕의 베델에서 3박4일 동안 펼쳐진 우드스톡 페스티벌은 그 운동의 일환이자 극점이었다. 들국화 해산 직후 전인권과 허성욱이 듀엣으로 부른 〈머리에 꽃을〉이란 노래는 이 당시를 소재로 하고 있다. 여자가 머리에 꽃을 꽂

음악을 단순한 음악 장르가 아닌 하나의 삶의 태도나 당대를 지배했던 정신적 기운으로 이해한다면 이 점은 쉽게 간과하기 힘들다. 그는 그 당시 미국 젊은이가 가장 열정적으로 반응했을 법한 문화적 파장의 한가운데에서 청춘의 방만을 만끽했었다. 〈Never A Chance〉는 바로 그러한 물리적 바탕에서 1970년대 말 그가 겪고 있던 정치적 정서적 혼란을 있는 그대로, 자연스럽게 표현한 노래라고 봐도 무방하다. 한국말로 다시 곱씹어보자.

나는 손가락이 불타는 채로 큰길을 걷고 있네
날 아느냐고 소리쳐도 아무도 아무도 듣지 못하네
나는 머리가 두 개 달린 괴물
혀에는 불이 붙고
나는 너희들의 도시를 태우네
하지만 너희는 결코 내 목을 자르지 못하리
금발의 젊은이를 가득 태운 우윳빛 캐딜락
결코 돌아올 수 없는 곳으로 해안선을 따라 흘러가네
아 결코~

으면 미친 여자 취급받는 이유와 상관있는지는 나도 잘 모른다.

나는 슬픔에 미쳤네, 나는 폐하에 미쳤네
나는 천재에 미쳤네, 나는 미쳤네 미쳤네
나는 비너스에 미쳤네, 나는 유니스에 미쳤네
나는 페니스에 미쳤네, 나는 미쳤네 미쳤네

1970년대 중반은 한국 대중음악계의 암흑기로 통한다. 1974년 이전만 해도 미8군 무대와 대학가를 중심으로 사이키델릭, 하드록, 포크 등 다양한 음악적 실험들이 펼쳐졌지만 소위 '대마초 파동'* 이후 한국 대중음악계는 다시 뽕짝의 청승과 군가풍의 관제가요 일색으로 재편되었다. 일본 육사 출신의 '다카기 마사오'**는 대국민 순치용으로 직접 노래를 만들기도 했는데, 1970

* 중앙정보부를 주축으로 자행된 문화말살정책의 대표적 경우다. 그 이전 대마초는 별다른 법 저촉 없이 일상적으로 피울 수 있는, 담배만큼 일반화되지는 않았지만 담배보다 덜 해롭고 중독성도 덜한, 그저 '특이한 풀'에 불과했다. 결국 '대마초 파동'은 그 당시 많은 정치적 사건이 그랬듯 권력의 심술과 농간으로 꾸며진 공작정치의 한 사례다. 많은 뮤지션, 작가, 영화감독 들이 그 사건으로 정권이 몰락할 때까지 활동을 제약당한다. 심지어 대마초를 피우지도 않았는데, 같이 어울렸다는 이유만으로 봉변을 당한 사람도 적지 않았다. 신중현, 이장희, 송창식, 윤형주, 김세환 등 가수들이 많았지만 영화감독 이장호나 작가 최인호 등이 연루되기도 했다.

** 사무라이 정신에 심취했던 그는 음악을 즐겼을 뿐 아니라 휴가 때면 캔버스를 들고 나가 그림을 그리기도 했다. 그가 그린, 흔히 '이발소 그림'이라 일컬어지는 것의 어떤 전형과도 같은 그림을 본 적 있다. 그걸 보면서 심미안은 권력에 의해 왜곡되고 부추겨진다는 생각을 했다. 다시 말하면, 심미안 자체가 권력의 실눈이거나 권력의 허위에서 조장된 것일 수도 있다는 것이다. 소위 문화선진국이라는 데는 안 그러느냐 하면 그것도 아니다. 관건은 그것을 보충하고 대리하는 '말발'의 세련 여부다. 어쩌면 그게 예술의

년대 중반 이전에 태어난 사람들이라면 〈새마을 노래〉와 〈나의 조국〉을 기억할 것이다. 학교나 관공서 같은 데서 이른 아침이면 틀어대던 그 노래들은 5음계 장조풍의 전형적인 왜색 가요다. 왜색 가요를 근절시킨다는 명목으로 이미자의 〈동백 아가씨〉 등을 금지시킨 정부의 수장은 결국 역시 창법이나 음조에서 엔카의 영향이 짙게 느껴지는 심수봉의 노래를 '라이브'로 음미한 직후 심복의 권총에 의해 사살당한다.*

역사의 오묘한 아이러니를 새삼 돌이켜보자는 건 아니다. 한 뮤지션이 자신의 삶의 영고성쇠와 부침 속에서 발현하게 되는 음악적 자산의 배경에 어떤 함의들이 숨어 있는지를 일반화시켜 되새겨보는 것뿐이다. 〈Never A Chance〉를 부르던 무렵 한대수는 조국의 몰이해와 편견에 스스로 담을 쌓은 채 일종의 자발적 망각 상태에 빠져들었다. 칭기즈칸의 다른 멤버들로는 그리스 태생의 스터지스(이후 루 리드와의 불화로 벨벳언더

전부인지도 모른다. 예술이 권력인가, 또는 어떤 예술적 권력이 예술의 품질을 규정하는가 따위는 이제 고민하기 싫다. 단순히 '각하의 취미 생활' 가지고 별 얘기 다 한다 싶은 생각도 든다. 자중.

* 참고로 얘기하자면, 내가 현역 복무했던 부대는, 한 전직 대통령이 투 스타 시절 사단장으로 근무한 적이 있는 곳이다. 부대 군가집에 그가 직접 만든 군가가 있다. 역시 5음계 장조풍의 행진곡이다. 알려졌다시피 그는 유신 시절 '각하'의 친위대를 자처했던 가신 중 한 명이다. '각하'를 따르던 '짝퉁 각하'들은 '각하'의 취미 생활마저 본뜬 모양이다. 근데 어느 부대냐고? 12·12 때 광화문에 탱크를 몰고 왔던 바로 그 부대다.

그라운드를 박차고 나온 존 케일의 밴드에서 기타를 치다가 헤로인 중독으로 요절한다), 영국인 이안, 필리핀 출신의 토니 등이다. 미국 내에서도 이민자들의 밴드였던 셈이다. 그 배경에 어떤 개인적 사정들이 있었는지는 공언된 바가 없다. 한대수는 자서전에서 CBGB 무대에서 한 기획자의 눈에 들어 앨범 제작을 위한 데모테이프까지 녹음했으나 기획자의 농간에 의해 무산되고 팀은 결국 해산되었다는 스토리를 간략하게 적고 있다. 《The Box》 전집에 《Et Cetera》라는 타이틀로 묶인 앨범은 그때의 데모테이프를 새롭게 마스터링해서 뽑아낸 것으로 보인다. 사운드는 거칠고 원색적이며 때로 곡 사이의 매듭이 엉성해 전주가 뿌옇게 흐려진 채 갑자기 노래가 시작되기도 하는데, 되레 그 느낌이 보다 파워풀하고 원초적인 느낌을 살리는 데 일조한다. 가사는 전부 영어로 되어 있고, 그 이전 한국에서 발표했던 두 장의 앨범 《멀고 먼 길》과 《고무신》에서 느껴지는 토속적이고 풍자적인 포크송의 자취는 찾아보기 힘들다. 전체적으로 〈Never A Chance〉와 대동소이한 하드록 사운드에 〈Oh my love〉 등의 록발라드가 섞여 있다. 그중 한 곡에서 느껴지는 기묘한 장단과 가사가 유독 돌올하다. 그 곡의 가사를 훑어보자.

Oh lord I'm kneeling with my hands up in my ears

My baby's crying but I ain't got no food tonight
My man took off and be died drunk a year ago
My girl she's lying with her bellys all stuck out
Oh lord, I'm sick in my side

I am a widow and I got my seven kids
I am a widow and I got my seven kids
All the living people they are asking me to pray
Oh give me death lord-All I want
Want is want is want
Give me death give me death, death

제목은 〈Widow's Theme〉(한국어 제목은 〈과부타령〉). 흐늘거리는 기타 소리와 엇박으로 프레이즈가 먹히는 드럼이 다이내믹한 곡이다. 전형적인 하드록이지만 장단이 독특하다. 보통 하드록은 4분의 4박 8비트로 기본 박자가 쪼개지는 게 일반적이지만 이 곡은 '쿵쿵따다 쿵쿵따~' 하는 식으로 서양 정박으로는 맛이 살지 않는, 이를테면 국악의 굿거리장단을 연상케 한다. 신중현의 〈미인〉이 굿거리장단을 차용했다는 건 잘 알려진 사실이지만(실제로 서양 뮤지션들이 그 곡을 들으면 굉장히 재미있어 하면서 실제로 연주해보려는 충동을 느낀다고 한다), 여기서 굳이 국악과 서양록 음악의 만남 어쩌고 하면서 국립국악원 미디어홍보팀 강 차장인 양 되도 않는 '썰'을 풀 용의는 없다.

음악적 충동이 자연스럽게 발현되는 건 다분히 육체적인 현상이다. 한대수는 스스로 고백하건대, 정식 음악교육을 받아본 적이 없는 사람이고, 서양의 록 아티스트들도 대부분 마찬가지다. 록음악은 리듬과 운율, 생각과 감정이 어떤 특정한 몰입 상태에서 폭발적으로 합치되었을 때 일방향으로 발산되는 에너지를 원액으로 삼는다. 테크닉도 중요할 수 있지만, 시쳇말로 '가오'가 어느 정도 잡힌 상태에서 확실하게 자신의 속마음을 물리적으로 토해낼 수 있다면 외려 테크닉은 거기에 뒤따라오는 훈장 같은 것일 수도 있다. 그런 점에서 〈Widow's Theme〉은 그 당시 한대수가 실질적으로 경험하고 있던 여러 정서적 혼란과 육체적 공황상태에서 본능적으로 터뜨려낸 춤사위 같은 것이라고 봐도 무방하다. 그에게 로큰롤 말고도 소위 '한국적 정한과 자학적 골계미'가 본능적으로 내재되어 있었다고 부언하는 건 부질없고 무모하지만, 어쨌거나 서양 본토 사람과는 또 다른 리듬체계가 자연발산된 것만은 분명해 보인다. "아이는 울고 있는데 오늘 밤 먹을 게 하나도 없다"면서도 덩실덩실 어깨춤이 나올 만한 가락을 뽑아내는 건 서양인의 정서로는 짐짓 이해하기가 어려울 수도 있을 것이다. 그러나 이 모든 건 그저 막연한 유추에 불과할 뿐이다. 어떤 노래의 탄생 배경을 미주알고주알 캐어내면서 감상하는 건 그리 유쾌한 일이 아니다. 그럼에도 오랜만에 한대수의 노래들을 전체적으로 훑으면서 문득 떠오르는 의문은 자못 요상하고 해괴하다. 그저 '남의 일 같지 않은 공감'이 자꾸 내 안에서 하울링을 일으키는 탓이라고나 해두자.

자서전을 통해서는 〈Widow's Theme〉이 만들어진 동기와 배경을 분명히 알 수가 없다. '해석자'로서 착종이 생기는 건 이 지점이다. 스스로를 "아기가 일곱 딸린 과부"라 칭하면서 신에게 "죽음을 달라"고 외치는 그의 심정은 무엇이었을까. 순전히 연대기적으로 파악했을 때 칭기즈칸 활동을 할 무렵 그는 첫 아내 김명신(당시 한국 사람 중에선 보기 드문 아방가르드 패션 디자이너였다)과 비교적 행복한 결혼생활을 누리고 있었던 것으로 추측된다. 삼십 대 초반이었고 노래에서 느껴지는 에너지도 그만큼 활달하고 분방하다. 의문이 생기는 건 바로 그 앨범에 수록된 〈If You Want Me To〉 〈One Day〉 그리고 〈Widow's Theme〉의 작곡 시기에 대해서다. 자서전과 칭기즈칸의 데모테이프를 참조했을 때 이 곡들은 칭기즈칸 시절, 그러니까 그의 나이 서른 무렵에 쓰인 것이라 여겨진다. 그런데 이 곡들은 공히 오지게 실연당해본 사람만이 알 수 있을 법한 심정을 쥐어짜듯 노래하고 있다. 내가 이 노래들을 처음 들은 건 그로부터 10여 년 후 1989년 발매된 《무한대》 앨범을 통해서였다. 《무한대》는 그가 아내에게 이혼 통보를 받고 상심한 상태(열네 시간 비행하면서 그는 비행기가 추락하기를 기도했다고 한다)로 한국에 들어와 녹음한 앨범이다. 그 탓인지 칭기즈칸 때보다 더 애절하고 특유의 한국적 '뽕끼'마저 가미돼 더 구슬프게 들린다. 한대수는 자서전에서 아내와 이혼하던 당시의 심경을 얘기하며 이 노래들을 언급한다. 그런데 이 노래들은 여러 정황상 그보다 10여 년 전에 이미 완성된 곡들이 아닌가 싶다. 과연 어떤 게 사실일까. 이 노래들의 모델은 과연 누구인가. 만약에 막연한 감수성의 발산으로 상상력을 동원해 마구 지껄였던 말이 수년 후 빼도 박도 못할 사실이 되어버린 경우였다면, 무서워라, 말의 씨!

앞서 말했듯, 한대수는 1988년 아내로부터 이혼을 통보받는다. 둘은 동갑이었고 마흔 살 생일을 화끈하게 보낸 지 얼마 안 되었을 때였다. 그의 아내 김명신은 한대수가 처음 한국에서 물 좀 달라고 소리치고 〈행복의 나라〉에 대해 젊은 메시아처럼 노래하던 무렵 불같은 사랑을 시작했었다. 어떤 사람의 사랑 스토리를 어느 한쪽의 얘기로만 판단하고 떠드는 일은 삼가야 옳지만, 록 뮤지션이 사랑을 통해서 창작의 영감을 얻게 되는 건 부정할 수 없는 사실이다. 존 레논이든 밥 딜런이든 짐 모리슨이든 그들의 삶을 가장 크게 뒤흔들었던 건 다름 아닌 사랑이다. 그들은 모두 사랑의 노예인 동시에 사랑의 파탄자이고, 그리하여 사랑의 독재자이다. 마치 세이렌의 노래가 아니라면 존재 명분이 사라지는 오디세우스처럼 그들은 결국 삶의 한 정점에서 "사랑밖엔 난 몰라" 하며 죽음마저도 불사한, 예민하고 뜨겁고 섬약한 인간들이었던 것이다.* 한대수도 그런 점에서 골수까지 록에 감염된 영원한 로큰롤 키드다.

한대수의 노래는, 사실 여부야 어떻든, 사실 너머까지 아우르는 영혼의 고단한 쳇바퀴 위에서 쉼 없이 반복되는 실연과 상실, 아픔과 분노와 고독의 소산이다. 그는 자서전에서 이렇게 탄식한다. "어떻게 나 자신과 영원히 산단 말인가." 그에게 노래는 자존과 자위와 자학과 자멸의 혼종체다. 스무 살부터 환갑까지.

---

* 사랑은 하나의 특별한 대상만을 염두에 두지 않는다. 또는, 하나의 대상을 통해 투사된 영혼의 그림자는 본체의 의도와는 무관하게 무수히 번지고 확장한다. 노래란 그 번짐과 확장의 에너지를 소리로 허공에 음각해내는 일이다. 가사는 노래하는 이의 생각과 마음을 표현하는 가장 직접적 도구가 되지만, 노래에서 더 중요한 건 소리의 파동과 떨림, 그리고 그 소리의 색깔이다. 소리가 생생히 살아 있다면 가사는 설령 아무리 유치하고 공허하더라도 그 자체로 힘을 받을 수 있다. 반대로 아무리 거창하고 심오한 내용을 담았다 하더라도 멜로디와 음색이 설득력을 갖지 못하면 노래로서는 실패작이다. 한대수는 사람의 몸매와 옷을 예로 들면서 그 얘기를 한다. 요컨대 가사가 옷이라면 소리는 몸매라는 것. 아무리 옷이 좋아도 몸의 라인이 아름답게 살아 있지 않다면 걸치나 마나라는 뜻. 당신의 몸매는 과연 어떠한가.

그리고 다시 환갑에서 스무 살까지. 시간은 그 안에서 계속 생성되고, 파괴된다. 결론은 어쩌면 이미 내정되어 있었던 건지 모른다. 이를테면 홀로 세상에게 버림받은 '과부'가 되어 신을 향해 "죽음을 달라"고 외치는 것. 20세기를 풍미했던 로큰롤 신화*가 온갖 허황된 부와 명예 끝에 참담한 비극으로 끝나는 건 그러므로 당연한 귀결일 수 있다. 영혼의 독기가 아니고서야 스스로 아름다워지기 힘든 인간에게 삶은 갖은 힘을 다해 스스로 벌거벗을 수밖에 없는 영혼의 성토장으로 여겨지기도 하는 거니까. 여기서 슬픈 노래, 〈If You Want Me To〉를 잠시 감상하자. 베이스 들어오고, 기타도 좀 울고. 두두둥.

Baby let me play with you

Give your bodice to my whims

Forget about your artist mind

Heaven can't wait till tonight

* 엘비스 프레슬리, 짐 모리슨, 존 레논, 지미 헨드릭스, 재니스 조플린, 커트 코베인, 시드 비셔스 등 소위 '불꽃'에 비유되는 그들의 삶은 스스로가 스스로를 잡아먹는 잔혹한 쇼였다. 연인의 사랑, 만인의 사랑, 신의 사랑을 얻기 위해 발버둥치는, 온몸으로 시가 되어버린 자들의 허망하고 허황된 자취들. 그것들을 끊지 못하는 건 알코올 중독자가 죽기 직전까지 반복하는 '이것이 마지막 잔'에의 탐닉과도 같다. Give me death!

I'm not afraid of darkness

I'm not afraid of love

I'm not afraid of sunshine

I'm not afraid tears

If you want me to, If you want me to

If you want me to, I will gladly make

If you want me to, If you want me to

If you want me to, I will gladly break

I can make you a summer breeze

If not enough I'll dance for you

Don't be sad by past mistakes

You're safe enough to let it be

한대수는 이렇게 말한 적이 있다. "마흔이 넘으면서 작곡가들의 창조력이 떨어지는 건 사랑에 둔감해지기 때문이라. 기술적 노하우는 발전한다 쳐도 기본적인 마음의 캔버스가 검어지는 거지." 10여 년 전 어느 인터뷰 자리에서 직접 들은 얘기다. 그렇지만 시간이 한참 지난 지금, 나는 이 말을 이렇게 뒤집어서

다시 해석한다. "마흔이 넘으면 사랑에 대한 이해가 더 농염하고 깊어진다. 단지 육체가 먼저 가늠하던 걸 정신이 헤아리기 시작하면서 사랑의 실질적인 질감이 열어지는 것이다." 이게 억지스런 곡해가 아니라면 이런 첨언도 무리는 아닐 것이다. "사회적인 성숙은 사랑의 도발적 측면과 파괴적 성향에 대해 근엄한 옷을 입혀 사회가 원하는 표정만 짓도록 강요한다. 나이 먹으면서 록가수들의 창조력이 떨어지는 건 바로 그 탓이다." 물론 사랑의 어느 한 속성을 주지하는 것일 뿐, 모든 사랑이 광란과 자멸의 노래를 불러젖혀야 한다는 소리는 아니다. 사랑의 더 큰 완성체엔 육체와 정신의 분할 따위 존재하지 않는다. 하지만 록음악은 그런 파괴적 정념의 불안한 지층 없이는 토대에서부터 김이 빠지고 만다. 행복과 안녕 속에서 날선 마음을 누그러뜨리는 자가 어찌 "나는 미쳤네 비너스에 미치고 천재에 미치고 페니스에 미쳤"다고 고래고래 소리 지르며 노래할 수 있겠는가. 그리고 그 에너지를 따라 자신을 발산하며 삶의 한순간을 극적으로 탕진하겠는가. 그런 의미에서 록음악이 혹종의 갈증과 분노, 결핍과 불충족의 원한에서 자연발산하는 음악 양식이라는 점은 여전히 유효하다. 더 궁극으로 나아가면 그런 부정적 심정을 파워풀한 춤으로 승화시키는 게 로큰롤의 근본미학이다.

흐린 낮과 밝은 밤 또 날 지나가니 잡으려다 못 잡아본 하루 넘겨보고서
입만 가진 동물들 다들 걸어가며 태양 빛도 못 느끼며 각각 집에 들르네

또 가야지 다른 곳 찾아서 계속하는 길만 따라서

(…)

지나가는 처녀요 나를 사랑하게 나의 손은 차가워요 나의 발은 굳었소
집은 하늘 땅이요 동서남북 없이 오는 곳은 가는 곳 돛을 잃은 배같이

-한대수의 곡 〈또 가야지〉 중에서

어떤 유의 미친 정념을 스스로 견뎌낼 수 없는 자들은 "다른 곳 찾아서" 여전히 소리치고 외치며 제 속을 긁어내는 노래를 부른다. 예순을 넘어 일흔을 바라보는 '늙은 록키드' 한대수는

2006년 그의 후반기 걸작이라 꼽힐 만한 앨범《욕망》*을 발표한 이후 더 이상 신작 앨범을 내지 않고 있다. 어린 딸 양육과 병마에 시달리는 젊은 아내 수발을 들면서 그야말로 "당신이 원하신다면 기꺼이" 무엇이든 하고 있는 것이다. 그에겐 혹독한 얘기가 되겠지만, 그러한 그의 삶에 가정법을 붙여 '그가 만약 미국인이었다면' '그가 만약 지금 젊은이라면' '그가 만약 박통 시절을 겪지 않았다면'이라는 설정을 두는 건 나로선 탐탁지가 않다. 누군들 행복을 바라고 꿈꾸지 않겠느냐마는 스무 살의 한대수가 노래했던 〈행복의 나라〉는 "누워 공상에 들어 생각에 도취"했을 때 잠깐 찾아오는 인공낙원인지도 모른다. 행복은 바라 마지않는 상태에서만 불현듯 존재하는 듯 여겨지는 영원한 희구의 대상이다. 아울러 한대수가 직접 체험하고 공유했던 히피들의 모토, 이른바 '사랑과 평화'는 영원히 실패하는 미덕인 동시에 실패함으로써 가치를 얻는 삶의 아이러니 속에서 끝없이 지연되고 강화된다. 문득 묻고 싶다. 이것은 무슨 지랄 같은 세계

* 한국 나이로 59세 때 발표한 이 앨범의 재킷은 아내 옥사나의 누드사진을 싣고 있다. 어어부 프로젝트 출신으로 현재는 영화음악가로 더 잘 알려진 장영규가 프로듀스한 앨범의 전반적인 정조는 여전히 비탄과 좌절, 그리고 치솟아 오르는 정념과 회한의 정서다. 젊은 혈기가 누그러지면 더 참혹하고 처절한 정념이 원액 그대로 발산될 수 있다는 사실을 여실히 증명하는 것 같아 아연해지기도 한다. 타이틀부터 '욕망'이라니. 환갑의 욕망은 과연 '죽어도 좋아'인 것인가. 참고로 그의 딸 한양호는 이 앨범 녹음 직후 잉태됐다.

의 법칙이고 손에 잡히지 않는 아름다움에의 허튼 강요인지를. 그러나 대답은 늘 요원하다. 호수에 던진 돌은 파문으로만 반향하며 사라질 뿐 돌아오지도 않고, 똑같은 돌을 다시 만질 수도 없다. 사랑과 노래, 나아가 시와 삶도 그러하다. 그런 의미에서 한대수는 그의 삶 전체를 통틀어 돌아올 수 없는 강을 수차례 건넜다. 그리고 한국의 대중은 그를 여전히 오해하고 기억 못하고 때로는 경멸한다. 이건 운명적 열외자로 살아야 했던 한대수 개인의 암울한 역사인 동시에 지금도 반복되는 누군가의 엄연한 현실이다. 존재조차도 희미해지는 거짓 영화와 영욕의 시간을 혼자 짓누르며 그의 노래를 빌려 지금 이 순간 이렇게 반복 탄주한다. Give Me Death! Life's a Mirage.*

한대수가 행복하길 빈다. 이 장황하고 부질없는 글의 유일한 진심은 이것 말고 없는지도 모른다. "소주나 한 잔 마시고 소주나 두 잔 마시고 소주나 석 잔 마시고……."** 일곱 잔까지만 마시고 그만 자자. 그의 시대도 나의 시대도 영원히 오지 않을 것이다. 그래도 뭐 어떤가. 절망의 가정假定이 희망의 역설을 눌러주기만 한다면, 포기와 체념도 그 자체로 선연한 사랑인 것을. "슬

* 한대수의 곡 〈No Religion〉

** 한대수의 곡 〈하루 아침〉

픔에 미쳐 죽음을 달라"는 마음도 영원히 희구하고 좌절할 수밖에 없는 삶의 또 다른 욕망인 것을.

◦ 시의 허방, 혹은 세계라는 영사판

— 시에 관한 몇 개의 변설

•

피로에 절었거나 술에 만취했을 때 가끔 내 얼굴이 내 정면에 떠오르기도 한다. 면전에 거울이 있는 것도 아니니 일종의 환각일 것이다. 물론 혼자 있을 때 가끔 그런다. 사람들과 어울려 있을 때에도 그런다면 미치광이 소리를 들을 테지만, 다행히 그랬던 적은 없다. 일부러 나 자신에 대해 생각하고 있지 않은 상황에서도 그것은 불현듯 떠오른다. 그러니 의식적으로 조작해서 떠올리는 건 아닌 게 분명하다. 그렇더라도 몸이 평시와 달리 크게 이완되거나 과잉된 상태에서 나타나는 현상이므로 분명히 정상적인 상황은 아니다. 윤곽이 뚜렷하지도 않다. 흡사 물기를 잔뜩 머금은 사진 속 형상과도 비슷해 보인다. 그럼에도 분명히 내 얼굴이 맞다. 그때 나의 시점은 이중적이다. 나는 내 몸 바깥으로 떠오른 나 자신을 본다. 왠지 무섭고 통쾌하다. 나 자신이 나의 바깥에서 음화로 떠올랐다가 스스로를 버린다. 그 순간, 나는 죽어가는 것일까.

•

시가 언어로 쓰여진 것이라는 건 분명한 사실이지만, 여기엔 언어로써 설명하기 어려운 많은 오해의 소지가 있다. 질러 말해, 시는 쓰여진 것들의 언어체계 너머에 존재한다. 다시 말해, 몇 개의 행, 몇 개의 연, 몇 개의 단어로 종이 위에 등사된 언어 구성물 자체가 시의 가치와 특징을 완전히 규정하지는 못한다는 소리다. 그런데 이 말은, 행간을 읽는다는 것과는 조금 다른 차원에서 이해되어야 한다. 시의 행간을 읽는다는 건 구문과 구문 사이에 숨겨진 망을 들춰내 그것으로 다시 시가 내장하고 있는 본의를 하나의 논리적 그물로써 엮어내는 걸 의미한다. 대개의 비평-해석 행위는 그런 방식으로 이뤄진다. 이른바 시(인)가 의도적으로 감추거나 감지 못하고 있는 내적 구성 원리와 심리적이거나 물리적인 동인들을 끄집어내는 것인데, 그러한 해석 행위는 부득이 타당하고 옳은 동시에, 시의 진짜 본의를 (영원히)

오독할 수밖에 없다는 점에서 무용하기도 하다. 그것은 이따금 통렬하지만 대체로 언어의 또 다른 허방으로 시를 이끌 뿐, 시의 물리적 현재를 물리적 질감 자체로 규정하지 못한다. 시는 시인의 작의와 기획에 의해 쓰여지기 마련이지만, 그 작의라는 것이 어떤 최종 구성체로 형성('완성'이 아니다)될지에 대한 뚜렷한 그림이 시인(적어도 나)에겐 존재하지 않는다.

•

시는 언어가 나아가는 하나의 즉물적인 힘에 의해 쓰여진다. 그런데 그 힘이 그려내는 (아니, 암시해내는) 풍경은 작의 이전이거나 이후다. 언어의 자발적 힘은 시인의 의식적 통제권역 안으로 수렴되는 방식으로 시인의 의식을 역으로 통제한다. 이쪽에서 하나의 줄을 뻗치는 순간, 가늠할 수 없는 어느 멀고 어두운 지점에서 또 다른 줄이 이쪽을 향해 뻗쳐나온다. 서로의 허방에서 아직 형상화되지 않은 '미지의 지도'를 각자의 방식으로 그리다가 어느 순간, 두 개의 줄이 같은 지점에서 만나 엉킨다. 시에 의해 시의 그림자가 드러나기도, 시의 그림자에 의해 시가 드러나기도 하는 이 이중회합의 모순과 대립, 호응과 침탈 자체가 어쩌면 시의 진짜 위치에너지인지 모른다. 시가 기본적으로 다성

성을 가지고 있다는 걸 나는 이렇게 이해한다. 시는 시인의 목소리인 동시에 시인의 목소리가 가려버린, 또는 가리는 방식으로 전면적으로 진동케 한 '미지'의 목소리, 그 그림자의 호명인 것이다.

•

앞서 '미지'라는 단어를 썼다. 그것은 매우 무책임하고 공허하고 추상적인 단어다. 그럼에도 그 단어를 쓸 수밖에 없는 건 나 자신의 개인적 무지나 편벽된 게으름 탓(만)이 아니다. 나는 도저히 그것을 이 세상의 언어로 설명할 수 없을 뿐이다. 그것은 마치 당연히 눈에 보이고 소리도 들리지만 설명하기는 힘든 어떤 사람의 현존 양태와도 같다. 이런 꿈을 꾼 적 있다. 나는 어느 어둡고 낯선 방에서 카메라 앞에 노출되었다. 상황은 일방적이었고, 그런 만큼 다분히 폭력적이었다. 겁에 질려 있었던 것 같기도, 무언가에 대한 강렬한 호기심이 일었던 것 같기도 하다. 나는 서서히 카메라 앞으로 다가갔다. 그런데 다가갈수록 카메라는 외부의 것이 아니라, 내 안에서 튀어져 나온 나의 분신이거나 그림자라는 느낌이 들었다. 그만큼 익숙하고 친숙한 모종의 리듬이 카메라와 나 사이의 거리에서 밀도를 드높이고 있었다.

생전 처음 물에 비친 자신의 얼굴을 보고 공포를 느낀 원시인처럼 나는 알 수 없는 전율에 몸을 떨었다. 엉뚱하게도 거울 앞에서 털을 곧추세우며 전면적인 악의를 드러내는 고양이의 모습도 떠올랐다. 꿈속이었지만, 꿈이란 게 어디 확실하게 금을 긋듯 현실과 나뉘는 적 있던가. 꿈은 늘 겹겹의 페이지로 펄럭이며 현실의(꿈의) 경계를 넘나든다. 그 순간 나는 공포와 적의로 신경이 곤두선 고양이이자, 나로부터 이탈되어 스스로를 관찰하는 나 자신의 유령이었다. 그 모든 편재적 자아들을 한데 아우르며 나는 카메라 앞으로 다가갔다. 플래시가 터지고 눈앞이 새하얘졌다. 그 순간, 세상이 무너지는 듯한 슬픔이 밀려왔다. 마치 죽기 직전에야 돌아간다는 전 생애의 필름이 빛의 속도로 되감기는 것 같았다. 나는 살아 있었고, 죽어 있었다. 꿈꾸는 동시에 깨어 있었고, 깨어 있는 동시에 잠의 더 깊은 수렁 속에서 다른 것이 되어가고 있었다. 다시 빛이 사라지고 사위가 어두워지자 카메라 뒤편 어둠속에 누군가 서 있었다. 서늘하기도, 반갑기도, 슬프기도 했다. 사람이기도, 고양이이기도, 그 무엇도 아닌 또 다른 생물이기도 했다. 그는 흰 이를 드러내고 웃었다. 나는 그때 그 웃음이 '미지'의 것이라고 생각했다. 꿈에서 깨어난 지 한참이 지난 지금에도 그 웃음은 뇌리에서 지워지지 않고 있다. 그 웃음의 주인공이 누구인지 여전히 나는 알 것 같기도 하고,

모를 것 같기도 하다. 아니, 잘 알고 있으되 발설하면 안 되는 그 누군가의 얼굴이라고 스스로 믿고 있는 것인지 모른다. '미지'라고 두루뭉수리하게 말하는 건 바로 그 탓일 것이다. 반복건대, 그것은 잘 알고 있으나 말하는 순간 사라지는 어떤 것이다. 동시에, 그것은 정확히 그려질수록 가짜가 되고 마는 누군가의 불가해한 초상과도 같다. 들려오는 순간 왜곡되고 마는, 만인이 따라 부르지만 원래의 멜로디는 영원히 복원할 수 없는 천국과 지옥의 노래 같은 것.

•

시는 어떤 점에서 영화의 현존 방식을 해킹하기도 한다. 영화란 인간의 육체적 감각을 초과하는 것들을 카메라로 복원해 내려는 욕망의 소산이다. 영상 안에 담긴 실물들은 카메라에 담기는 순간 실체감이 사라져버린 죽은 '실물'들이다. 그럼에도 그것들은 (스크린이라는 허구의 감광판 위에서) 살아 움직인다. 스크린을 사이에 두고 삶의 죽음의 물리적 현존체들이 서로를 바라보거나 참섭한다. 문학이 언제나 죽은 자의 육체로 현존한다고 했을 때, 그 죽음은 삶의 어느 순간에 지워져버린 현존의 그림자와도 같다. 삶의 가장 진지한 순간에 허상이 되어버린 나의 얼룩들. 나는 지금, 현존의 불투명한 굴절과 왜곡에 대해 곱씹고 있다. 가령, 이 세계가 왜 공허하고 불합리한 그대로 진심을 담은 허구인가 하는. 시는 그것들을 물리적으로 증명하거나 등사해내는 영혼의 영사판과도 같다. 나의 모든 주체성과 노력 및 의지의 파장이 이 세계의 구조와 전혀 무관하게 움직이고 있다는 본원적 회의의 순간이 그때 닥친다. 주기적인 우울감이나 못다 헤쳐 푼 감정들의 설익은 반란을 뜻하는 게 아니다. 세계가 통상적으로 가지고 있게 마련인 구체적인 실감이나 존재감 따위가 문득, 정확한 분별이 불가능한 주물의 형태로 흐느적대면서 뚜렷한 자기 상像을 잃게 되는 순간을 말하는 것이다. 그 순간은 이를테면 차를 끓이다가 스푼 젓는 소리가 유독 크게 들린다거나 문고리가 저절로 삐걱거리면서 바람의 노크소리가 왠지 사람의 그것처럼 여겨지는 듯한 감각과잉을 동반하기도 한다. 모든 게 뿌옇게 지워지고, 심지어 자기 자신도 지워지고, 어떤 특정한 사물의 동태에만 집중하게 되는 자기방임, 또는 자기이탈의 순간.

•

나 자신의 행동들에서 생동감이 사라지는 그 상태는 삶의 모든 걸 전면적인 회의로 몰아붙이는 강렬한 소외의식과 이물감을 생산해낸다. 그건 삶의 일회적 계기로 인해 영혼에 구멍이 뚫리는 심리적 허방 그 이상이다. 허구의 실루엣이 현실의 모든 윤곽을 집어삼키면서 암시되는 삶의 지난한 본질. 이 세계는 세계 너머의 '무언가'에 의해 조종당하는 거대한 허구의 총체일지 모른다. 모든 게 자신의 실체를 지우거나 일그러뜨리며 평시와는 다른 밀도를 갖게 되는 순간, 내가 할 수 있는 유일한 대처는, 어이없게도, 잠드는 것뿐이다. 잠이 듦으로써 삶이 기나긴 잠의 중첩된 허상일 뿐이라는 걸 역으로 증명하는 수밖에 없다. 실재하는 모든 것들로부터 나를 피신시키는 일. 불현듯 꿈의 포말로 증발하는 세계의 표면 위에서 더 깊은 꿈의 페이지를 열어젖히는 일. 그리하여 나는 스스로 허구가 된다.

•

지난 연말, 내 생활의 궤적 대부분은 그러한 꿈의 탐사로 점철되었다. 그 안에서 나는 시가 가지고 있는 본연적 이물성과 초월성을 경험했다. 시는 언어의 정식화로 세계를 설명하는 게 아니라 언어로써 도저히 표현 불가한, 이 세계에 숨어 있는 또 다른 세계의 흔적들을 긁어내는 일이다. 나는 어떤 프레임 속에 갇힌 채 서서히 자기밀도를 상실하며 하나의 점으로 소진되어가는 나 자신을 목격했다. 어떤 강력한 외부의 눈에 사로잡힌 채 존재의 유충이 되어 서서히 사라지고 있었다. 수천만 화소 단위의 일개 분자로 점멸하는 영혼의 총체, 그리고 우주라는 거대한 스크린. 그 위에서 언어는 존재 이상이거나 이하이다. 이 떠도는 영사막 위에 새겨진 언어의 얼룩들은 과연 무엇을 투영하는 이계異界의 프리즘인가.

•

자기를 대상화한다는 건 더 들어갈 수 없는 감정의 바닥까지 스스로를 내몰아 자기 자신을 물화시키는 일이다. 거기엔 역설적이게도 아무 감정도 존재하지 않는다. 감정이란 자연발생하는 게 아니라 타인들과의 관계 속에서 가공되는 '존재의 고름' 같은 것이다. 거기엔 쌍방의 의도에 따라 달리 해석되는 시차와 조작이 있다. 진실하다고 여겨지는 어떤 감정을 누군가에게 보여줄 때 그것은 본의와는 전혀 다른 방향으로 전이되어 새로운 물성을 갖는다. 스스로도 의식 못한 어떤 형상들이 타인의 마음 속에서 또 다른 시간체계에 따라 변화한다. 그건 자기 자신에 대해서도 마찬가지다. 내가 나를 정확히 안다고 여기는 건 그러므로 자기 자신에 대한 가장 심각하고 치명적인 오해에 불과하다.

나는 어떤 시간적 공간적 한계(내지는 규약) 안에서 무시로 변화하고 흘러간다. 내가 나를 안다고 여기는 순간, 그 또 다른 나는 나를 배신하며 전혀 의도하지 않았던 자아를 내 앞에 툭 던진다. 팔이라 여겼던 게 다리이고 정면이라 여겼던 게 뒤통수이다. 그 모든 잠정적 형상들이 어느 날 불쑥 내 면전에 떠오른다. 술에 취해서, 피로에 절어서일 테지만, 일상적 패턴 바깥에서가 아니라면 어떻게 나 자신이 나의 불규칙한 변화 과정을 목격할 수 있겠는가. 숨은 시간의 패턴 속에서 발가벗겨지는 나 자신. 그것은 스스로에 대해 공포의 숙주이자 대상이다. 그것들의 말을 베껴 쓰는 것. 내게 시란 그런 것이다.

수록 작품

김수영, 「절망」, 『김수영 전집1』, 민음사, 2003

장정일, 『아담이 눈뜰 때』, 김영사, 2005

이장욱, 「먼지처럼」, 『정오의 희망곡』, 문학과지성사, 2006

이근화, 「칸트의 동물원」, 『칸트의 동물원』, 민음사, 2006

정영, 「지구 동물원」, 『평일의 고해』, 창비, 2006

테오도르 모노, 『낙타여행』, 이재형 옮김, 웅진지식하우스, 2003

함성호, 「TRACE, MOMENTARY, SLACK」, 『21세기문학 2016.여름』, 21세기문학 편집부 엮음, 2016

그__저
울 수 있을 때
울고 싶을
뿐이다

초판 1쇄 인쇄 2017년 8월 16일
초판 1쇄 발행 2017년 8월 22일

지은이 강정
펴낸이 김선식

경영총괄 김은영
책임편집 정민교 **디자인** 문성미 **책임마케터** 이보민, 최혜진
콘텐츠개발2팀장 김현정 **콘텐츠개발2팀** 김정현, 문성미, 이승환, 정민교
마케팅본부 이주화, 정명찬, 이보민, 최혜령, 최혜진, 김선욱, 이승민, 이수인, 김은지
전략기획팀 김상윤
저작권팀 최하나
경영관리팀 허대우, 권송이, 윤이경, 임해랑, 김재경

펴낸곳 다산북스 **출판등록** 2005년 12월 23일 제313-2005-00277호
주소 경기도 파주시 회동길 357 3층
대표전화 02-704-1724 **팩스** 02-703-2219 **이메일** dasanbooks@dasanbooks.com
홈페이지 www.dasanbooks.com **블로그** blog.naver.com/dasan_books
종이 (주)한솔피앤에스 **인쇄 · 제본** (주)갑우문화사
ISBN 979-11-306-1405-2 (03810)

• 책값은 뒤표지에 있습니다.
• 파본은 구입하신 서점에서 교환해드립니다.

• 이 도서의 국립중앙도서관 출판시도서목록(CIP)은 서지정보유통지원시스템 홈페이지(http://seoji.nl.go.kr)와 국가자료공동목록시스템(http://www.nl.go.kr/kolisnet)에서 이용하실 수 있습니다.
(CIP제어번호 : CIP2017019790)

• KOSCAP 승인 필